eye

守望者

——

到灯塔去

国家社科基金一般项目"新物质主义视域下的
19世纪20世纪之交美国小说研究"资助成果

物之想象
19、20世纪之交的美国小说研究

程心 著

南京大学出版社

目 录

绪 论 / 001
一、"物转向":新物质主义概述 / 004
二、回顾:19世纪末20世纪初英美文学中的物研究 / 014
三、立意:物的表征和轨迹 / 024

I 物的表征

第一章 性别之物:三篇新女性叙事 / 031
一、物的性别:自行车热潮中的《轮子中的轮子》/ 034
二、物的神话:《不可预料》的"自由机器"/ 041
三、物的重塑:《汤米:务实的女人》中的女性气质 / 047

第二章 欲望之物:《嘉莉妹妹》/ 057
一、《嘉莉妹妹》中的消费、享乐和欲望 / 061
二、摇椅:欲望和想象 / 065
三、衣服:欲望的产生和表达 / 070
四、镜子和平板玻璃:欲望的延伸 / 075

第三章 审美之物:《欢乐之家》/ 085
一、《欢乐之家》中的审美困境 / 088

二、美国史料：藏品的价值 / 093

三、画像表演：消费时代的艺术品 / 099

四、"美丽的物"：藏品还是废物 / 104

第四章 时尚之物：《国家风俗》/ 110

一、时尚之物和自我 / 111

二、时尚之物和美国文化 / 117

三、时尚之物和美国国家风俗 / 124

Ⅱ 物的轨迹

第五章 藏品：《博因顿珍藏品》/ 135

一、第一次转移：物的所有权 / 138

二、第二次转移：物和品味 / 147

三、第三次转移：物的意义 / 156

第六章 礼物：《一支埃及香烟》/ 168

一、商品还是礼物？ / 170

二、女性的香烟 / 175

三、艺术家的香烟 / 179

四、香烟广告中的东方想象 / 186

第七章 恋物：《麦克提格》/ 194

一、诺里斯的自然主义美学和物 / 198

二、金子和商品拜物教 / 204

三、金子和恋物癖 / 208

四、麦克提格的金子 / 213

第八章 遗物：《阿斯彭文稿》/ 219

一、档案还是遗物：阿斯彭文稿的命名 / 222

二、纪念品：信件中的个人记忆 / 225

三、文学遗产：遗物中的历史记忆 / 231

四、纪念碑和画像：记忆的留存法 / 236

终　章 / 244

后　记 / 253

参考文献 / 256

绪　论

2005年,当代著名哲学家布鲁诺·拉图尔(Bruno Latour)在《重组社会：行动者网络入门》(*Reassembling the Social: Introduction to Actor-Network-Theory*)中指出："物就像维多利亚时期的性爱一样,无处可说却无处不在。它们自然存在着,但从未有人从社会学的角度思考过它们。它们就像卑微的仆人一样,生活在社会的边缘,做着大部分的工作,却不被允许表达。似乎没有办法,没有渠道,没有切入点,让它们和其他社会关系一样,用同样的材料编织在一起。"[1] 一方面,拉图尔对物的兴趣与当代许多重要哲学家、历史学家、人类学家和作家一致,他的发言在某种程度上开启了本世纪初学界兴起并正在蓬勃发展的新物质主义理论(New Materialism)。简单地说,新物质主义的主要目标就是重新认识物我之间的关系,探究物质对象在人类生活中的意义。这一理论专注于不断扩大的、复杂的、丰富的物质世界,并致力于思考与拉图尔相似的问题：物怎么会变得如此重要？物与我们到底

---

[1] Bruno Latour, *Reassembling the Social: An Introduction to Actor-Network-Theory*, Oxford: Oxford University Press, 2005, p. 73.

有什么关系？它们的故事是什么？

但另一方面，从哲学史和文学作品中看，我们对物的反思由来已久。早在近一个世纪以前，德国哲学家海德格尔、法国哲学家加斯东·巴什拉(Gaston Bachelard)等已经注意到物的重要性及其与人的依存和对立。在著名散文《物》("The Thing", 1971)中，海德格尔提醒我们，物是离人类最近的东西，启发我们思考物的意义：

> 但什么是物呢？到目前为止，人类对作为物的物所给予的关注并没有超过他对靠近本身的关注。壶是一个物。什么又是壶呢？我们说：一个容器，一种能把其他东西放在里面的东西。壶的底部和侧面一起容纳东西。这个容器本身又可以通过手柄成为容器。作为一个容器，壶是一种自我支撑的东西，是一种自立的东西。这种自立的特性使壶成为一种自立的，或者说是独立的东西。如果我们把它放在我们面前，无论是在即时感知中还是在回忆的再现中把它带入脑海，一个独立的、自立的物就可能成为一个物体。然而，物的特性并不在于它是一个被代表的物体，也不能以任何方式用物体性、物体的过度性来定义它。①

这是对物的性质和作用的第一次全面分析。通过区分物(thing)和物体(object)，海德格尔强调，在现代社会中随着物质的极大丰富，人类反而倾向于控制它们、征服它们，这导致人类与物

---

① 本文源于海德格尔在20世纪50年代初所做的一次演讲，但直到1971年才以文字形式出版。Martin Heidegger, "The Thing," in *Poetry, Language, Thought*, trans. Albert Hofstader, New York: Perennial Library, 1971, pp.166 - 167.

质世界逐渐疏离。他呼吁我们重新想象人类与物的关系,以便更好地理解艺术。而在海德格尔之前,巴什拉已经创造性地提出了"物质想象力"(material imagination)的概念,将其描述为"超越了形式想象的吸引力",鼓励我们"思考物质,在其中做梦,生活在其中,或者说,将想象物具体化"。①

就在拉图尔所影射的维多利亚时期的文学中,触及物和人关系的例子也比比皆是。最为典型的一个例子是亨利·詹姆斯(Henry James)的名篇《一位女士的画像》(*The Portrait of a Lady*,1881)中梅尔夫人和伊莎贝尔关于"自我"的对话。梅尔夫人说:"你怎么形容一个人的自我?它从何处开始?它又在何处结束?它溢出到属于我们的一切事物之中,然后又流回。我知道,我很大一部分的自我存在于我选择的衣服里。我对物非常尊重!……一个人的房子、一个人的衣服、一个人读的书、一个人的同伴,这些东西都是表达。"②对此,伊莎贝尔回答,"属于我的任何东西都不是衡量我的标准;相反,它是一种限制,一种障碍,而且是一种完全任意的障碍",物非但不能表达自我,还要遵从于一套需要遵守的社会秩序。③显然,梅尔和伊莎贝尔代表了想象主客体联系的不同方式。对于梅尔夫人来说,物和人密不可分,物是帮助构成主体性的东西。而伊莎贝尔则更加重视主体性,抗拒物对人的影响。这种对"物我之间"、主体和客体关联的思考正是本书的主题。

---

① 巴什拉提出两种类型的想象力,即形式和物质。形式想象力专注于表面和图像的视觉感知。Gaston Bachelard, *Air and Dreams: An Essay on the Imagination of Movement*, trans. E.R. Farrell and C.F. Farrell, Dallas:Dallas Institute for Humanities and Culture, 2002, p.7.
② Henry James, *The Portrait of a Lady*, ed. William Allan Neilson, New York: P. F. Collier & Son, 1917, p.210.
③ Ibid., pp.210 - 221.

绪论分为三个部分。第一节为理论概述，略述了21世纪以来学术界的"物转向"（material turn），包括新物质主义理论的出现、核心主张及其在文学领域的发展。第二节是研究背景，追溯了19世纪末20世纪初美国社会中物的重要性，并简要回顾当代文学评论界对同时期英美文学中物的研究。在此基础上，最后一节介绍本书的立意、创新点和章节结构。本书围绕"物的表征"和"物的轨迹"两个主题，分别论述物的建构/解构功能和文学文本中映射的物的历史。主体部分的八个章节是一系列关于美国经典小说中多元的"物我之间"关系的案例研究，旨在以"物"为镜、以"物"窥人，同时观照文学文本中"物我"特殊关系的产生、发展、转变，乃至终结。

一、"物转向"：新物质主义概述

简单来说，本书以新物质主义研究为研究背景，致力于重新思考美国文学在19世纪末20世纪初如何再现人类社会与物质世界的对立与依存。因此，有必要首先对新物质主义理论做一简要介绍。从大的学术背景来说，新物质主义研究可被视为21世纪"非人类转向"（Nonhuman Turn）的重要一支，是深化反思"人类中心主义"思潮的延续。[1]新物质主义之"新"在于强调物的动态性和复杂性，将其视为具有"内在活性"（immanent vitality）的物，

---

[1] 在《非人类转向》的前言中，理查德·格鲁辛（Richard Grusin）列出了包括新物质主义、思辨实在论、行动者网络理论等在内的九个方向，指出这些研究"一脉相承，把非人类的各个方面作为21世纪艺术、人文和社会科学研究的关键"。Richard Grusin, ed., *The Nonhuman Turn*, Minneapolis: University of Minnesota Press, 2015, pp. viii - ix.

而非从属于人的客体。①这种对物的认识不仅颠覆了过去两个世纪的一些哲学假设,还刷新了我们对人类位置的理解,重新构想生物、自然和物质世界的关系。与此同时,新物质主义对(物)文化的理解也纠正了"文化研究"中人本主义社会建构的单一思路。

尽管海德格尔和巴什拉等早在 20 世纪就发表了关于物的见解,他们的观点在今天的学术界仍在不断被重塑。尤其是 2010 年以来,②人文和社科研究领域纷纷反思之前的"文化转向""语言转向""文本转向",并催生了反拨这些主流思潮的"物转向"。③在

---

① 伊格尔顿对新物质主义的提法多有批评,他认为"新物质主义绝不是像它看起来那样新。它同后结构主义相似,都对人文主义抱有怀疑,因此更适合的称呼应该是'后现代时期的物质主义'。而且没有必要夸大物和人的相似性,'物质可能是有生命的,但物质的活性和人类意义上的生命毕竟不同'"。Terry Eagleton, *Materialism*, New Haven: Yale University Press, 2016, pp.11-13.

② 对于物转向的时间点还有一些争议。如比尔·布朗(Bill Brown)就认为其开始于 20 世纪 90 年代:"数字化对物质性的明显威胁有助于激起新的物转向,这种转向在 1990 年代开始在各种学科中蓬勃发展:人类学、艺术史、历史、电影研究、科学史,以及文学和文化研究。"如果说 1990 年物转向出现端倪,2010 年这一趋势就更加明显。当年出版了一系列重量级的专著(见下文详述)。Bill Brown, "Materiality," in *Critical Terms for Media Studies*, eds. W. J. T. Mitchell and Mark B. N. Hansen, Chicago: University of Chicago Press, 2010, p.50.

③ 比如,凯伦·巴拉德(Karen Barad)曾反思道:"语言被赋予了太多的权力……似乎最近每一个东西——甚至是物质——都变成了语言或其他文化表现形式的问题。" Karen Barad, "Posthumanist performativity: Toward an understanding of how matter comes to matter," in *Signs: Journal of Women in Culture and Society*, Vol.28, No.3 (2003), p.804; 关于物转向,国外相关论文和专著更多,近期的有艺术领域的 Jennifer L. Roberts, "Things: Material Turn, Transnational Turn," in *American Art*, Vol. 31, No. 2 (Summer 2017), pp. 64-69; 历史研究领域的 Frank Trentmann, "Materiality in the Future of History: Things, Practices, and Politics," in *Journal of British Studies*, Vol.48, No. 2 (April 2009), pp. 283-307; 文化研究的 Erika Rappaport, "Imperial Possessions, Cultural Histories, and the Material Turn: Response," in *Victorian Studies*, Vol. 50, No.2 (Winter 2008), pp. 289-296. 国内关于物转向的代表性理论文章包括,汪民安,《物的转向》,载《马克思主义与现实》,2015 年第 3 期,第 96—106 页;韩启群,《物转向》,载《外国文学》,2017 年第 6 期,第 88—99 页。

《物的力量：文化研究、历史和物转向》(Material Powers: Cultural Studies, History and the Material Turn, 2010)中，托尼·贝内特(Tony Bennett)和帕崔克·乔伊斯(Patrick Joyce)指出，"非物质/物质"的分野是反思"自然与社会、人类与非人类、物质与文化"之间二元对立的前提，而"物转向"是近年来最重要的思潮。[1]戴安娜·库尔(Diana Coole)和萨曼莎·弗罗斯特(Samantha Frost)则在《新物质主义：本体论、能动性和政治》(New Materialisms: Ontology, Agency, and Politics, 2010)中通过强调"复数的"新物质主义，追溯关于物的漫长的哲学传统，力图囊括多种当代关于物的理论，绘制出更为普遍的"物转向"。[2]

新物质主义的主要理论家来自不同学科，包括哲学、社会学、政治理论学、人类学及文学。其中，主要相关哲学理论又分出了思辨实在论(Speculative Realism)[3]和物质女性主义(Material Feminism)等。[4]不论其关注点如何不同，在新物质主义理论著作

---

[1] Tony Bennett and Patrick Joyce, eds., *Material Powers: Cultural Studies, History and the Material Turn*, London: Routledge, 2010, p.4.

[2] Diana Coole and Samantha Frost, eds., *New Materialisms: Ontology, Agency, and Politics*, Durham, NC: Duke University Press, 2010, p.4.

[3] 其代表作包括列维·布莱恩特(Levi Bryant)、尼克·斯尼克(Nick Srnicek)和格雷厄姆·哈曼(Graham Harman)合著的《思辨转向：大陆唯物论与实在论》(*The Speculative Turn: Continental Materialism and Realism*, 2011)，布莱恩特的《物的民主》(*The Democracy of Objects*, 2011)，以及哈曼的《面向物的本体论：关于一切的新理论》(*Object-Oriented Ontology: A New Theory of Everything*, 2018)。国内文学界相关研究参见唐伟胜，《思辨实在论与本体叙事学建构》，载《学术论坛》，2017第2期，第28—22页。

[4] 参见斯黛西·艾莱默(Stacy Ailamo)和苏珊·贺克曼(Susan Hekman)合著的《物质女性主义》(*Material Feminisms*, 2008)，其中包括当代最重要的女性主义批评家，如提出主动实在论(Agential Realism)的巴拉德、唐娜·哈拉维(Donna Haraway)等人的文章。此外，在2012年出版的《新物质主义：访谈和地图》(*New Materialism: Interviews and Cartographies*)中，除了巴拉德，重要的理论家还包括罗西·布拉伊多蒂(Rosi Braidotti)、德兰达(Manuel Delanda)和昆汀·梅亚苏(Quentin Meillassoux)。

中,物质性(materialism)、主体性、权力、身体、伦理、能动性(agency)等关键词频繁出现。从根本上来说,新物质主义是一种重新认识、想象物质的冲动:"物质本质上是被动的东西,由人类代理人启动,他们把它作为生存的手段,修改它以表达审美感受,把主观的意义强加在它自身上……然而,是否有可能以相当不同的方式来想象物质:也许是一种活泼的物质性,它是自我转化的,并且已经充满了通常位于一个单独的、理想的和主观的领域中的能动能力和存在意义?"[1]17世纪以来,思想家如笛卡尔和牛顿将物描述为被动的、惰性的、简单的、可以预测的、被主体支配的他者。但是,在自然科学的发展,以及随之产生的政治、伦理问题的背景和驱动下,当代新物质主义理论家逐渐认识到,物实际上是动态的、强大的、有活力的、复杂的,"物质拥有其自身的自我转化、自我组织和定向的模式"。[2]可见,新物质主义的核心诉求正是修正对物的本质的认识。当然,新物质主义并不满足于一个固定的学科领域,而是将自己定位于"一种方法、一种概念框架和一种政治立场","拒绝语言范式,强调具体而复杂的物质性,以及各种沉浸在社会权力关系中的物质实体"。[3]同时,和唯物主义(马克思唯物主义或历史唯物主义和文化唯物主义)比较起来,新物质主义最大的特点是把物移到前景,将物从从属于人的客体地位中解放出来。新物质主义理论关注物超越其物理结构的特性,以及随之而来的人类主体和物质客体之间活跃、复杂的联系,致力于揭示主

---

[1] Diana Coole and Samantha Frost, eds., *New Materialisms: Ontology, Agency, and Politics*, Durham, NC: Duke University Press, 2010, p.92.

[2] Ibid., p.10.

[3] Rick Dolphijn and Iris van der Tuin, *New Materialism: Interviews & Cartographies*, Ann Arbor: Open Humanities Press, 2012, p.21.

体和客体相互构成、相互纠缠的关系。

如前所述,物的能动性是新物质主义理论的核心观点。对此,拉图尔和简·贝内特(Jane Bennett)提供了丰富的理论支撑。拉图尔的"行动者网络理论"通过网络中的非人类及人类元素的"行动元"(actant)轨迹,重估物积极调解、修复或稳定社会、文化和政治网络的功能。作为"行动者"(actor)的行动元并非指向任何形式的自由意识或意志,其特征是行为的能动性,"任何通过产生差异而改变事态的东西都是行为者"。[1]因此我们得以脱离人和物的二元对立,将"物我"一视同仁,均为构成社会秩序的产物。拉图尔在对不断运动和生成的社会关系的考察中,总是会考虑物的能动性,认可其强有力地塑造人类主观性和活动的属性与能力。简·贝内特对物的能动性的描述和重视与拉图尔异曲同工。她的《活性物质:物的政治生态学》(*Vibrant Matter: A Political Ecology of Things*, 2010)旨在"阐明一种与人类并存和内在的充满活力的物质性,看看如果我们给予物更多的力量,对政治事件的分析会如何改变"。[2]她提出"物力"(thing power)概念,某种"让无生命的东西有活力、有行动、产生戏剧性和微妙的效果的奇怪能力",认为其存在于物"独立于我们和其他机构并对其进行抵抗的时刻",呼吁我们"关注作为行动者的它"。[3] 贝内特的理论不仅进一步挖掘了人与物之间的纠葛,还提醒我们非人类在各种社会、政治、生态问题中的作用。如 21 世纪许多最紧迫的危

---

[1] 拉图尔强调行动者的重要性,"如果不首先彻底探讨谁和什么参与行动的问题,任何社会科学甚至都无法展开"。Bruno Latour, *Reassembling the Social: An Introduction to Actor-Network-Theory*, Oxford: Oxford University Press, 2005, pp. 71 - 72.

[2] Jane Bennet, *Vibrant Matter: A Political Ecology of Things*, London: Durham, 2010, p. viii.

[3] Ibid., p. 3, p. 6, p. 18.

机——肥胖症、停电、垃圾和气候问题,都和物在人类世界中地位失衡有关。

人类学对物的兴趣更是由来已久。从20世纪40年代开始,人类学家就将"物质文化研究"纳入人类学的研究范畴。[1]到80年代,文化人类学家阿尔君·阿帕杜莱(Arjun Appadurai)编写了深具影响力的《物的社会生活:文化视域下的商品》(*The Social Life of Things: Commodities in Cultural Perspective*,1988)。这本书的作者们如阿帕杜莱、伊格·科皮托夫(Igor Kopytoff)等从不同角度创造性地改变了我们对物我关系的认识。阿帕杜莱指出,在许多古代社会中,人的行为能力和语言的沟通能力与物联系得更密切;商品和人一样,也有"社会生活";或者说,物的"可交换性"是一种状态,物在"商品状态"中的运动或缓或快,可逆可变。[2]他们呼吁发掘"物中的思想",关注物的"生命史""运动中的物","我们必须跟随物本身,因为它们的意义被刻在它们的形式、用途和轨迹中"。[3] 这种研究路径不再将物作为空间或时间上的静态实体,而是强调要揭示物的意义,有必要追踪其"文化传记",因为它"在不同的人、环境和用途中移动"。[4]当然,人类学家们更倾向于解释物的社会价值,很少涉及"物性"。阿帕杜莱就曾说过:"我们对物的态度必然受制于这样的观点,即除了人类的交

---

[1] H. J. Hutton, "The Place of Material Culture in the Study of Anthropology," in *The Journal of the Royal Anthropological Institute of Great Britain and Ireland*, Vol. 74, No. 1/2(1944), pp. 1–6.

[2] Arjun Appadurai, ed., *The Social Life of Things Commodities in Cultural Perspective*, Cambridge: Cambridge University Press, 1988, p. 13.

[3] Ibid., p.5.

[4] Ibid., p.14.

易、归属和动机赋予它们的意义,物没有任何意义。"[1]显然,这一出发点和新物质主义的立场还有所差别。

不过很快,人类学界就提出了关于物的新理论。社会人类学家阿尔弗雷德·杰尔(Alfred Gell)在《艺术和能动性：一种人类学理论》(*Art and Agency: An Anthropological Theory*, 1998)中率先指出,艺术品具有"部分能动性",艺术品就像某种技术"装置",其作用是"确保在它们所处的意向性网络中观赏者的默许"。[2]同时,杰尔的观点还刷新了对艺术的看法,指出艺术是"旨在改变世界的行动系统,而不是对世界的符号编码"。[3]进入21世纪以来,包括当代著名人类学家丹尼尔·米勒(Daniel Miller)在内的人类学家出版了一系列关于物的专著,比如《物质性》(*Materiality*, 2005)和《物的慰藉》(*The Comfort of Things*, 2008)等。《物质性》有意识地扭转社会人类学的"主体专制"倾向,批判了"将人类作为纯粹的社会人,或者说是智人的定义",并认为不应该"将物质文化视为仅仅是社会关系的某种基石"。[4]在《物的慰藉》中,通过对当代伦敦家庭中物品的实证研究,米勒指出物的首要意义并不在于身份或社会区隔的象征,而是人际关系的媒介。物不仅中介着主体的自我关系,也中介了和他人的关系;与他人的强大关系往往和物质世界的充实关系相关联。

在文学领域,芝加哥大学英文系教授比尔·布朗的"物论"

---

[1] Arjun Appadurai, ed., *The Social Life of Things Commodities in Cultural Perspective*, Cambridge: Cambridge University Press, 1988, p.5.
[2] Alfred Gell, *Art and Agency: An Anthropological Theory*, Oxford: Oxford University Press, p. viii.
[3] Ibid., p. 6.
[4] Daniel Miller, "Materiality: An Introduction," in *Materiality*, ed. Daniel Miller, London: Duke University Press, 2005, p. 3.

（Thing Theory）影响广泛、卓有成效。[①] 2001 年，布朗邀请W.J.T.米切尔（W. J. T. Mitchell）、彼得·斯塔利布拉斯（Peter Stallybrass）、约翰·弗鲁（John Frow）和周蕾（Rey Chow）等著名学者为《批评探索》（Critical Inquiry）编写一辑特刊。特刊以"物"为主题，致力于对物的理论思考和物的文学表现等问题。"物论"即布朗同名论文所创造的术语。在某种程度上，布朗的理论是对海德格尔的物本质思考的继承。在《物论》（"Thing Theory"）中，布朗进一步区分了两种物：物体（object）和物（thing）。对此，他非常形象地描述道，"物似乎以突然的方式宣称其存在和力量：你被一张纸划破了手指，被一些玩具绊倒，被一个坚果砸到了头"，他认为这些"偶然性的场合——偶然的中断——揭示了物的物理性"。[②]通过这一界定，物论强调人和物之间的互动关系。因为当物体成为物，它和人类主体的关系也就改变了，物所揭示的正是一种"特定的主客体关系"。[③]

物和物体的第二点不同在于物具有不确定性、模糊性和复杂性。贝内特也认识到了物的这种复杂性，"当物体作为物出现时，并不能完全还原于主体为其设定的语境，也从未完全被其符号学

[①] 不少文学研究者都在专著中借用了物论，或者在物论的启发下提出了新的文学批评方法。比如 Ileana Baird and Christine Ionescu, eds., *Eighteenth-Century Thing Theory in a Global Context: From Consumerism to Celebrity Culture*, New York: Routledge, 2016; Babette Bärbel Tischleder, *The Literary Life of Things: Case Studies in American Fiction*, Frankfurt: Campus Verlag, 2014。中国的外国理论研究者们也对布朗的理论进行了比较全面的介绍。参见韩启群，《布朗新物质主义批评话语研究》，载《外国文学》，2019 年第 6 期，第 104—114 页；宁一中，《比尔·布朗之"物论"及对叙事研究的启迪》，载《当代外国文学》，2020 年第 3 期，第 131—136 页。

[②] Bill Brown, "Thing Theory," in *Critical Inquiry*, Vol. 28, No. 1（Autumn 2001）, p.4.

[③] Ibid.

所穷尽"。①按照布朗的说法，物体是"我们看透了"的东西，因为"我们的解释性关注让一些编码变得有意义"，而物是未被超越的实体，我们无法看透物。②也就是说，物经常包含超越自身的意义，它作为"物"的实际或使用价值与它作为"物"的实体不同。因此，布朗号召我们，"可以把物想象成物体中过度的东西，想象成超越它们作为物体的单纯物化或单纯使用的东西——它们作为感官存在或形而上学存在的力量，物成为价值观、拜物教、偶像和图腾的魔法"。③

在《物感：美国文学的物质问题》(*A Sense of Things: The Object Matter of American Literature*, 2003)中，布朗通过分析出版于19世纪90年代的经典美国小说，进一步展示如何用物论来分析我们如何"使用物来制造意义，塑造或重新塑造我们自己，组织我们的焦虑和情感，升华我们的恐惧和构架我们的幻想"。④同时，布朗在前言中提出，"我们和物的关系不能用资本主义的文化逻辑来解释"，让读者摆脱仅从经济角度思考对象的局限性。⑤物不仅仅是生产和消费的结果，它们在特定的历史环境中发挥着独特的作用。物的不可控性来自它们的"双重性"，来自它们既是"物又是其他东西的符号"。⑥

---

① Jane Bennet, *Vibrant Matter: A Political Ecology of Things*, London: Durham, 2010, p.5.
② Bill Brown, "Thing Theory," in *Critical Inquiry*, Vol. 28, No. 1(Autumn 2001), p.4.
③ Ibid., p.5.
④ Bill Brown, *A Sense of Things: The Object Matter of American Literature*, Chicago: University of Chicago Press, 2003, p.4.
⑤ Ibid., p.5.
⑥ Ibid., p.11.

绪　论

　　物论由文学理论家基于批评实践提出,是分析文学文本的首选理论。总结起来,其主要创新有二。首先,通过区分物体和物,物论鼓励我们去探索文学作品中各种形式的主客体关系。一方面,物论为我们提供了思考"物中的历史"的方法。[1]也就是说,认可物当中蕴含的历史。另一方面,物论强调物不仅仅是有历史的物。正如布朗所述,我们应该"与物质世界一起或通过物质世界进行思考",去更好地认识构成人类行动(包括思想行动)的物。[2]其次,物论让我们对生产和交换圈之外的物质世界有了新的认识,并鼓励我们去寻找物品"物化"和使用价值之外的"物"。这对于我们理解19世纪末20世纪初消费文化开始占主导地位的美国文化至关重要。

　　鉴于新物质主义的跨学科性质,本书借用了其他学科的术语和方法,特别是人类学、哲学、历史和物质文化研究,这也和文学文本包罗万象的特点有关。例如伊莲·弗里德古德(Elaine Freedgood)所倡导的"高转喻式阅读"(strong metonymic reading)。[3]这一研究方法本来是基于文学文本提出的,但又涉及对文学对象的物质性处理,了解文本之外的物的属性和历史渊源。因此,需要在特定的物性领域、物的历史、文化参照和情感关联方面进行大量的跨学科研究。

　　与此同时,虽然对物的研究有许多交叉学科影响,但本书的研究重点是关于物的叙事,是文学作品中想象的、虚构的物。正

---

[1] Bill Brown, "How to Do Things with Things (A Toy Story)," in *Critical Inquiry*, Vol. 24, No. 4 (1998), p. 935.
[2] Bill Brown, *A Sense of Things: The Object Matter of American Literature*, Chicago: University of Chicago Press, 2003, p.3.
[3] Elaine Freedgood, *The Ideas in Things: Fugitive Meaning in the Victorian Novel*, Chicago: University of Chicago Press, 2006, p.12.

是因为物不能为自己"发声",研究文学中的物尤其必要。正如彼得·伯克(Peter Burke)所说:"要想更多地了解物品的意义,以及它们的使用者是如何看待它们的,我们必须转向文学。"①作为物的叙事,文学提供了解释人与物之间意义形成过程的独特视角,包含着对主体与客体之间的情感、行动关联更多样、更详细的描述。同时,受益于不同学科对物的讨论,我们在分析文学文本时可以看到物变化多端的表现形式,不论是作为象征还是物体,还有物的不同侧面:它们传递信息,表达情感,固定记忆;它们定义性别、阶级、族裔身份,影响人类经验和行为,调节主客体关系;它们联络个人、地方和文化,在制度的形成中发挥着重要作用。

二、回顾:19世纪末20世纪初英美文学中的物研究

如前文所述,随着不同学科(尤其是哲学、人类学、历史和文化研究)的"物转向",物在当代学术舞台占据了中心地位。自2001年以来,仅在文学领域就有诸多专著、文集和论文出版,涵盖英美文学的各个时期和不同流派。代表性研究成果包括古英语文学中的"非人类声音",②中世纪诗歌中的物质性,③文艺复兴时

---

① Peter Burke, "*Res et Verba* : Conspicuous Consumption in the Early Modern World," in *Consumption and the World of Goods*, eds. John Brewer and Roy Porter, London: Rutledge, 1993, p. 150.

② James Paz, *Nonhuman Voices in Anglo-Saxon Literature and Material Culture*, Manchester: Manchester University Press, 2017.

③ Lisa H. Cooper and Andrea Denny-Brown, eds., *Lydgate Matters: Poetry and Material Culture in the Fifteenth Century*, New York and Basingstoke: Palgrave Macmillan, 2008.

期诗歌(斯宾塞和女诗人)、戏剧(莎士比亚)中的物和空间、历史、性别等问题,①18世纪文学中颠覆性的"它叙事"(It-Narrative),②英美浪漫主义诗歌、散文中的物质主义、物体和物的能动性,③现代主义戏剧和小说中物的文化和普遍性。④这些研究成果体现了国际学术界对于文学中的物质世界的高度关注,同时在学术语境、研究路径和理论运用等方面对本书的研究有启发和借鉴意义。值得注意的是,和其他历史时期比较起来,有关维多利亚时期文学的物研究成果最多、水平最高。这和当时的社会发展和现实主义的审美理想密不可分。因此,在回顾当时英美文学中的物研究概况之前,我们先以19世纪、20世纪之交的美国社会为例对

---

① Christopher Burlinson, *Allegory, Space and the Material World in the Writings of Edmund Spenser*, Cambridge: Brewer, 2006. Jonathan Gil Harris, *Untimely Matter in the Time of Shakespeare*, Philadelphia: University of Pennsylvania Press, 2009. Pamela S. Hammons, *Gender, Sexuality, and Material Objects in English Renaissance Verse*, Burlington: Ashgate Publishing, 2010.
② Mark Blackwell, ed., *The Secret Life of Things: Animals, Objects, and It-Narratives in Eighteenth Century England*, Lewisburg: Bucknell University Press, 2007. Jonathan Lamb, *The Things Things Say*, Princeton: Princeton University Press, 2011.
③ Larry H. Peer, *Romanticism and the Object*, Houndmills: Palgrave, 2009. Mark Noble, *American Poetic Materialism From Whitman to Stevens*, New York: Cambridge University Press, 2014. Nikolina Hatton, *Agency of Objects in English Prose, 1789-1832: Conspicuous Things*, London: Palgrave Macmillan, 2020. Kate Singer, Ashley Cross and Suzanne Barnett, eds., *Material Transgressions: Beyond Romantic Bodies, Genders, Things*, Oxford: Oxford University Press, 2020.
④ George Bornstein, *Material Modernism: The Politics of the Page*, Cambridge: Cambridge University Press, 2001. Bill Brown, *Other Things*, Chicago: University of Chicago Press, 2016. Steven Connor, *Beckett, Modernism, and the Material Imagination*, Cambridge: Cambridge University Press, 2014. Aaron Jaffe, *The Way Things Go: An Essay on the Matter of Second Modernism*, Minneapolis: University of Minnesota Press, 2014.

此问题稍加说明。

　　世纪之交的二三十年间是美国经济、社会和文化的重要发展期和转型期。在这一时期，随着城市人口的快速增长，第一条横跨美国大陆铁路的建成，电报、电话等通信设备的发展，大量移民的涌入，女性运动的发展，我们见证了"现代美国的诞生"。[①]美国文化越来越多地和物、物质文化联系起来，主要表现在以下几个方面。其一，在内战后工业飞速发展的背景下，物质生活极大丰富。"镀金时代"（Gilded Age）一词就鲜明地点出了这一时代特征。以清教立国的美国人民发现，物质物品成为他们生活的中心，并开始定义他们的文化。其二，在19世纪后半期，美国转型为消费社会。内战后的美国社会"通过制造对物的新的、巨大的需求，有力地刺激了制造商"。[②]伴随着工业快速增长和城市化的，是商品的大规模生产和消费、金融投机，以及百货商店的崛起，从生产到消费的转变催生了对物的巨大需求。其三，随着卡内基家族、范德比尔特家族、洛克菲勒家族和梅隆家族的崛起，物质财富在阶级主体性的构建中发挥了关键作用。衣服、家具、艺术收藏品和其他物品越来越多地标志了人们的社会和经济地位。物质产品的生产、可见性和可用性的增加为阶级流动创造了更多可能。

　　19世纪、20世纪之交的美国小说描绘了纷繁复杂的物质世界。翻阅统领当时文学领域的现实主义和自然主义作品就会发现，小说中充满了关于物的描写，细致入微、包罗万象，如"椅子、

[①] Stanley Corkin, *Realism and the Birth of the Modern United States: Cinema, Literature, and Culture*, Athens, GA: University of Georgia Press, 1996.

[②] Bill Brown, *A Sense of Things: The Object Matter of American Literature*, Chicago: University of Chicago Press, 2003, p.4.

手帕、月光石、遗嘱、马具……各种乐器,薄纱、美利奴、丝绸、咖啡、红葡萄酒、卡特里特裙子"。①物和物质世界开始吸引同时期经济、社会学家的目光,他们的理论不光有助于我们理解当时的物质世界,也进一步验证了物的普遍性和重要性。其中,美国经济学家索尔斯坦·凡勃伦(Thorstein Veblen)是最早讨论从生产社会向消费社会转变的理论家之一。在《有闲阶级论》(*The Theory of the Leisure Class*,1899)中,他重新定义了美国的阶级结构、消费主义现象、时尚和品味,以及妇女的地位。文化意义是如何在物质对象中被创造出来的?美国社会又如何通过欲望来构建个人的身份?为了回答这些问题,凡勃伦创造了诸如"炫耀式消费"(conspicuous consumption)、"炫耀式休闲"(conspicuous leisure)、"金钱的模仿"(pecuniary emulation)等术语,批判性地再现了世纪之交美国的物质生活。德国社会学家格奥尔格·西美尔(Georg Simmel)则以敏锐的眼光指出了现代物质生活中的种种隐患。首先,生产技术的发展带来了物质关系的改变。在现代社会,物的数量、自主性、专业化程度提高,"物和人之间已经彼此分离",主体和客体关系面临破裂的危机,要警惕"物的反抗"。②其次,随着城市化进程的推进,人际关系越来越变得"物质化"。金钱"以一种无法修复的方式挖空了事物的核心、它们的特殊性、它们的具体价值,以及它们的独特性和不可比性"。③

与之互为佐证的,是文学界对维多利亚时期物质世界由来已

---

① Elaine Freedgood, *The Ideas in Things: Fugitive Meaning in the Victorian Novel*, Chicago: University of Chicago Press, 2006, p.1.
② Georg Simmel, *The Philosophy of Money*, London: Taylor & Francis, 2011, p.460, p.468.
③ Georg Simmel, *On Individuality and Social Forms: Selected Writings*, ed. Donald N. Levine, Chicago: University of Chicago Press, 1971, p.330.

久的关注。①早在20世纪80年代末,在文化研究的兴盛期,就出现了一批研究英国维多利亚文学的物、商品的专著。其中最具代表性的是英国历史学家阿萨·布里格斯(Asa Briggs)的《维多利亚的物》(*Victorian Things*, 1988)。布里格斯借鉴符号学和人类学的研究方法,囊括了从火柴到眼镜、从针线到电话的几十种物,其目的是重建"可理解的宇宙",将维多利亚的物质生活细节呈现给当代读者。②随之而来是一批对维多利亚文学中的财产、商品文化、物的生产与消费的研究。③到2003年,林恩·裴克特(Lyn Pykett)正式揭开了维多利亚文学"物转向"的序幕:"维多利亚人对物品和事物很着迷——但最近的学术研究证明,学术界对这种迷恋也同样着迷。"④裴克特特别指出,商品应和物区别开来,"文学生产的历史、文学的商品化、文学市场的历史,以及维多利亚时期的书籍历史"同样值得关注。⑤在此之后,在新物质主义的进一步推动之下,19世纪、20世纪之交的英美文学相关研究确实迎来

---

① 当然,在讨论19世纪末20世纪初的美国文学时,我们很少用"维多利亚文学"的提法。从历史周期划分的角度,美国文学研究者们更青睐"镀金时代的文学""进步时代的文学",或者是现实主义文学、自然主义文学的提法。但是无可否认,当时的美国文学和价值观深受英国维多利亚社会的影响,学界也不乏针对"维多利亚美国"的文学、文化研究。比如Carroll Smith-Rosenberg, *Disorderly Conduct: Visions of Gender in Victorian America*, Oxford: Oxford University Press, 1986; Thomas J. Schlereth, *Victorian America: Transformations in Everyday Life, 1876-1915*, New York: Harper Collins, 1992。为了更好、更全面地反映关于物的文学研究,本书有意识地对同时期的英美文学研究现状做出梳理。

② Asa Briggs, *Victorian Things*, Chicago: University of Chicago Press, 1989, p.3.

③ Andrew, Miller, *Novels Behind Glass: Commodity Culture and Victorian Narrative*, Cambridge: Cambridge University Press, 1995. Jeff Nunokawa, *The Afterlife of Property*, Princeton: Princeton University Press, 1994.

④ Lyn Pykett, "The Material Turn in Victorian Studies," in *Literature Compass*, 1.1 (2003), p.1.

⑤ Ibid., p.3.

了一个新的高潮,并呈现以下几个研究趋势。

首先出现的是对某个作家的物质文化主题思想研究。在这一时期的美国文学研究领域,以约瑟夫·R.厄戈(Joseph R. Urgo)等编写的《福克纳和物质文化:福克纳和约克纳帕塔法》(*Faulkner and Material Culture: Faulkner and Yoknapatawpha*, 2004)、詹尼斯·P.斯托特(Janis P. Stout)的《薇拉·凯瑟与物质文化:现实世界书写、书写现实世界》(*Willa Cather and Material Culture: Real-World Writing, Writing the Real World*, 2005)和加里·托特(Gary Totten)编写的《纪念盒和受保护的内部:伊迪斯·华顿与物质文化》(*Memorial Boxes and Guarded Interiors: Edith Wharton and Material Culture*, 2007)为代表。这些论文集虽然结构比较松散,但从不同侧面多维度描绘了物质文化对美国经典作家的文学风格、主题思想和个人生活的影响。

与此同时,聚焦商品和消费文化的文学研究继续蓬勃发展。比如克瑞丝塔·李萨克(Krista Lysack)的《来买、来买:购物和维多利亚女性写作中的消费文化》的(*Come Buy, Come Buy: Shopping and the Culture of Consumption in Victorian Women's Writing*, 2008)和彼得·贝杰曼(Peter Betjemann)的《说话商店:消费时代的工艺语言》(*Talking Shop: The Language of Craft in an Age of Consumption*, 2011)等。[1]这些专著从商品文化出发,解读文学中某一生产、流通、消费行为。在新物质主义的影响

---

[1] 既包括对单个作家的研究,又包括对作家群像的探讨。Catherine Waters, *Commodity Culture in Dickens's Household Words: The Social Life of Goods*, Aldershot and Burlington: Ashgate Publishing, 2008. Simone Francescato, *Collecting and Appreciating: Henry James and the Transformation of Consumption*, Bern: Peter Lang, 2010. Janell Watson, *Literature and Material Culture from Balzac to Proust: The Collection and Consumption of Curiosities*, Cambridge: Cambridge University Press, 2000.

下,一些研究从对劳动者或消费者的传统关注中出走,转向消费实践、购物、展示、收藏和工艺制作,指出物质物品和消费之间的界限并不绝对,读者应在更广泛的社会和文化背景下阅读物品。比如,在《帝国之内:维多利亚家庭小说中的印度商品》(*The Empire Inside: Indian Commodities in Victorian Domestic Novels*,2011)中,苏珊娜·戴利(Suzanne Daly)通过从印度进口到英帝国的货物,探究商品对英国人的观念和英国人身份的影响。

同时,出现了一些关于某一特定物品物质性的文学/文化史批评,这反映了学术界对物质现实逐渐丰富、全面的关注。这方面的成果众多,研究题材多样,比如服装、珠宝、书籍、头发、家庭手工艺品、泥土和食物;涉及的社会问题广泛,如国民性、性别、阶级和种族的身份等。[1]这类研究能够比较深入地讨论一种物/物品在文学中的表征,创新性强,但目前重点仍是英国文学。比如在广受好评的《在维多利亚时代的英国如何用书来做事》(*How to Do Things With Books in Victorian Britain*,2012)中,李·普瑞斯(Leah Price)讨论了书籍和纸张的社会生活,或者是"维多利亚时代对书籍流通的表述和看法,以及对书籍流通的幻想和幻觉,而不是书籍流通本身"。[2]

---

[1] 参见以下文献:Galia Ofek,*Representations of Hair in Victorian Literature and Culture*,Burlington:Ashgate Publishing,2009;Christine Bayles Kortsch,*Dress Culture in Late Victorian Women's Fiction: Literacy*,*Textiles*,*and Activism*,Aldershot and Burlington:Ashgate Publishing,2009;Jean Arnold,*Victorian Jewelry*,*Identity*,*and the Novel: Prisms of Culture*,London:Routledge,2011;Talia Schaffer,*Novel Craft: Victorian Domestic Handicraft and Nineteenth-Century Fiction*,Oxford:Oxford University Press,2011;Sabine Schülting,*Dirt in Victorian Literature and Culture: Writing Materiality*,New York:Routledge,2016。

[2] Leah Price,*How to Do Things with Books in Victorian Britain*,Princeton:Princeton University Press,2012,p.36.

一些研究者运用新的物质理论来批判特定的文学流派或趋势,旨在恢复和重新评价文学史中物质性的意义。洛里·梅里什(Lori Merish)、乔治·伯恩斯坦(George Bornstein)和马克·诺布尔(Mark Noble)分别创造性地使用了"感伤物质主义"(Sentimental Materialism)、"物质现代主义"(Material Modernism)和"诗学物质主义"(Poetic Materialism)等术语,探讨物品和商品在美国文化中的作用。[1]诺布尔构思的"原子化的人类主体",旨在建立一种更复杂的主客体关系。这些研究将物质主义和文学传统、科学史等结合起来,刷新了我们对现代主义和感伤主义文学的理解。

最后是重读经典小说的"物研究",代表人物为布朗和弗里德古德。在《物质无意识:美国娱乐、斯蒂芬·克莱恩和游戏经济学》(*The Material Unconscious: American Amusement, Stephen Crane and the Economics of Play*, 1997)、《物感:美国文学的物质问题》和《它物》(*Other Things*, 2016)中,布朗对美国作家克莱恩、马克·吐温(Mark Twain)、詹姆斯、萨拉·欧恩·朱厄特(Sarah Orne Jewett)、西奥多·德莱塞(Theodore Dreiser)及弗吉尼亚·伍尔夫(Virginia Woolf)的经典小说进行了深入的研究。而弗里德古德的领域是英国维多利亚小说,代表作为《物中之意:维多利亚时代小说中的逃逸意义》(*The Ideas in Things: Fugitive Meaning in the Victorian Novel*, 2006)。彼得·施温格(Peter Schwenger)和巴贝特·蒂施勒德(Babette Tischleder)继

---

[1] Lori Merish, *Sentimental Materialism: Gender, Commodity Culture, and Nineteenth-Century American Literature*, Durham, NC: Duke University Press, 2000. George Bornstein, *Material Modernism: The Politics of the Page*, Cambridge: Cambridge University Press, 2001. Mark Noble, *American Poetic Materialism From Whitman to Stevens*, New York: Cambridge University Press, 2014.

承了这一思路,分别对物的文化史中的忧郁和 19 世纪中期至 20 世纪末的五部经典美国小说进行了评析。①目前,这一研究范式已经成为新物质主义的热点。文学研究界已经意识到对文学作品中的物和物质的思考开启了对"身份和基本的认同、个人主体的构建,以及与物质世界和社会的主体形式"等核心问题的新视角,"该领域仍有未被开发的潜力"。②

从研究理念和领域上来说,"物研究"和本书最为接近,并在两个方面提供了重要的指导。其一,从马克思主义对作为商品的物的探索中走出来,指出消费文化的视角不足以理解主体和客体之间的复杂关系。如布朗所说,"马克思对商品活力的生动描绘——他对商品化的物体-生命的形象描绘——与他对商品拜物教的理论表述不大相符"。③鼓励我们不再关注商品化和消费工作,转而探索物品在交换价值、生产和消费话语以外的背景下的可能性,展示如何运用"物论"来解读特定文学文本。通过"我们为什么以及如何使用物来制造意义,塑造或重新塑造我们自己,组织我们的焦虑和情感,升华我们的恐惧和构架我们的幻想"等问题,来恢复和想象物的物质性。④其二,融合新历史主义和新物质主义的研究方法,将物质细节作为"历史文本"来解读。正如弗里德古德所言,许多物品虽然在文本的"修辞等级"中并不重要,却

---

① Peter Schwenger, *The Tears of Things: Melancholy and Physical Objects*, Minneapolis: University of Minnesota Press, 2006. Babette Bärbel Tischleder, *The Literary Life of Things: Case Studies in American Fiction*, Frankfurt: Campus Verlag, 2014.

② Jennifer Sattaur, "Thinking objectively: An overview of 'thing theory' in Victorian studies," in *Victorian Literature and Culture*, Vol. 40, No. 1(2012), p. 356.

③ Bill Brown, *A Sense of Things: The Object Matter of American Literature*, Chicago: University of Chicago Press, 2003, p.27.

④ Ibid., p.4.

"在文本产生的世界中具有高度重要性",① 如《简·爱》(*Jane Eyre*,1847)中的桃花心木家具、《玛丽·巴顿》(*Mary Barton*,1848)中的花布窗帘,以及《远大前程》(*Great Expectations*,1861)中的"黑人"烟草。如果说新历史主义关注的是小人物不一样的历史,那么在新物质主义指导下的文学研究所感兴趣的就是"物"的历史,"历史不再是简单的人的历史,也成为自然事物的历史"。②

国内对19世纪、20世纪之交美国小说的研究已开展多年,批评角度从文学城市、生态主义,到乌托邦叙事、新女性、男性气质等不一而足。周小仪、王宁、殷企平等学者从消费文化的角度对这一时期的英美文学创作理论做了较为深入的个案分析,但以物和物质文化为切入点的研究成果还比较少,且偏向理论方面的述评。目前,出版有专著和编著各一,分别以"新物质诗学"和"物质文化"为主题;③还有数篇介绍新物质主义思潮的论文,以及零星文本分析尝试。④尚未有将新物质主义研究这一学术话语纳入美国经典文学研究的自觉性,也缺乏对美国小说中物质性的系统分析。

---

① Elaine Freedgood, *The Idea in Things: Fugitive Meaning in the Victorian Novel*, Chicago: University of Chicago Press, 2006, p.2.
② Bruno Latour, *We Have Never Been Modern*, New York: Harvester Wheatsheaf, 1993, p.82.
③ 张进,《活态文化与物性的诗学》,北京:人民出版社,2014年。孟悦、罗钢,《物质文化读本》,北京:北京大学出版社,2008年。
④ 除前文列举的文章,还有以下代表性论文。张进,《论物质性诗学》,载《文艺理论研究》,2013年第4期。张进、李日容,《物性存在论:海德格尔与拉图尔》,载《世界哲学》,2018年第4期,第135—143页。徐蕾,《人与物的交缠——拜厄特小说〈玫瑰色茶杯〉之物语》,载《外国文学评论》,2015年第3期,第150—164页。唐伟胜,《爱伦·坡的"物"叙事:重读〈厄舍府的倒塌〉》,载《外国语文》,2017年第3期,第6—11页。唐伟胜,《为物所惑:济慈颂歌中的复魅叙事》,载《外国文学研究》,2021年第2期,第58—69页。

正如上述分析所示，19世纪末20世纪初的文学是一个很有前景的物质文化研究领域，在讨论人与物的关系方面也有一些重要进展。尽管如此，现有的研究多集中于英国维多利亚文学，多聚焦单个作家和特定的物，还没有出现专门针对这一转折期美国文学中物和物质性的整体研究，也没有在叙事格调的层面将其作为时代精神的触突，从文化历史和文本细读的联系中去进行深入探讨。这正是本书选取新物质主义为研究视角，19世纪、20世纪之交的美国小说为研究对象的原因。

简单地说，本书致力于以三种相互关联的方式继续推进新物质主义的文学研究。第一，聚焦于19世纪末20世纪初的美国小说，而不是英国维多利亚文学。第二，呈现不同类型的物，而不是单一或特殊的物；分析不同作家的作品，而不局限于单一作家。第三，立足于新物质主义对物的新认识，为19世纪末和20世纪初美国小说中人类世界和物质世界之间的关系描绘出一幅更全面、生动的图景。不再简单地将小说中的物作为背景和装饰，物是意识形态的隐喻，蕴含被遗忘或压抑的历史知识。虚构的物中隐藏着珍贵的历史、社会和政治叙事。本书汲取前人研究的经验，以"物之想象"为研究主题，目的是进一步揭示在美国社会的转折点上，文学作品中不断扩大的、复杂的、丰富的物质世界，展现物的力量、活力和不确定性。

三、立意：物的表征和轨迹

本书在新物质主义研究的视域下，选取六位美国经典作家1880年到1920年间发表的小说为研究样本，系统梳理和提炼19

世纪、20世纪之交美国小说中的物质性问题。所选主要小说文本包括,詹姆斯的《阿斯彭文稿》(The Aspern Papers,1888)、《博因顿珍藏品》(The Spoils of Poynton,1897),薇拉·凯瑟(Willa Cather)的《汤米:务实的女人》("Tommy, the Unsentimental",1896),弗兰克·诺里斯(Frank Norris)的《麦克提格》(McTeague,1899),西奥多·德莱塞的《嘉莉妹妹》(Sister Carrie,1900),凯特·肖邦(Kate Chopin)的《不可预料》("The Unexpected",1895)和《一支埃及香烟》("An Egyptian Cigarette",1900),伊迪斯·华顿(Edith Wharton)的《欢乐之家》(The House of Mirth,1905)和《国家风俗》(The Custom of the Country,1913)。

鉴于新物质主义的跨学科性质,本书兼容并蓄地运用众多理论家的思想,包括同时期的马修·阿诺德(Matthew Arnold)、约翰·罗斯金(John Ruskin)、凡勃伦、西美尔等对道德、品位、美感、自我等概念的讨论和反思,20世纪重要的理论家雅克·本雅明(Jacque Benjamin)的"光晕"(Aura)和关于收藏的理论,让·鲍德里亚(Jean Baudrillard)的"物体系"(System of Objects)理论,皮埃尔·布尔迪厄(Pierre Bourdieu)的"区隔"理论,社会人类学关于礼物的理论,以及当代新物质主义理论家贝内特、拉图尔对能动性的论述,尤其是文学批评家布朗的物论等。

需要特别指出的是,本书分析的核心始终是具体的物:自行车(第一章)、衣服和饰品(第二、四章)、玻璃和镜子(第二章)、书籍和画像(第三、八章)、(古董)家具(第二、五章)、香烟(第六章)、金子(第七章)、信件和文稿(第八章)。这些文学文本中纷繁多样的物促使我们思考一些富有成效的研究问题。19世纪、20世纪之交的作家是如何书写物质物品的?他们为什么会对这些物着迷?美国现实主义和自然主义文学中对物(质)的关注是否只源于对真实性的追求？虚构的物指向怎样的主客体关系？更具体地说，物质对象在人类生活中的作用是什么？人类在对象的"生活"中的作用是什么？在美国社会向消费文化迈进的重要时刻，物的意义是否被简化为其商品价值？如果答案是肯定的，那么在这一过程中，有什么关键性因素？如果不是，这些物的历史或情感价值是什么？

为了回答这些问题，本书以"物的表征"和"物的轨迹"为主线，考察小说文本中物的建构功能和文学文本中映射的物的历史，观照人与物特殊关系的产生、发展、转变，乃至终结。如果说"物的表征"部分讨论的是"物中的历史"（the history in things），也就是萦绕在物质对象中的主体身份、情感状态和审美志趣，那么"物的轨迹"则关注"物的历史"（the history of things），或者物的流通，以及它们在不同文化领域中的"社会生活"。①第一部分"物的表征"讨论了物在表达和塑造性别身份、欲望、审美和时尚中的重要作用。第一章以《轮子中的轮子：我是怎样学会骑自行车的》(A Wheel Within a Wheel: How I Learned to Ride the Bicycle, 1895)、《不可预料》和《汤米：务实的女人》为例，分析了自行车如何为社会关系所建构和影响，成为"性别之物"（gendered object），而新女性怎样创造了自行车"自由机器"（freedom machine）的现代神话，将挑战性别局限的主张具化其中。第二章聚焦《嘉莉妹妹》中物和欲望的问题。衣服作为表达欲望的语言，塑造、定义着人的性格和自我；摇椅体现享乐主义精神，提供观察外部世界的途径，构筑渴望和欲望的循环空间；而镜子和平板玻璃则揭示、探索主体性，延伸着人的欲望，同时对其施加阻力。第

---

① Bill Brown, "How to Do Things with Things (A Toy Story)," in *Critical Inquiry*, Vol 24, No. 4 (1998), p. 935.

三章通过对《欢乐之家》中的两种艺术(产)品(美国史料和画像表演)的研究,探究消费文化如何影响纽约上层社会的美学和价值观,并最终推动从藏品到废物的转变。第四章以《国家风俗》中时尚饰物的变迁,探究女主人公从时尚的跟风者到时尚之物的拥有者,再到操纵者的过程,反思欧洲时尚产业对美国社会的影响,以及"时尚的商业化"对美国消费者的影响。

第二部分"物的轨迹"以礼物、遗物、恋物和藏品为主题,关注物的能动性,着重探讨了物在商品化之外的社会生活。第五章以詹姆斯的《博因顿珍藏品》中"博因顿珍藏品"之争的缘起、衍变和终结为例,分析了藏品所隐射的三种问题:财产所有权问题、审美问题和文化理想。小说结尾的神秘大火指向作家对作为客体的藏品和作为主体的人的关系的评价。第六章以短篇小说《一支埃及香烟》中香烟的轨迹为线索,追溯了香烟礼物和商品的双重属性。作为礼物的香烟中蕴含着新女性打破性别壁垒、表达女性独立意识的诉求,表达了女性艺术家的艺术灵感和创造力。第七章聚焦自然主义文学代表作家弗兰克·诺里斯的经典之作《麦克提格》。小说中的金子蕴含着恋物的非理性激情和幻想,恋物中的商品拜物教、病态的欲望和原始主义的物神崇拜推动了《麦克提格》中的悲剧。第八章关注《阿斯彭文稿》中的遗物。作为纪念品和名人文物,遗物同时承载个人记忆和美国人的历史记忆遗产。同时,通过作为视觉记忆承载物的画像,作者表达了对个人和历史记忆更为复杂的态度。

在"物的表征"中,第一章到第四章的论述主题(无论是自行车、艺术品还是各类服装饰品)都和更为宏大的社会话题有关:性别、品位、欲望、阶级、技术、时尚。因此这部分对文本中无生命的物的分析实际上指向的是主客体世界互动的问题,也就是作为实体的自我如何与其他事物相联系。"物的轨迹"部分借用物研究的批评方法,以处于特定状态的物为切入点,探讨了四部小说中的藏品、礼物、恋物和遗物。不同状态的物共同表明,在物的生命周期内,其"包含的价值、功能和社会意义,或者说归属于它们的价值、功能和社会意义并不固定"。①以小说中某物为例,在文本内外追寻这种物的前世今生,"这种研究模式根据一种强烈的隐喻式阅读的指令进行"。②随着人们与物的互动和时间的推移,物所承载的意义不断发展,物质世界也为人们创造意义,影响着人类社会的结构。

---

① Fiona Candlin and Raiford Guins, "Introducing objects," in *The Object Reader*, eds. Fiona Candlin and Raiford Guins, London and New York: Routledge, 2009, p.7.
② Elaine Freedgood, *The Idea in Things: Fugitive Meaning in the Victorian Novel*, Chicago: University of Chicago Press, 2006, p.13.

I 物的表征

第一章

性别之物：三篇新女性叙事

如果说性（sex）的差异是天生的、生物性的，那么性别（gender）差异则是文化和社会的产物。按照现代性别研究的看法，性别不过是强加在有性别的身体上的某种社会类别。作为一种社会构成，性别是在社会关系中形成的。而物在设计、生产、消费过程中，往往在不知不觉间被赋予了某种性别属性。"性别的形成不仅仅是对男性或女性属性的'编码'，也是一种'生成'。"[1] 正是因为性别的建构性，物的形态和使用也潜移默化地影响甚至改变着人们对男性气质或女性气质的认识。近年来，性别研究和物质文化研究都注意到了将人和物连接在一起的"性别之物"的重要性。

在1996年出版的《性别的物》(*The Gendered Object*)中，来自历史、设计、艺术研究各领域的学者以十八种不同的物的研究，揭露特定的男性气质和女性气质对"物的选择、设计、广告、购买、

---

[1] Pat Kirkham and Judy Attfield, "Introduction," in *The Gendered Object*, ed. Pat Kirkham, Manchester and New York: Manchester University Press 1996, p.4.

给予和使用的影响"。①从中世纪的男士紧身裤到 19 世纪中期的女性裤装,再到现代的芭比娃娃和当代的香水包装,《性别的物》广泛讨论了物和身体、权力、消费文化之间的关系。虽说大部分文章聚焦性别关系在物质世界的表征,但也指向了物的能动性研究(如物如何激活、保留记忆)。而随着新物质主义的兴起,《1600 年以来英国的性别与物质文化》(Gender and Material Culture in Britain Since 1600,2015)、《妇女与事物,1750—1950 年:性别化的物质策略》(Women and Things, 1750 -1950: Gendered Material Strategies,2017)等著作将性别和物的研究引入更宏大、广阔的层面。物质文化学者们明确性别和物之间的辩证关系,"性别影响着物;反过来,人们所拥有的物又以更广泛的方式影响着性别的概念和看法"。②与此同时,对这一议题的研究从物质消费的主体出发,衍生到物的生产、流通和回收等领域,以更好地解释主体和客体关系的复杂性。当然,文学批评界也展示了对"性别之物"的研究兴趣。在《英国文艺复兴诗歌中的性别、性和物质对象》(Gender, Sexuality, and Material Objects in English Renaissance Verse,2010)中,作者阐明了 16 世纪和 17 世纪英国诗人"对人与物、人与非人的主体和客体之间的关系进行概念化的一系列方式",尤其揭示了女诗人主宰客体的想象和男性诗人控制主体能力的局限性。③

---

① Pat Kirkham and Judy Attfield, "Introduction," in The Gendered Object, ed. Pat Kirkham, Manchester and New York: Manchester University Press 1996, p.2.
② Hannah Greig, Jane Hamlett and Leonie Hannan, eds., Gender and Material Culture in Britain Since 1600, London: Palgrave, p.1.
③ Pamela S. Hammons, Gender, Sexuality, and Material Objects in English Renaissance Verse, Burlington: Ashgate Publishing, 2010, p.185.

第一章 性别之物:三篇新女性叙事

正是在这样的背景下,本章选取发表于1895—1896年间美国女性作家的自行车叙事,聚焦于成为"性别之物"的自行车,分析自行车如何在为性别关系影响的同时,挑战、塑造了性别差异。和洋娃娃、枪械、西装、化妆品这些具有明显性别特征的物相比,自行车"性别之物"的特点并不明显。那么,自行车到底怎么进入了19世纪90年代中期关于性别身份的讨论,进而成为新女性的标志,并被大部分人认可?此时发表的自行车故事是怎样艺术性地将新女性的主张包裹于自行车的功能和设计之中?而自行车作为一种新型的交通工具和运动手段,如何影响美国社会对于女性角色和气质的认识?要回答这些问题,有必要将自行车还原至具体的社会历史语境中,考察围绕自行车的叙事。

在几乎所有自行车历史的相关记述中,19世纪90年代都占据了显耀的位置。因为这时自行车热潮席卷欧美,自行车第一次广泛流行,其外观和设计与现代的自行车相差无几。而得益于美国发达的商业体系和民主精神,自行车在美国取得了更大的成功,并在1895—1896年达到最高点。据统计,1895年全美年产自行车四十万辆,而1896年卖出的自行车就高达一百万辆。[1]一时间,自行车产业飞速发展,自行车供不应求。自行车工厂猛增至二百五十家,生产逾千种型号的自行车。伴随产业巨大发展而来的,是自行车在美国社会的风靡。从19世纪90年代开始,全美自行车骑手仅十几万,但是在短短五六年间,这一数字已

---

[1] Philip G. Hubert, "The Wheel of Today," in *Scribner's Magazine* (June 1895), p. 696;Gary Allan Tobin, "The Bicycle Boom of the 1890s: The Development of Private Transportation and the Birth of the Modern Tourist," in *Journal of Popular Culture* (Spring 1974), pp.838 - 849.

跃至四百万。①

　　本章选取三个发表于1895—1896年间美国自行车热潮中的新女性叙事。这三部作品包括弗朗西斯·威拉德（Frances Willard）的自传体故事《轮子中的轮子：我是怎样学会骑自行车的》、凯特·肖邦的短篇小说《不可预料》和薇拉·凯瑟的《汤米：务实的女人》。三部作品的作者都具有新女性倾向，且在当时已小有名气。威拉德是著名的女权主义者、美国基督教妇女禁酒联合会（WCTU）全国主席，她的自行车故事基于亲身经历，深具典型性和影响力。而肖邦和凯瑟的短篇小说则代表着美国两代女作家对自行车的共同关注。在这些叙事中，自行车从男性专属变为适合女性的运动，进而演绎了新女性身体、领域和婚姻权利的"自由机器"（freedom machine）神话，推动塑造智性而独立的新女性气质。这些围绕自行车的叙事一起赋予了物以某种社会生活和文化内涵，并帮助我们深入理解世纪末美国新女性的复杂性。

一、物的性别：自行车热潮中的《轮子中的轮子》

　　1896年7月，因为《红色英勇勋章》(*The Red Badge of Courage*, 1895)刚刚成名的作家斯蒂芬·克莱恩在《麦克卢尔杂志》(*McClure's Magazine*)上为读者报道了他在纽约曼哈顿观察到的新兴都市奇景："一群骑着自行车的人征服了往日宁静的西

---

① 另有保守估计为两百五十万。Richard Harmond, "Progress and Flight: An Interpretation of the American Cycle Craze of the 1890's," in *Journal of Social History*, 5 (Winter 1971), p.240.

部大道,他们朝往夕返于中央公园和哈德逊河之间,进而占领了新建的哥伦布圆环区域;附近的咖啡厅和餐厅满是穿着自行车服装的人,商店充斥着各式各样的自行车商品,自行车修理店数之不尽,就连广告牌也为自行车折腰——一切都是自行车。"①

克莱恩展示的正是1895—1896年间美国自行车热潮(Bicycle Craze)的盛况。②一时之间,自行车产业成为最赚钱的行业,自行车广告占领各大刊物、报纸的版面,并很快影响了人们的出行方式、旅行模式和运动趣味,美国人加入各种自行车俱乐部,主办"国际自行车锦标赛","全美自行车联盟"发起"好路运动"(The Good Roads Movement)。人们为自行车带来的改变欢欣鼓舞,甚至将其与铁路、煤气和电的发明相提并论。

巧合的是,自行车热潮和新女性现象相随而起。1894年,新女性正式在《北美评论》(*North American Review*)上横空出世,命名"受洗"。新女性们以激进姿态雄心勃勃地提出了发展女性自我意识和追求性别平等的改革,并挑起了诸多围绕婚姻结构、职业机会、教育模式的论战。而在这之后的1895年,自行车热

---

① Stephen Crane, "New York's Bicycle Speedway," in *Maggie: A Girl of the Streets and Other Writings About New York*, New York: Barnes & Noble Classics, 2005, pp.505-512.
② 社会历史学家对19世纪90年代自行车热潮已多有研究,但主要集中于改革交通方式、确立现代旅行模式、影响市场策略和广告模式等方面。参见David V. Herlihy, *Bicycle: The History*, New Haven: Yale University Press, 2004, pp.283-308。英国的自行车热潮出现在1895—1897年,柯南·道尔、H.G.威尔斯、乔治·吉辛等纷纷发表了关于自行车的故事。David Rubinstein, "Cycling in the 1890s," in *Victorian Studies*, Vol. 21, No. 3 (Autumn 1977), pp. 47-71. 但比较而言,美国的自行车热潮销售额的变化更加明显,且美国杂志对女性骑手的态度较英国媒体更加友好。目前基本没有美国文学方面的系列研究。参见Patricia Marks, *Bicycles, Bangs, and Bloomers: The New Woman in the Popular Press*, Lexington: University Press of Kentucky, 1990, p.190。

潮出现。很快,自行车为寻求性别改革的新女性所青睐,和香烟、灯笼裤一起成为判断新女性身份的标准。[①] 著名的新女性作家奥利弗·施赖纳(Olive Schreiner)、萨拉·格兰德(Sarah Grand)都热爱骑自行车,夏洛特·珀金斯·吉尔曼(Charlotte Perkins Gilman)也曾尝试骑自行车。

1895年,《轮子中的轮子》出版,此时恰逢自行车热潮,这本小册子很快成为畅销书。在《轮子中的轮子》中,威拉德从一名社会活动家的角度讲述了自己学骑自行车的经历,称赞自行车改变了自己的人生。她列举了自行车的诸多优点,并鼓励女性勇敢接受这项新发明。自行车并不是一夜之间成为新女性的标志的。从表面上看,自行车的性别内涵似乎没有灯笼裤和香烟那么一目了然:灯笼裤是女性服饰改革运动(Dress Reform Movement)的目标,吸烟更是一度被视为男性的特权,两者都包含非常明确的政治意图,完全打破了既定性别秩序。事实上,自19世纪中期自行车出现后将近五十年的时间里,无论从设计还是用途来看,自行车都颇具男性性别色彩。

1876年,在费城举办的"百年博览会"(The Centennial Exposition)上,自行车首次在美国展出,并在两年后投入生产。当时的自行车是高轮车(Highwheeler),也被称为"平凡车"(Ordinary),样式和现代自行车截然不同。高轮车的主体结构是一个巨大的轮子,上面装有曲柄把手和脚踏板。大轮子后接一个小轮子,其大

[①] 国内已有研究者注意到了新女性和自行车之间的联系,并指出"自行车成为女性自身寻求平权的又一突破口"。不过这篇文章以"19世纪末法国自行车海报广告"为研究对象,主要分析了广告中不同新女性形象背后的文化、经济机制。参见杜莉莉,《驰骋的新女性——19世纪末法国自行车海报广告中的女性图景》,载《妇女研究论丛》,第141卷第3期,2017年5月,第82页。

小为前者的三分之一。两个轮子由弯曲的"支柱"连接,支柱上装有座位。可以想象,高大的前轮使得这种车安装困难,骑起来极其危险。在经历了专人每天一个半小时,持续八天的培训后,时年五十岁的马克·吐温骄傲地宣布:"对于我这个年纪的人来说,我够年轻了,因为我试图驯服一辆九英尺高的老式自行车。"①在人们眼中,骑车是"男性化、纯粹、高尚、理智的"运动,是"'骑士般的男性气质'的外在表达"。②既然自行车是男性专属的机器,自行车骑行就像今天的极限运动一样是纯粹的运动项目。

难能可贵的是,在《轮子中的轮子》中,威拉德记录了自行车性别基础的改变:如果说十五年前女性独自环球旅行等于"违反了社会意义上的法律",那么如今一流报刊主动雇用年轻女性完成"'定时'单车环球旅行",③从男性专属到女性共享,自行车一定经历了不少改变,其中既有技术层面对自行车构架物理形态上的改变,也有自行车热潮所带来的社会观念的改变。

女性之所以敢于骑上自行车,的确离不开自行车本身的技术革新。19世纪70年代末,三轮自行车(Tricycle)出现,这让女性

---

① 吐温还在《驯服自行车》("Taming the Bicycle", 1884)中详细讲述了自己学习骑自行车的经历,并幽默地以"买一辆自行车吧。你不会后悔的,如果你还活着的话"结尾。参见 Mark Twain, "Taming the Bicycle," in *Mark Twain*, *What Is Man? And Other Essays*, New York: Harper and Brothers, 1917, p. 258, p.296。

② Charles Pratt, *The American Bicycler: A Manual for the Observer, the Learner, and the Expert*, Boston: Houghton, Osgood and Company, 1879, p.31.

③ 1895年,第一位完成环地球自行车骑行的女性是安妮·科恩·科普霍夫斯基(Annie Cohen Kopchovsky),又名安妮·朗德里(Annie Londonderry)。Frances. E. Willard, *Wheel Within a Wheel: How I Learned to Ride the Bicycle, with Some Reflection by the Way*, New York: Fleming H. Revell Company, 1895, p.15. (本书每章节探讨的作品,如无特殊说明,引文均由笔者翻译,且只在第一次引用时注明出处,此后只在正文内标注页码。)

首次登上自行车。据威拉德回忆,早在1886年,著名的自行车制造商波普上校就赠予她一辆三轮自行车。(14)这种三轮自行车重量大大增加,但比高轮自行车稳固,还有专为双人骑行设计的串联三轮车,在某种程度上降低了骑行难度,消除了女性的顾虑。不过,真正改变自行车性别底色的革命性设计是80年代出现的"安全自行车"(Safety)。在《轮子中的轮子》中,威拉德亲切地将她的座驾称为"格兰蒂斯"(Gladys)。"格兰蒂斯"正是一辆"安全自行车"——拥有一样大小的前后轮子,使用充气的橡胶轮胎(而非木质轮胎)。(20)随着重量大大减轻,舒适度得以提升,骑行变得容易:"这种安全,同时又轻便、舒适的机器的出现非常有效地帮助我们克服了对自行车的普遍怀疑。"[1]自安全自行车出现以来,女性的购买力迅速增强,其时每卖出三辆自行车,就有一辆为女性消费者所购。可见,虽然安全自行车并不是为女性设计的,却在客观上对女性的日常生活产生了深远的影响。

如果说"安全自行车"的出现去掉了高轮自行车的男性烙印,自行车热潮中对车架的改革则让自行车具备了显然可见的女性性别特征。在这之前,自行车大多采用三角形的钻石车架(diamond frame),这种结构稳定性强,但是把手和座位之间的前架位置较高,有可能对上下车形成阻碍。而根据威拉德在《轮子中的轮子》中列举的学习骑车的步骤,上下车对自行车初学者来说难度比骑车还要高。因此,部分"安全自行车"采用了下沉车架(drop frame)。这种车型将前架的位置调低,不仅降低了上下车

---

[1] 19世纪80年代,苏格兰人(一说法国人)发明了所谓"安全自行车",自行车销量猛增,价格也降低到75美金。Richard Harmond, "Progress and the Flight: An Interpretation of the American Cycling Craze of the 1890s," in *Journal of Social History*, 5 (Winter 1971), p.193.

的难度,还特别有利于穿着长裙子的女性骑行者。①"格兰蒂斯"就是带有这种女性色彩的自行车。据威拉德在 1896 年的一次访谈,"格兰蒂斯"帮助至少三十名女性学会了骑自行车。②随着更多的女性参与到自行车技术革新中,专为女性骑手设计的座位、伞架、服饰纷纷出现。③自行车"性别之物"的特征越来越明确。在 1896 年 5 月《蒙西杂志》(Munsey's Magazine)的自行车特刊中,不仅有对这种下沉车架的特别报道,还着力渲染了自行车对两性截然不同的意义:"对男性来说,自行车一开始不过是个新玩具……但对女性而言,自行车是她们驶入新世界的坐骑。"④

可见,一方面,技术的物之中可能带有设计者性别意识的烙印;但另一方面,物的使用也有可能打破固有性别意识,逐渐改变"物的性别"。在《轮子中的轮子》中,作者通过非常个人化的叙事,讲述了自行车对自己的身体,尤其是神经衰弱的治疗作用。当然,在 19 世纪后半期的美国,无论男性还是女性都饱受神经类疾病的困扰,但对双方发病原因有着不同的解释。当时的医生认为,如果女性患有神经衰弱,那是因为用脑过度,而生理构造又难以承受(《黄色墙纸》的女主人公就是典型的例子)。因此,著名的"静修疗法"要求女性用静养的方式调理身体,并完全规避任何

---

① 需要指出的是,尽管下沉式车架是基于性别差异设计的,但它"增加了重量,影响了稳定性",从而让更多的妇女骑上了自行车,改变了自行车的性别特征。Sarah Hallenbeck, *Claiming the Bicycle: Women, Rhetoric, and Technology in Nineteenth-Century*, Carbondale: Southern Illinois University Press, 2016, p.34.
② Frances Willard, "Miss Willard on the New Woman," in *The American New Woman Revisited: A Reader, 1894-1930*, ed. Martha H. Patterson, New Brunswick: Rutgers University Press, 2008, p.138.
③ 因为穿着裙子不利于骑行,自行车同时还促进了女性的服饰改革。灯笼裤作为一种运动服饰,协调优雅、舒适和合体等需求,越来越受到女性的青睐。
④ "The World Awheel," in *Munsey's Magazine* (May 1896), p.157.

智力活动,回归家庭。但讽刺的是,神经类疾病的男性患者往往被认为是智力发展超群之人,对他们的有效治疗是增加体力类活动,比如著名的"西部疗法"(West Cure)。①不过,威拉德记载的个人病例表明,自行车打破了这种医学界普遍认可的性别差异。

《轮子中的轮子》一开篇,作者就陈述了自己学骑自行车的原因:长期"学习、教书、写作、演讲",导致脑力和体力活动"失衡";母亲去世之后,这种情况加重并发展为轻度的神经衰弱(nerve-wear)。(10—11)无独有偶,喜爱骑自行车的格兰德也有相似的经历:"我曾……深受神经衰弱的折磨,但开始骑自行车之后马上感觉好多了。我觉得对脑力工作者来说骑行是恢复活力的完美活动。"②事实证明,骑行帮助威拉德和格兰德恢复了健康,而女性在骑自行车时所展示出来的"机敏、灵活和技巧"也得到了认可,足以扭转关于女性运动能力不足的种种"传说、神话和愚见"。(41)接着,威拉德引用了三位医生的证词。其中塞涅卡·爱格伯特医生和黎曼·B.斯佩里医生强调自行车骑行对于锻炼身体的好处,特别是让女性享受户外的新鲜空气,能"根治"女性神经方面的疾病。(56—57)另外一名匿名医生的说法更加直接,"现在,许多医师已经认为'自行车'对男性和女性的健康都有益了"。(55)③在结论中,威拉德再次强调,"正是遵循着健康的法

---

① John S. Haller and Robin M. Haller, *The Physician and Sexuality in Victorian America*, Urbana: University of Illinois Press, 1974, pp.35 - 42.
② Sarah Grand, "Women of Note in the Cycling World: A Chat with Mdme Sarah Grand," in *The Hub: An Illustrated Weekly for Wheelmen and Wheelwomen*, 17 (October 1896), pp.419 - 420.
③ 当然,这位医生还对女骑手有几点特别提醒,比如内衣不要太紧身,在学习的时候掌握分寸,不要过度消耗体力,学会之后不要骑得太远。在WCTU的年会上威拉德还提道,如果坚持有规律地运动,体力下降、精神疲劳"这些症状很可能延缓几十年才出现"。

则,我学习了骑自行车"。(73)这一结论意义非常。因为认可骑车能治疗神经类疾病就等于主张禁锢女性、杜绝运动的静修疗法的失败,进而修正了夸大两性生理差异的观念。其实,就在19世纪80年代,医学界对女性骑自行车还多有争论,主要是质疑骑行对女性身体有损。但短短十年间,医生们似乎统一了意见。在自行车热潮的冲击下,新女性的主张和形象越来越为社会所接纳。难怪历史学家称赞,自行车作为一种运动现象,"真正促进了妇女的解放,不论其年龄和阶级"。①

在1895—1896年的热潮中,不光自行车变得更加符合女性的需求,自行车骑行也成了适合女性的活动。这和以威拉德为代表的新女性所发出的声音和影响力是分不开的。她们认识到物之性别的转变,并以亲身经历为证加入关于女性身体和运动能力的讨论,利用物在某种程度上重新定义了社会性别观念。

二、物的神话:《不可预料》的"自由机器"

我们知道,如果没有叙事,物在文化中是隐形的。物的权力和"社会生活"通过关于物的叙事呈现。也就是说,故事和叙事维系着物,给予物以文化内涵。②这一过程和罗兰·巴特《神话学》(*Mythologies*)中对"新雪铁龙"的描述有相似之处。短短两年

---

① Park Jihang, "Sport, Dress Reform, and the Emancipation of Women in Victorian England: A Reappraisal," in *International Journal of the History of Sport*, 6 (May 1989), p.18.

② Ian Woodward, *Understanding Material Culture*, Los Angeles: Sage Publications, 2007, p.152.

间,自行车像"新雪铁龙"一样,"极大地增强了人类实力,是近期在社会和经济生活中最具革命意义的力量"。①但如前所述,作为物的自行车并非生来就是女性解放的象征,甚至和男性气质联系密切。在自行车设计性别基础改变的同时,新女性需要重新创造自行车"自由机器"的现代神话,将挑战性别局限的主张具象化于"自由机器"之中。

这样的努力其实在威拉德自传故事的主标题中已经体现出来。威拉德这样解释"轮子中的轮子"的含义:"我开始意识到我和我的自行车等于我和世界。我们总得学会驾驭这个旋转世界之轮。"(27)显然,她用自行车类比世界,将学骑自行车比作必要的人生历练,借此强调骑自行车等于独立行走于社会,倡导女性放低姿态,用坚强、坚持和自信学习掌控自己的人生。与之相似,著名的美国女权主义者苏珊·B.安东尼(Susan B. Anthony)也对自行车寄予厚望:"我觉得(自行车)比世上其他东西都更能解放女性。……自行车赋予女性一种自由和自主的感觉。一旦登上自行车,她就知道除非下车,没有任何东西可以伤害到她。而当她骑车远去,那就是一幅自由自在、不受羁绊的女性画像。"②作为女性运动的领军人物,威拉德和安东尼对自行车的青睐并不是心血来潮,她们将骑自行车这种社会实践视为确立女性自由和权利的重要途径。在19世纪90年代中期,自行车被称为女性解放的"自由机器",其象征价值赋予物以特殊的意义和权力。

凯特·肖邦1895年发表于《时尚》杂志的《不可预料》就是一

---

① Joseph Bishop, "Social and Economic Influence of the Bicycle," in *Forum*, 21 (August. 1896), p.681.

② Nelly Bly, "Champion of Her Sex: Interview with Susan B. Anthony," in *New York World*, February 2, 1896, pp.9-10.

个传统女性成为新女性的故事,自行车是女主人公寻求自由和独立的重要工具。《不可预料》的主人公兰德尔和多萝西娅是一对深陷爱情的未婚夫妻。但不幸的是,兰德尔突然染上"严重的感冒",不得不屡次推迟约会。①两个月后随着病情的恶化,医生建议兰德尔去南方度过秋冬。在离开之前,他和多萝西娅见面,并向她求婚。但情节在这里开始变得"不可预料"起来。多萝西娅并不愿意接受求婚,建议等兰德尔康复后再举行婚礼。故事结尾,多萝西娅骑上自行车,驶向不知名乡村小路。

虽然自行车在故事最后才出现,但对多萝西娅驾驭自行车的描写占了全文四分之一的篇幅。正如评论家所说,肖邦笔下的自行车打破了固有的社会秩序,赋予女性"权利"和"权力"。②"自由机器"带来的改变首先是身体意义上的。故事中,在兰德尔离开之后,多萝西娅迅速登上自行车,她双目明亮,两颊像"着了火","灵活的身体"俯下,骑得飞快。(181)曾经女性是静止的"房中天使",优雅而顺从。女性出门应当有"陪护人",她们的步子应当是"缓慢而胆怯的",像囚徒一样"被禁锢着"。③但骑自行车给予女性一种行动力,打破了对传统女性身体的限制,进而推动女性获得主动性和选择权。克莱恩笔下那些"驾驶着钢铁马匹的穿灯笼裤的女人们"骑行在曼哈顿大街上,"就像在自己家乡一样自在"。④

---

① Kate Chopin, "The Unexpected," in *Vogue*, Vol. 5, Iss. 12 (September 19, 1895), p.180.
② Ellen Gruber Garvey, *The Adman in the Parlor*: *Magazines and the Gendering of Consumer Culture*, *1880s -1910s*, New York: Oxford University Press, 1996, p. 130.
③ Mary L. Bisland, "Woman's Cycle," in *Godey's Magazine*, April 1896, p.386.
④ Stephen Crane, "New York's Bicycle Speedway," *in Maggie: A Girl of the Streets and Other Writings About New York*, New York: Barnes & Noble Classics, 2005, p.512.

而当多萝西娅脱下"家居服",骑上自行车的时候,她也许像这些女骑手一样换上了更利于行动的灯笼裤;她在草地上舒展四肢,"每一块肌肉、每一条神经和每一个纤维都享受着休憩的美好感受"。(181)这种身体的自由和苏醒的活力是女性享受自由最直接的感受。

在故事中,肖邦还细致地描述了多萝西娅如何驶过熟悉的街道,进入荒无人烟的乡村:她经过"一块古老的休耕的田地","大树厚重的树枝懒懒地垂下来",她听着"昆虫的嗡嗡声",感受着"天空、云朵及柔和振动的空气",终于在一片草地旁停了下来,她觉得"自己的脉搏和自然动感的搏动合二为一了"。(181)这些关于户外生活的描述看似和多萝西娅的困境无关,却契合了当时人们对自行车出行,以及与之相关的健康生活方式的推崇。环境的转换、适量的运动、新鲜的空气、明亮的阳光,这些都是自行车这种运动所特有的。自行车深入乡村,帮助女性回到了殖民时期女性"曾经拥有的那种骑在马背上的自由"。[1]这种"自由"是一种更加自然的生活方式,和当下女性生活越来越局限的状况形成了鲜明的对比。在骑着自行车旅行的过程时,如多萝西娅一样的女性拓宽了视野和活动的领域,享受着行动、出行的"绝对自由"。[2]从实际意义上,"自由机器"打破了"陪护人传统",女骑手得以自己决定去向哪里,去干什么。[3]而从象征层面,自行车的流动性瓦解了长期以来统治女性生活的"两分领域"观念。对她们来说,骑车

---

[1] "The World Awheel," in *Munsey's Magazine* (May 1896), p.157.
[2] Maria E. Ward, *The Common Sense of Bicycling: Bicycling for Ladies*, New York: Brentano's, 1896, p.4.
[3] Patricia Marks, *Bicycles, Bangs, and Bloomers: The New Woman in the Popular Press*, Lexington: University Press of Kentucky, 1990, p.175.

去乡村不仅意味着过上更健康的生活,而且"成为一种新的自由的隐喻,意味着摆脱社会限制,进入更广阔的天地"。①一旦女性不再被束缚在家中,她们就能对公共领域施加更多的影响。正如《蒙西杂志》所说,"转动的银色车轮最终把女性带进户外空气中,给她们以自信、乐趣和力量"。②当多萝西娅骑着自行车离开家,进入户外时,她就成了突破社会规范局限,闯入新天地的新女性的代表。

《不可预料》中的"自由机器"帮助女性突破身体、领域的限制,但更加重要的是,自行车帮助女性走出传统婚姻的束缚。在当时流行的婚恋故事中,理想的男主人公具有"引人瞩目的男性气质",他们通常因为"力量、权力和能力而活跃于公共领域",是"男人中的男人"。③而女主人公天真而美丽,她们最大的特点是生来更加"谦逊"和"纯洁"。④故事的情节应当围绕男主人公主动追求女主人公展开,并以前者克服重重困难,求婚成功为终点。这符合传统的性别模式,男性是主导者,女性只需等待被选中、被照顾。但在《不可预料》中,深爱对方的情侣面临额外的考验。因为曾经是"青春健康、力量和男子气概的美"的代表的兰德尔如今面临严重的健康问题:多萝西娅惊讶地发现,他身体异常虚弱,几乎无法站立,说不上几句话就被剧烈的咳嗽打断,整个人好似经历

---

① 对于 19 世纪的中产阶级女性来说,唯一的户外活动可能是购物和偶尔的社交访问。而骑自行车"开拓"了她们的生活,让她们得以享受"狭隘的家庭生活的琐碎细节之外的兴趣"。Julie Wosk, *Women and the Machine: Representations from the Spinning Wheel to the Electronic Age*, Baltimore: Johns Hopkins University Press, 2001, p.99.

② "The World Awheel," in *Munsey's Magazine* (May 1896), p.158.

③ Janice A. Radway, *Reading the Romance: Women, Patriarchy, and Popular Literature*, Chapel Hill: University of North Carolina, 1991, p.147, p.130.

④ Ruth Bernard Yeazell, *Fictions of Modesty: Women and Courtship in the English Novel*, Chicago: University of Chicago Press, 1991, p.19.

了"异常恐怖的变形"。（180）患病的男主人公不是理想的伴侣——19世纪末的读者对这一点应该没有异议。与此同时，多萝西娅也不是天真无知的传统女主人公，她留心观察，发现兰德尔皮肤"苍白而潮红"，双眼"凹陷"，面容"清瘦而憔悴"，双唇"干枯发烫"，呼吸"发热、有异味"；这一切都表明兰德尔患的并不是严重的感冒，而是致命的结核病。而多萝西娅感到自己的心"颤抖、退缩、萎缩了"，"她对他的爱"也开始消减。（180）在19世纪，结核病通常被认为对男性气质有毁灭性影响，并且因为无法治愈，"被等同于死亡本身"。[1]兰德尔来访的目的却是求婚，他保证自己一定会康复，还承诺"我的财富必须是你的，而婚姻会确保我的愿望成真"。多萝西娅对此先是推辞，后来保持沉默，但在心中默默下定决心拒绝。这一决定进一步扭转了传统的婚恋故事情节。

多萝西娅登上自行车的举动看似"不可预料"，却是在情理之中。如果说兰德尔注定要去世，多萝西娅就没有理由接受他的求婚。况且兰德尔不可能不清楚自己的病情，他对多萝西娅的承诺无异于欺骗。不过多萝西娅清楚，自己是弱势的一方，很快就会有人逼迫她同意。她无法直接拒绝，只有想办法离开。此时自行车隆重登场，为她的逃脱提供了可能：她看上去像是被"某种非机械的力量——某种不寻常的能量"驱使着，她的目的很简单，那就是"最快速地逃离"。（181）故事结尾，多萝西娅在草地上停下，在自然的怀抱中，终于把没有说出的拒绝说出了口："决不！不管他的数千家产！决不，决不！纵然他有百万财富！"（180）当女性从歇斯底里的房中天使变成了自由、健康的女骑手，敢于拒绝婚姻

---

[1] Susan Sontag, *Illness as Metaphor*, London: Allen Lane, 1979, p.17.

和财产提供的保障,女性成为新女性的神话完成了。

在《不可预料》中,帮助多萝西娅获得自由和独立的自行车成了当之无愧的"自由机器"。正如当时畅销的《戈迪杂志》(Godey's Magazine)所说,"当19世纪的女儿们拥有了自行车,她们觉得像是宣布了自己的独立宣言"。[1]故事赋予物以社会生活。在肖邦所构建的自行车叙事中,自行车超越了其物理移动性,获得了一种新的、更为抽象的性别内涵。自行车帮助打破了传统服饰对女性身体的束缚、对女性领域的划分,让她们获得健康、自由和独立。自行车的"超能力"显示着新女性试图改变社会的雄心。

三、物的重塑:《汤米:务实的女人》中的女性气质

如果说多萝西娅骑上自行车逃离家庭和婚姻,进入自然境地的故事具象化了"自由机器"的神话,那么薇拉·凯瑟1896年发表在自己主编的《家:月刊》(Home Monthly)上的《汤米:务实的女人》就展示了自行车塑造女性气质的能力。众所周知,凯瑟从小就通过发型、穿着展示出对传统性别的反叛态度。在19世纪90年代的照片和信件中,她记录了和朋友们一起自行车骑行的经历。

物质文化和性别研究者早已意识到,物不仅能体现性别,还能在不同程度上塑造性别的建构和体验。[2]因为性别观念形成是

---

[1] Mary L. Bisland, "Woman's Cycle," in *Godey's Magazine*(April 1896), p.385.
[2] 比如巴特勒在《性别麻烦》中通过对性别操演的讨论,说明了服装、首饰,甚至姿势(身体的物质性)对性别的塑造。

动态的过程,物是其表征,但也可能在社会实践中改变性别意识和形态。性别需要"物质的真实",并且通过物质文化为人们所"操演和体验",进而"影响个人和群体"。①在19世纪最后十年自行车风靡之际,美国人已经认识到作为物的自行车对人的身体和观念的巨大影响。比如著名的《大西洋月刊》(*Atlantic Monthly*)把自行车称为"典型的美国机器",指出自行车相比其他机器的优越之处在于其能"塑造骑手的头脑,让自己和骑手合二为一"。②

在《汤米:务实的女人》中,凯瑟讲述了西部小镇姑娘西奥多西娅·雪莉(自称汤米)和朋友杰西卡小姐、男友杰·艾灵顿·哈珀之间的恋爱故事,并以汤米敦促杰和杰西卡缔结婚约为结局。促成汤米这一决定的(也是故事的高潮)是一段自行车冒险。其时,为了拯救陷入金融纠纷的杰,汤米不得不在山地艰难骑行,但在杰获救之后决定主动退出。评论家们对自行车的重要性多有关注。比如,加维(Ellen Gruber Garvey)指出骑自行车的情节"表明两个来自东部的人(杰西卡和杰)只适合彼此,谁也配不上汤米"。③而巴特勒(Judith Butler)认为,这是汤米为了取得"父亲"位置的"某种牺牲":汤米始终压抑自己对杰西卡的同性欲望,最后决

---

① 人类学对物质文化的研究也早已展示了(古)物是如何影响性别身份的。参见 S. Sørensen, "Gender, Things, and Material culture," in *Handbook of Gender in Archaeology*, ed. Sarah Milledge Nelson, Lanham: altaMira, 2006, p.107。
② 作者指出,其美国性体现在,自行车(虽然是由法国人发明的)是经由美国发明家和制造商的不断改进,才能适用于大多数人的需求,进而变得流行。W. J. McGee, "Fifty Years of American Science," in *Atlantic Monthly*, 82 (September 1898), pp.311 - 312.
③ Ellen Gruber Garvey, *The Adman in the Parlor: Magazines and the Gendering of Consumer Culture, 1880s - 1910s*, New York: Oxford University Press, 1996, p.131.

定通过促成杰和杰西卡的结合来"贬低女同性恋情"。①巴特勒得出这一结论的重要论据在于"汤米"名字的由来。据考证,从19世纪开始,"假小子"(Tomyboy)就以"粗野的"外表和举止为特征,她们被认为是对"女性性别的逾矩";1888年,有人用"假小子"来形容对其他女孩表达出"粗俗的情感信息"的女性。②但是,同时期著名的美国女性主义作家吉尔曼在《女性和经济学》(*Women and Economics*,1898)中说假小子们"年轻""健康",是当时最"普通的女孩"。③后来的历史学家也支持吉尔曼的这一说法,将19世纪中后期出现的一批有别于"真女性",更加独立、健康、活跃的女孩称为"全美国女孩"(All-American Girl)。可见,认为"汤米"隐含同性倾向的提法是有争议的。如果从自行车热潮入手,我们就会发现解读的另外一种可能。假小子"汤米"暗指"骑自行车的新女性",而整个故事则是围绕着自行车影响新女性女性气质的论争展开的。

让我们也从"汤米"一词开始分析。1895年,作家休·斯塔特菲尔德(Hugh Stutfield)发表了一篇广受关注的新女性小说评论文章,题名就是《胡言乱语》("Tommyrotics")。在文章第一段,作

---

① Judith Butler, *Bodies That Matter: On the Discursive Limits of Sex*, New York: Routledge, 1993, p.161.巴特勒的这一批评建立于19世纪末20世纪初新女性所引发的对性别焦虑的论争之上。对此,国内学者已有论述。关于新女性和性别角色、同性之爱的研究,参见金小天,《重写性别伦理——论〈荒芜的答案〉中的现代爱情观与新女性意识》,载《外国文学研究》第37卷第1期,2015年2月,第41—50页;关于新女性所引发的关于两性气质的争议,参见陈兵,《"新女性"阴影下的男性气质——哈格德小说中的性别焦虑》,载《外国文学评论》第1期,2018年2月,第137—153页。

② Judith Butler, *Bodies That Matter: On the Discursive Limits of Sex*, New York: Routledge, 1993, p.155.

③ Charlotte Perkins Gilman, *Women and Economics: A Study of the Economic Relation Between Men and Women as a Factor in Social Evolution*, Mineola: Dover, 1998, p.29.

者就开宗明义地把新女性小说形容为"色情、神经质和胡言乱语的"。①一个月后,芝加哥一家杂志社响应了这种说法:"一群被幽默地形容为色情和胡言乱语的现实主义作家坚信,要取得艺术上的进步,就得完全抹杀道德观。"②将"胡言乱语"和自行车直接联系起来的,是斯塔特菲尔德戏谑的比喻,他说新女性作家好比"文学自行车骑手","有时她的自行车载着她经过一些令人悲哀的泥泞道路,她的衬裙——或者是灯笼裤——很容易就溅上了泥点"。③ 显然,"自行车骑手"(也就是新女性)不合时宜的穿着让新女性批评者们最为不满。她们的服装就如同"胡言乱语"的新女性写作一样,有悖于时下的道德准则。如前文所述,自行车的下沉车架设计为穿着裙子骑车的女性提供了方便。但随着自行车的流行,灯笼裤趁机获得了更大的市场,并演变为更大的威胁。克莱恩的文章也特意强调了这些穿灯笼裤骑自行车的女子所带来的改变。他指出,美国社会无可避免地进入了"灯笼裤和自行车的时代";字里行间却流露出对这些女性外表和作为的怀疑态度:就算"每一位体面的市民都得承认女人想穿什么就能穿什么",街道上的女自行车骑手却"无疑让他饱受折磨",因为"没有任何男性会为灯笼裤辩护"。④对此态度,一位新女性作家嘲讽地反驳,灯笼裤让男性惊讶地发现原来"女性跟其他人一样也长着

---

① Hugh Stutfield, "Tommyrotics," in *Blackwood's Magazine*, 157(1895), p.833.
② Judith Butler, *Bodies That Matter: On the Discursive Limits of Sex*, New York: Routledge, 1993, p. 155.
③ Hugh Stutfield, "Tommyrotics," in *Blackwood's Magazine*, 157(1895), p.837.
④ Stephen Crane, "New York's Bicycle Speedway," in *Maggie: A Girl of the Streets and Other Writings About New York*, New York: Barnes & Noble Classics, 2005, pp. 505-512. 关于对骑行服装的争论和女性的服饰改革问题,参见 Maria E. Ward, *Bicycling for Ladies: The Common Sense of Bicycling*, New York: Brentano's, 1896。

腿,而且是有用的"。①灯笼裤的问题不仅在于把女性身体从紧身胸衣的束缚中解脱出来,还因为它和自行车一起动摇了显而易见的性别差异,尤其是女士长裙所表达的柔弱、娴静的女性气质。美国社会对这些敢于跨上自行车、尝试新形象的女性的指摘背后,正是保守派对逐渐解体的性别模式的矛盾和不安。如斯塔特菲尔德所说,"胡言乱语"的女性的问题在于她们是"被阉割的半男人"。②

故事中的汤米确实是"骑自行车的女人",她不光在杰陷入危机的关头组织了一场自行车营救,在这之前还不时找机会骑着自行车去"帮他摆平生意上的麻烦"。③她最好的朋友是"父亲生意上的老伙计",她和他们一起"玩扑克、打台球","帮他们调鸡尾酒,有时候还不排斥也喝一杯"。(474)这些朋友帮助汤米完成了男性爱好的教育,而汤米父亲完全放手的作风则半强迫地让她完成了事业上的独立:为了帮父亲遮掩不在家的情况,西奥多西娅不得不代他为家族银行签字,成了"汤米"。(473)在新女性的批评者们眼中,这样外表上缺乏女性魅力、思想和经济上保持独立的女性是"男性化的新女性",是非自然、无性别特征、虚伪和堕落的人物。④出乎所有人意料的是,汤米喜欢上了完全不务实,也缺乏事业心和能力的杰。她对杰会遭遇麻烦早有预料,并在接到求救

---

① David V. Herlihy, *Bicycle: The History*, New Haven: Yale University Press, 2004, p.271.
② Hugh Stutfield, "Tommyrotics," in *Blackwood's Magazine*, 157(1895), p.837.
③ Willa Cather, "Tommy, the Unsentimental," in *Collected Short Fiction, 1892 - 1912*, ed. Virginia Faulkner, Lincoln: University of Nebraska Press, 1970, p. 475
④ Mary W. Blanchard, "The Manly New Woman," In *Off the Pedestal: New Women in the Art of Homer, Chase, and Sargent*, ed. Holly Pyne Connor, Newark: Newark Museum, 2006, p.92.

电报后和杰西卡立刻出发。在这里,凯瑟还加入了一个有意思的细节。从汤米所在的南下镇到杰的红柳镇有几个选择:骑马、骑自行车和乘火车。铁路旅行还不那么便捷,班次少且停靠站点多,"每天开往红柳镇的一列困倦的小火车,在一个小时前就已经爬出了车站"。(477)而马匹的购买、喂养成本高,且难以保证稳定的速度,历来是上层阶级的特权。这一点从汤米在到达目的地后对杰西卡的隐晦批评看得出来:"如果我们骑的是一匹口喷白沫的烈马,我想她会成功的,但车轮损害了她的尊严。"(479)自行车正是因为相比其他交通方式的优势,才在19世纪中期获得了空前的成功。

凯瑟对故事高潮汤米骑车的描写很像是自行车疾速(scorching)车赛,而作者也一再强调天气的炎热和时间的紧迫。那是一个盛暑的中午,"太阳像炽热的黄铜",沿途只有"烤焦的玉米地和草丛"。汤米必须在1小时15分钟内骑完25公里"高低不平、陡峭的"上坡路;而当时男子平地自行车比赛的记录是"45分钟20公里"。①为了及时抵达目的地,汤米拒绝停下来喝水和休息,她"俯身向前,朝向手把,眼睛盯着前方的路一动不动"。(477)凯瑟借杰西卡之口指出了汤米姿势的不妥之处,"她在自行车上的坐势非常糟糕,在她俯下双肩,奋力蹬车的时候很具男性化和职业性的攻击力";在这之后,由于"更加重要和个人化的原因",杰西卡决定放弃骑行,只有汤米一人完成了营救。(477)

有理由相信,杰西卡放弃正是因为注意到了汤米骑行姿势和

---

① Ellen Gruber Garvey, *The Adman in the Parlor: Magazines and the Gendering of Consumer Culture*, *1880s - 1910s*, New York: Oxford University Press, 1996, p.132.

速度的不妥。①如前所述,自行车作为锻炼器械或短途旅行工具获得了广泛的认可,但人们对于女性参与体育运动性质的赛车持保留态度。其实,在19世纪中期,人们可以接受的女性运动大致只有高尔夫、保龄球和骑马几项。因为女性加入体育运动的目的是更好地履行她在家庭中的职责,而这些运动不会有损她们的优雅和美丽。②之后,随着自行车热潮的到来,传统女性接受了自行车,包括最"甜美温柔"和"谨慎"的杰西卡。(476)但正如汤米评价的那样,驾驶车轮和掌控马鞭不一样,自行车逐渐改变着女性的姿态、形象,进而改变女性气质。拥有传统气质的杰西卡能驱使跑得"口吐白沫"的骏马,但不允许"车轮损害她的(女性)尊严"。(479)杂志上同时刊登了女性在采用下沉车架的女性安全自行车上骑行的正确姿势和"赛车手"骑车姿势的错误示例。在驾驶赛车时,自行车和人几乎达到物我一体的地步,为了提高行驶速度,必须采纳特别的坐姿:"须身子伸直水平展开,头靠近车把手,背部上半部下倾(仿佛把背从中间折成两半,双肩向前倾)好似让它们贴向胸膛。"③这种体态既不优雅也不美观,完全颠覆了对女性优美姿态的要求。同时,当时的自行车手册建议,女性骑车的主要目的是锻炼身体,因此不应骑得太快,骑得太远。④女性运动不

---

① 有评论家指出凯瑟的描写有影射 saddle masturbation(车座自渎)的意味,但笔者认为这反映了"赛车"对女性气质的改变。相关评论见 Ellen Gruber Garvey, *The Adman in the Parlor: Magazines and the Gendering of Consumer Culture*, 1880s – 1910s, New York: Oxford University Press, 1996, pp.131 – 132。

② Alison Piepmeier, *Out in Public: Configurations of Women's Bodies in Nineteenth-century America*, Chapel Hill: University of North Carolina Press, 2004, p.41.

③ J. West Roosevelt, M.D., "A Doctor's View of Bicycling," in *Scribner's Magazine* (June 1895), p.713.

④ Julie Wosk, *Women and the Machine: Representations from the Spinning Wheel to the Electronic Age*, Baltimore: Johns Hopkins University Press, 2001, p.110.

应损害其女性气质:优雅和美丽。因此,女性骑车时需要保持上身直立,最好是快速轻盈,还要小心避免阳光的侵蚀,以免晒黑晒伤。"娇美而文雅,肤白而柔弱"的杰西卡就很注意这一点,她喷着"紫罗兰味的香水",骑车的时候也不忘带着她的"遮阳伞"。(476)正是通过她的眼睛,我们意识到自行车确实培养了一种新的女性气质。汤米不是传统浪漫故事中无助地等待王子救助的公主,她有自助和助人的体魄和头脑。如杰后来感慨的那样,几乎没有女性能像她那样既"善良又聪明"。(479)

的确,汤米从外表到内心,从交友到事业都不那么符合传统女性气质的标准。她"敏锐的灰色眸子和宽阔的前额没什么少女气","瘦长"的身材很像"一个活跃的半成年男孩"。(473)她的思维特别"不女性化",很理智冷静,倾向于得出"符合逻辑的结论"。(474)自然,汤米交不到女性朋友。在她看来,周围的女性"都很无趣",她们全部的注意力都在"孩子和沙拉"上。(474)

自行车促进了汤米的进化,推动了她的选择。如果说在自行车骑行之前她还对杰抱有"不务实"(sentimental)的浪漫想象,那么在这之后她认清了这一点。如汤米一般的新女性具有良好的身体素质、理智的头脑,完全能够胜任新的角色。这种新的女性形象随着自行车的流行逐渐为越来越多的人接受,"我们已经习惯于在街道的每一个转弯处,看到曾经黧黑而慵懒的阳光下的面孔,从我们身边拂过。鲜活的健康的磁力已经克服了保守的障碍"。[①]正是自行车"打破了两性之间恶意差异的壁垒,撕开了时尚

---

① Margaret Guroff, *The Mechanical Horse: How the Bicycle Reshaped American Life*, Austin: University of Texas Press, 2016.

的束缚",教会女性"斯巴达式的力量和优雅"及"智慧"。①当然最后,和许多攻击当下婚姻制度的新女性作家一样,汤米放弃婚约的行为表明她已经完全进化为新时代的女性。

1896年初,医生亨利·加里格斯(Henry Garrigues)在当时非常有影响力的杂志《论坛》(The Forum)上预言:"当历史学家书写19世纪的社会经济史时,不可能忽略自行车的发明和发展。"②然而一年后,美国自行车市场就不复风光,在汽车发明后,自行车销量更是一落千丈。但短短两年间,美国新女性的确抓住自行车热潮的契机,利用自行车为女性平等权益的呼吁,塑造了"自由机器"的神话。而性别观念的变迁,尤其是对女性身体的认识、活动领域的扩展和女性气质的改变也通过作为物的自行车得以彰显。在考察"性别之物"的变迁时,应该特别关注物中所蕴含的女性追求平等、自由权利的努力。正是在新女性寻求社会改革的过程中,她们主导的物质实践和叙事影响了物的性别属性,而物也改变了人们对性别的阐释和理解。

值得一提的是,在同一时期,英美文学界的三位男性作家也以自行车热潮为背景,创作了以自行车为主题的故事。在 H.G. 威尔士(H. G. Wells)的《命运之轮》(The Wheels of Chance, 1896)和乔治·吉辛(George Gissing)的《门房的女儿》("The Daught of the Lodge", 1900)中,自行车一度成为男/女主人公逃离既有生活、追求自由独立的工具。但与前文分析的美国新女性

---

① W. J. McGee, "Fifty Years of American Science," in Atlantic Monthly, 82 (September 1898), pp.311 - 312.
② Henry Garrigues, "Woman and the Bicycle," in The Forum (January 1986), pp.578 - 587.

叙事相比，这两个故事对自行车的态度更为复杂。一方面，自行车一度帮助男/女主人公跨越阶级和性别的局限，但另一方面，自行车对人的改变和影响并非一蹴而就。故事最后，《命运之轮》的主人公被迫回归以前的生活轨道，徒留无尽遗憾，而"门房的女儿"对贵族阶级的反抗以失败告终。显然，在社会阶层更为复杂和固化的英国，在男性作家的笔下，自行车"自由机器"的属性还面临诸多限制。

而美国自然主义作家弗兰克·诺里斯的力作《章鱼：一个加利福尼亚故事》(*The Octopus: A Story of California*, 1901)开篇，也描写了一段自行车旅行。诗人普雷斯利骑着自行车穿越乡村，构思一首关于美国西部的史诗，一首"西部之歌"。不过，他的旅行以羊群被火车碾压而被迫终结。在这里，和田园、诗意融为一体的自行车与铁路所代表的资本入侵形成对比，为自行车增加了新的含义。无论如何，自行车在塑造19世纪末的社会生活、经济身份和性别特质等方面发挥了不同寻常的作用。通过一个个生动的自行车故事，文学又一次将物和人之间深刻而复杂的关系展示在我们眼前。

第二章

欲望之物：《嘉莉妹妹》

德莱塞对人心中不可遏制、难以琢磨的欲望特别着迷。无论是《嘉莉妹妹》中的嘉莉还是《美国悲剧》(*An American Tragedy*)中的克莱德·格里菲斯，他们的内心都充斥着各种形式的欲望，欲望拉扯他们的良知，改变他们的命运。正如欧文·豪(Irving Howe)所说："在德莱塞的早期小说中，大多数中心人物都被一种对个人肯定的欲望所困扰，这种欲望他们既无法表达，也无法压制。"① 甚至有批评家指出，在《嘉莉妹妹》中，欲望才是小说真正的主题，"欲望成为小说的新主人公"。②

那么，嘉莉妹妹欲望的本质是什么？她的欲望又来自何处？是植根于内部、心理的需要，还是受制于社会、经济这些外部因素的塑造？相当多的评论家认为，嘉莉的欲望由社会建构，是美国文化的产物。克莱尔·弗吉尼亚·艾比(Clare Virginia Eby)说得很清楚："德莱塞明白，虽然对特定消费品或优越的阶级地位的

---

① Irving Howe, *Decline of the New*, New York: Harcourt, 1970, p.140.
② Lawrence E. Hussman (Jr.), *Dreiser and His Fiction: A Twentieth-century Quest*, Philadelphia: University of Pennsylvania Press, 1983, p.18.

欲望似乎来自个人,但事实上它是由社会产生的"。①其中,资本主义商品经济扮演了重要角色。在19世纪末20世纪初,美国的公司企业与主要机构共同制造了"欲望之地",美国人专注于"舒适和身体健康、奢侈、消费和收购",商品不断增加,源源不绝,生活和思想由"消费的渴望、消费的商品、消费的快乐和娱乐"所统治。②布兰奇·格尔凡特(Blanche Gelfant)的论文《嘉莉还能要什么? 消费女性的自然主义方式》("What More Can Carrie Want? Naturalistic Ways of Consuming Women")从商品经济的角度剖析了嘉莉无止境的欲望,很具代表性。格尔凡特强调,因为嘉莉的"欲望是无限的",但"想象力仅限于商品的字眼",她总是在寻找下一个东西,而这个东西永远无法提供任何真正的满足;不光嘉莉"在生理和文化上都被想要和购买所定义","看到、想要和购买的简单顺序"还是《嘉莉妹妹》这样的自然主义小说的决定性结构。③的确,嘉莉常常表达对精美衣物、昂贵奢侈品的欲望,但德莱塞似乎越来越倾向否认植根于商品之中的欲望。在小说最后一章,德莱塞写道:"在精美的衣服和优雅的环境中,人们似乎都心满意足。因此,嘉莉被这些东西吸引:芝加哥、纽约;德鲁瓦、赫斯特伍德;时尚界和舞台上的世界——这些都是偶然。她渴望的

---

① Clare Virginia Eby, *Dreiser and Veblen*, *Saboteurs of the Status Quo*, Columbia: University of Missouri Press, 1998, p.108.
② William Leach, *Land of Desire: Merchants*, *Power*, *and the Rise of a New American Culture*, New York: Pantheon Books, 1993, p. 10.
③ Blanche H. Gelfant, "What More Can Carrie Want? Naturalistic Ways of Consuming Women," in *The Cambridge Companion to American Realism and Naturalism: Howells to London*, ed. Donald Pizer, Cambridge: Cambridge University Press, 1995, p. 179.

不是它们，而是它们所代表的东西。"①

另外一些批评家认为欲望是个体内心世界的投射，致力于分析嘉莉的"欲望心理学"。托马斯·P. 里吉奥(Thomas P. Riggio)指出，被剥夺的童年、不幸的家庭关系让嘉莉抑郁不安。这种内心的恐惧和匮乏最终汇聚成了她难以满足的欲望。"城市作为征服的主体"并没有激发和刺激她的欲望，而是"被投射为男性形象，预示着她与男人关系中的惩罚性一面"。②同时，因为《嘉莉妹妹》刚好在大名鼎鼎的《有闲阶级论》后一年出版，不少评论家用凡勃伦的理论来分析嘉莉的欲望。比如，克莱尔·弗吉尼亚·艾比引用"金钱竞赛"(pecuniary emulation)和"歧视性对比"(invidious comparison)的概念，提出"通过聚焦嘉莉自我的再创造，满足更难以琢磨的欲望来提高其个人价值，德莱塞构建了一部关于歧视性对比的成长小说"。③的确，在《嘉莉妹妹》中，嘉莉心理上的很多次重要变化都和"对比""模仿"的欲望相关，"衣着稍逊的人去模仿穿着更华丽者"是"心灵的天生趋势"。(34)此外，根据凡勃伦的解释，最有可能通过提高消费水准而满足竞赛心理的是"新贵"，因为向有闲阶级奋斗的新贵们特别需要验证新获得的社会地位。用凡勃伦的理论来理解《嘉莉妹妹》中的物和物质，那么作为"欲望之物"的商品实质是资本主义的产物，物的话语是"欲望的叙事"，欲望的目标是"通过获得能表明一个人在社会等级制度中的

---

① Theodore Dreiser, *Sister Carrie: An Authoritative Text, Backgrounds and Sources Criticism*, ed. Donald Pizer, New York: W. W. Norton & Company, 1970, p.353.
② Thomas P. Riggio, "Carrie's Blues," in *New Essays on Sister Carrie*, ed. Donald Pizer, Cambridge: Cambridge University Press, 1991, pp. 24, 25.
③ Clare Virginia Eby, *Dreiser and Veblen, Saboteurs of the Status Quo*, Columbia: University of Missouri Press, 1998, p.117.

地位的东西来生产一个理想化的主体性"。[1]然而,嘉莉妹妹对物质和地位的向往似乎与生俱来。德莱塞在小说的第一章已经说得很清楚,在驶向芝加哥的火车上,嘉莉充满了对新生活的向往,她既"能迅速理解生活中更多的享乐",又"野心勃勃想要获得物质财富"。(2)此外,嘉莉的父亲在面粉厂工作,家境贫寒,并非具有一定经济实力的新贵。

因此,小说中的物质环境确实是理解嘉莉欲望的关键,但德莱塞并没有把嘉莉描绘成最终满足于得到物质财富。从本质上来说,嘉莉的梦想和愿望是由投向物质享乐的欲望推动的。正如唐纳德·皮泽尔(Donald Pizer)观察到的那样,"在小说的大部分内容中,嘉莉的自觉动机是要摆脱单调、贫穷和阴暗,以获得轻松、舒适和满足"。[2]"轻松、舒适和满足"的感受组成了嘉莉欲望的维度,享乐是其内驱力。[3]换言之,嘉莉对商品和财富的追求源于一种内在力量,她强烈而模糊的欲望的实质是渴望享乐。这种对享乐的追求甚至在小说所有三位主人公身上都有体现。从一开始,嘉莉"对享乐的渴望是如此强烈,以至于这是她唯一不变的本性";杜洛埃对生活琐事、大事要闻、攫取财富缺乏兴趣,唯有"贪求各种享乐的爱好";而赫斯特伍德想要逃离不合意的家庭生活,

---

[1] Paula E. Geyh, "From Cities of Things to Cities of Signs: Urban Spaces and Urban Subjects in 'Sister Carrie' and 'Manhattan Transfer'," in *Twentieth Century Literature*, Vol. 52, No. 4(2006), pp. 413-442.

[2] Donald Pizer, *The Novels of Theodore Dreiser: A Critical Study*, Minneapolis: University. of Minnesota Press, 1976, p.70.

[3] 里尔斯(Jackson Lears)将嘉莉欲望的维度形容为:"对感官愉悦和奢华的追求,对日常生活中似乎缺乏的强烈体验的追求,或者至少是对一些转瞬即逝的狂喜的模仿。"但是并未继续展开论述。Jackson Lears, "Dreiser and the History of American Longing," in *The Cambridge Companion to Theodore Dreiser*, ed. Leonard Cassuto and Clare Virginia Eby, Cambridge: Cambridge University Press, 2004, p. 63.

寻找失去的单纯和青春,在嘉莉身上"只想着不负责任地寻求享乐"。(23,3,94)不过,在转向《嘉莉妹妹》中具体的物之前,有必要对小说和研究情况略加论述。

一、《嘉莉妹妹》中的消费、享乐和欲望

《嘉莉妹妹》出版于1900年,是西奥多·德莱塞的处女作,也是他最受关注的作品。故事开头,嘉莉从威斯康星州小城哥伦比亚市出发,乘火车来到大工业城市芝加哥找工作。德莱塞在第三段开头意味深长地写道:"一个姑娘在十八岁时离开家,不外乎两种遭遇:要么有好人相助,变得更好,要么迅速接受大城市的道德标准,走向堕落。"(1)故事结尾,嘉莉显然接受了大城市的"道德标准",成为纽约百老汇的大明星,拥有"漂亮的衣服、马车、家具和银行存款",但并不快乐。(353)

《嘉莉妹妹》出版之际正值消费文化在美国兴起,新兴大城市所奉行的是消费主义的道德伦理。如威廉·利奇(William Leach)在《欲望之地:商人、权力和美国新文化的崛起》(*Land of Desire: Merchants, Power, and the Rise of a New American Culture*)中所言,其时消费成为美国社会的新特征,美国消费资本主义产生了"一种面向未来的欲望文化,将美好生活等于商品",其特征包括"购买和消费是获得幸福的手段;对新事物的崇拜;欲望的民主化,以及货币价值作为社会中所有价值的主要衡量标准"。[①] 随着大规模的工业生产,商品种类增多,乃至过剩,

---

[①] William Leach, *Land of Desire: Merchants, Power, and the Rise of a New American Culture*, New York: Pantheon Books, 1993, p.3.

百货商店出现。德莱塞所描述的物质世界,尤其是商品和人之间的关系吸引着读者和评论者的目光。德莱塞如何解释物质追求和欲望的关系?《嘉莉妹妹》如何再现商品对自我主体性的影响?诸如此类的问题让评论家们尤为关注小说中的商品和消费,包括商品的销售、价格、购买及人的"物化""商品化"等话题。

其中,艾米·开普兰(Amy Kaplan)的评论颇具代表性。开普兰指出,德莱塞批评了极端资本主义消费主义的影响,嘉莉的商品消费源自工作和家庭中权力的缺失,其本质是虚幻的,不过是"对变化的乌托邦式的欲望"。[1]与之针锋相对,以沃尔特·本·迈克尔(Walter Benn Michaels)为代表的批评家则认为,《嘉莉妹妹》的成功之处并非对资本主义的批评,而是它表达了资本主义式的欲望:嘉莉的"欲望经济学"是对"19世纪末和20世纪初不受约束的资本主义的明确认可"。[2]正如迈克尔所说,欲望的特点便是永不满足,而《嘉莉妹妹》的可贵之处正是表达了这种强烈的匮乏中交织着渴望的复杂情感。

不过,在新物质主义的影响下,德莱塞批评中最近出现了一种趋势,即少关注小说中的商品,多关注商品之外的物质世界,重新阐述欲望的问题。正如凯文·特朗普特(Kevin Trumpeter)所说,德莱塞的小说通过对物质世界和人类内心世界的详细描述,有效地戏剧化了"在一个人类能动性被分散或'超体'的矛盾世界

---

[1] Amy Kaplan, *The Social Construction of American Realism*, Chicago: University of Chicago Press, 1988, p.148.

[2] Walter Benn Michaels, "Sister Carries Popular Economy," in *Critical Inquiry*, 8(Winter 1980), 1980, p.377.

第二章　欲望之物：《嘉莉妹妹》

中"的人类行为。①因此，有必要通过德莱塞对欲望之物的探索，重新审视小说中的物质世界。正是在这一研究背景下，本章将重点投向小说中的物。布朗曾指出，德莱塞在所有美国现实主义和自然主义作家中"是最专注于物的一位"，他"对街道、酒店、餐馆和办公楼、宏伟的豪宅和肮脏的公寓、鞋子、围巾、夹克和裙子都有详细渲染"。②小说中无所不在的物既包括作为出售和消费对象的商品，也包括私人拥有的财产，还包括都市景观中存在的建筑物和装饰物。换句话说，重要的不再是消费本身，而是对具体、感性的物的占有和控制。本章认为，不宜将对欲望的解读局限于对资本主义经济学的批评之中。《嘉莉妹妹》中的物仍然根植于价值和交换体系之中，但往往并不只是具有经济价值的消费品。正是在这一扩大化的对物的分析之中，我们得以思考小说中欲望的来源、表征和放大。

嘉莉虽然永远不知道下一个想要的东西是什么，却不断衡量着生活中的幸福和乐趣。在第一次出门找工作后，她给自己鼓劲，"她会过得比以前更好——她会很幸福"；和邻居海尔夫人观览芝加哥华美的宅院后，她想，"如果她能漫步在宽阔的大道上，穿过那条富丽堂皇的入口通道……在优雅和奢华中掠过"，"悲伤会多么

---

① 与之相似的还有特蕾西·莱马斯特（Tracy Lemaster）对"物修辞"的分析，关于德莱塞的小说如何"挑战妇女的社会物化和商品化"。Kevin Trumpeter, "The Language of the Stones: The Agency of the Inanimate in Literary Naturalism and the New Materialism," in *American Literature*, Vol.87, No.2 (June 2015), p. 239. Tracy Lemaster, "Feminist Thing Theory in Sister Carrie," in *Studies in American Naturalism*, Vol. 4, No. 1 (Summer 2009), p.41.

② Bill Brown, "The Matter of Dreiser's Modernity," in *The Cambridge Companion to Theodore Dreiser*, eds. Leonard Cassuto and Clare Virginia Eby, Cambridge: Cambridge University Press, 2004, p.84.

迅速地消失；在一瞬间，心痛会多么迅速地结束"，那里就是幸福；在剧院第一次登台演出时，"她像一个偶然发现秘密通道的人一样来到这里"，享受独特的气氛，找到"欢乐"的宝库；和万斯夫人在百老汇街头漫步时，她"渴望感受到作为一个平等者在这里游行的快乐"，她想成为纽约"快乐和愉悦的漩涡"的一部分；后来，嘉莉抛弃了赫斯特伍德的任何同情，只因她想要继续在"大都市的快乐漩涡中滑行"。(21,83,123,128,218—220,310)而到小说最后，当嘉莉成为戏剧界的新星，拥有了名气和财富，"她不再关注那些衣饰华美的行人。如果他们在远处有几分和平与美丽的光芒，那么他们是值得羡慕的"。(354)嘉莉渴望精美的物品、财富、社会地位的背后，其实质是对享乐的追求。

　　享乐不是一种存在"状态"，而是一种"体验的质量"，用来确定"我们对某些感觉模式的倾向性反应"；"欲望是用来指体验这种模式的动机性立场的"，通常由"环境中存在的快乐来源"所触发。①换言之，在现代消费体系中，欲望指向的是寻求享乐，而作为某种情感反应，享乐意味着转向外部的刺激。德莱塞的小说恰好突出了欲望和享乐之间的这种关系：对享乐的渴望催生了新的欲望，这些欲望往往在嘉莉接触都市环境中的物之后产生、放大。物质世界对她的行为和主体性施加了几乎决定性的影响。在小说中，嘉莉对享乐的渴望不断被物激发，最终与对商品的欲望联系在一起。现代消费的本质是一种"贪得无厌"，"对欲望明显的、无止境

---

① 坎贝尔(Colin Campbell)通过对比"需求"(need)和"想要"(want)之间的差别来分析欲望。他认为，"需求"描述的是"一种被剥夺的状态"，在这种状态下，"人们缺乏维持特定生存条件所必需的东西"，"需求"的达成是"满足"。Colin Campbell, *The Romantic Ethic and the Spirit of Modern Consumerism*, Cham: Springer, 2018, pp.109 - 110.

的追求"。① 但直到小说结尾,嘉莉也没有认识到她所有的愿望和欲望永远不会被满足。德莱塞以提喻的方式将嘉莉的渴望推向一种自我幻觉。在那里,物成为一种轻松和快乐生活的装饰品,欲望在那里徘徊,而且永不衰落。

二、摇椅:欲望和想象

摇椅处于嘉莉故事的中心。德莱塞告诉我们,在到芝加哥的第一天,入睡之前,嘉莉把摇椅拉到窗前,眺望夜景和街景。在空闲的时候,她总是坐在摇椅上。小说最后两句话是:"在摇椅上,在窗边做着梦,你一个人渴望着吧。在摇椅上,在窗边,去幻想你可能永远感觉不到的幸福吧。"(355)熟悉美国画家爱德华·霍普(Edward Hopper)的读者或许能立刻联想到霍普的一幅名画,题为《布鲁克林的房间》("Room in Brooklyn",1932)。和嘉莉一样,画中女子孤单一人坐在摇椅上,背对画面,面向整面玻璃窗,凝视着窗外的城市风景。房间里家具不多,阳光透过窗户照在花瓶、圆桌和地面上,却照不到女子的身上,给人一种孤独、萧索的感觉。

之前的批评多将摇椅作为某种象征。比如,菲利普·费舍尔(Philip Fisher)指出,摇椅就像1893年在芝加哥首次亮相的摩天轮一样,代表着"上升和下降",象征着《嘉莉妹妹》的结构,"赫斯特伍德的下降"对应着"嘉莉的上升"。② 但艾米·卡普兰并不赞同

---

① Colin Campbell, *The Romantic Ethic and the Spirit of Modern Consumerism*, Cham: Springer, 2018, p.79.
② Philip Fisher, *Hard Facts: Setting and Form in the American Novel*, New York: Oxford University Press, 1987, pp.260-270.

这样的说法。她认为,虽然表面上嘉莉获得了成功,但她的生活并没有实质性的改变,"嘉莉不断地在社会的天平上移动——从一个城市、一个男人、一个工作到下一个,然而她似乎总是在同一个地方结束,正如最后一幕所暗示的:摇晃和梦想,并渴望更多"。①据此卡普兰提出,摇椅代表的是一种感伤传统,是主人公"梦想逃离的感伤幻想地",正如整个故事也在"现实主义和感伤主义"之间晃动。②

那么作为实体而非象征的摇椅又代表着什么?无疑,嘉丽很重视包括摇椅在内的家居环境。在姐姐家中,她发现墙纸和地毯简陋,家具质量很差,"多半通过分期付款购买,经过匆忙拼凑而来",让她感受到穷困、逼仄生活的重担。摇椅最早出现于欧洲,其具体发明者已不可考证,一说脱胎于摇篮,一说来自吊床。但在近现代美国,作为家具的摇椅比在欧洲更为流行。自从18世纪末传入美国以来,摇椅就深受美国人的喜爱,包括本杰明·富兰克林、亚伯拉罕·林肯、J. F. 肯尼迪等美国名人。西奥多·罗斯福曾说:"有哪个真正的美国人不喜爱摇椅呢?"③在《摇椅:美国设计传统》(*The Rocker: An American Design Tradition*,1992)中,摇椅被称为"美国基于实用性和舒适性的发明精神的朴实象征"。④摇椅成为最具代表性的美国家具,象征着美国精神。

---

① Amy Kaplan, *The Social Construction of American Realism*, Chicago: University of Chicago Press, 1988, p.149.

② Ibid., 1988, p.144.

③ John Brisbern Walker, "The Story of Theodore Roosevelt's Life," in *The Cosmopolitan*, Vol. 32, (April 1902), p.625.

④ Steinbaum, Bernice, *The Rocker: An American Design Tradition*, New York: Rizzoli, 1992, p.9.

摇椅和桌子、床不同，其最大的优势并不是功能性的。摇椅是对原有椅子样式的改良，主要为提供舒适感。从这个角度来看，摇椅容纳了一种追求快乐、享乐的浪漫生活。现代享乐主义往往是隐蔽的，具有自欺欺人的特征，也就是说，"个人运用他们的想象力和创造能力来构建精神图像，他们为了这些图像提供的内在快乐而消费，这种做法最好被描述为白日梦或幻想"。[1]在小说中，嘉莉坐在摇椅上，"想象力为她夸大了各种可能性"，她的脑海中"浮现出奢华和精致的场景"。(112)

对嘉莉来说，摇椅的首要功能是提供闲暇、放松的环境，她在摇椅上做梦、想象、渴望。在抵达芝加哥的第一个夜晚，嘉莉坐在家中的小摇椅上，默默地看着外面的夜色和街道，开始了渴望和欲望的循环。通过摇椅提供的想象的领域，她进一步体会现实和理想的差距，这种差距给予她想获取的下一个目标。很快，她决定去找工作。虽然鞋厂女工的薪水很低，但这并未影响嘉莉对物质的欲望。每晚入睡之前，她坐在她的摇椅上，"望着外面的愉快的灯光"，想象这笔钱可以用来换得"女人心目中可能渴望的每一份快乐和每一件珍宝"。(21)摇椅一次次地帮助嘉莉将她对享乐的欲望投射到某一个物品之上，但"她的想象力有着非常狭窄的圈子，总是在与金钱、容貌、衣服或享受有关的地方打转"。(37)但当一个愿望被满足时，通常会有更多的欲望出现来取代它。

嘉莉在抵达纽约后不久，原本对居住的小公寓和新家具很满意，甚至找到了模糊的归属感，但她和朋友无意中加入了百老汇

---

[1] Colin Campbell, *The Romantic Ethic and the Spirit of Modern Consumerism*, Cham: Springer, 2018, p.131.

大街的"服装大游行","整条街都充满了财富和炫耀的味道,而嘉莉觉得她不属于这个行列";纽约的"华丽、欢快和美丽"给她留下了深刻的印象:"哦,这些从她身边经过的女人,成百上千的女人,她们是谁?从哪里来的丰富、优雅的衣服,令人惊讶的彩色纽扣,金银的小玩意?她们是在什么优雅的雕刻家具、装饰的墙壁、精致的挂毯中活动的?哦,那些豪宅,那些灯光,那些香水,那些满满的闺房和桌子!"(218)在这次漫步后,嘉莉百感交集。看戏的经历让她想起在芝加哥的演出,在摇椅上度过的漫长午后。德莱塞告诉我们,想象的领域是欲望产生之地,嘉莉"几乎总是带着这些生动的想象离开,第二天独自沉浸在这些想象中。她生活在这些想象中,就像生活在构成她日常生活的现实中一样"。(219)这种想象并非投向对物品实际的获取欲望,而是获取"他们在想象中已经享受过的梦想和愉快的戏剧"。[1]而当天,衣着精美的男士和女士,装饰华丽的街道和商品,"在她心中唱起了一首低沉的渴望之歌";百老汇给嘉莉"上了更尖锐的一课",唤醒了她对享乐和物质更多的渴望:如果不能过这样的生活,她"就不能说是活过"。(219—220)

和躺椅相比,摇椅更为"居家、文明和女性化"。[2]作为室内家具,摇椅指向的是区别于公共领域的家庭生活。在感伤小说传统中,摇椅属于舒适、安静的女性领域。但在《嘉莉妹妹》中,摇椅并不只是嘉莉幻想做梦的地方,还是她观察窗外世界的地方。嘉莉非常在意摇椅的位置。她的年轻女佣"总是把一张摇椅放在角落

---

[1] Colin Campbell, *The Romantic Ethic and the Spirit of Modern Consumerism*, Cham: Springer, 2018, p.90.
[2] Kenneth Ames, *Death in the Dining Room and Other Tales of Victorian Culture*, Philadelphia: Temple University Press, 1992, p.216.

第二章　欲望之物：《嘉莉妹妹》

里,而嘉莉总是把它搬出来"。(154)嘉莉本来很喜欢杜洛埃为她在奥格登公寓租下的三间公寓,"优质的布鲁塞尔地毯""柔软的绿色大卧榻",以及温暖的火炉和壁炉,让嘉莉非常愉快地忘记了之前窘迫的生活。(66)但很快,和海尔夫人乘着马车兜风时,她看到了装饰华丽的房间、富丽堂皇的室内装饰、宽敞的草坪、豪华的大宅。在这种与他人真实生活的对比之下,她自己的房间"相比起来就大为逊色了";当天晚上,她不愿下楼吃饭,"坐在摇椅上,摇来摇去",看着窗外,"隔着华灯下的公园,凝视着公园后的华伦街和阿希兰大道上灯火通明的楼房住宅"。(82)除了在摇椅上坐着,哪里也不去。她苦苦思索着,既悲伤又迷茫。她所拥有的和她最近看到的形成对比,让她渐渐对现在的生活生出不满:"她的眼中仍有宫殿大门的光芒,她的耳中仍有垫子马车的滚动。杜洛埃算什么？她又算得上什么？"(82)而就在此时,德莱塞安排赫斯特伍德出场,嘉莉第一次对他动了心。

但嘉莉并不知道摇椅所代表的对享乐的追求永远没有终点。后来,从赫斯特伍德的公寓搬出来后,她受邀到纽约一家新的豪华酒店的套房居住。房间装饰得漂亮又舒适,而且只需要付出很少一笔钱,简直是嘉莉的梦想。酒店经理坦率地对她解释了原因:"每家旅馆都要依靠其顾客的声誉。像你这样的知名女演员……会引起人们对酒店的注意。"(316)虽然她的处境辉煌灿烂,但她仍旧郁郁寡欢。小说结尾,嘉莉孤单地坐在摇椅上,靠着窗户思考着未来。她已经认识到,不论是以往杜洛埃和赫斯特伍德所代表的生活,还是她自己现在的处境,都不是真正的"幸福"。而既象征嘉莉的永恒幻想,又给予她短暂的宁静和安逸的摇椅,就这样成为享乐主义精神的中心意象。

三、衣服：欲望的产生和表达

到底是什么力量在塑造嘉莉？是某些"为她提供身心健康感的物品的欲望"决定了她生活的大部分。[①]而在精美的衣服和家具、豪华的公寓和令人满意的食物之中，嘉莉和小说中其他人物对衣服的欲望最为明显。或者说，如果说摇椅代表着嘉莉追求享乐的人生理想(幻想)，那么小说中的衣服就见证了欲望的发生。在故事开头，嘉莉的全部行装包括"一个廉价的仿鳄鱼皮挎包、一纸盒午餐，一个黄色皮扣钱包"和"四美元现金"。(1)在这种状态下，嘉莉"需要"找到工作，才能支付生活的费用。但如前所述，对享乐的追求并非一种存在状态。与之相反，享乐并不终结于需求得到满足，而通过真实物品的刺激，在想象力的发酵下，经由感官的欲望起作用。在德莱塞笔下，衣服往往就是刺激这种欲望产生的源头。

在哥伦比亚城到芝加哥的火车上，嘉莉与杜洛埃第一次相遇，他华丽的衣着立刻吸引了嘉莉的注意。德莱塞详细描述了他"新潮的棕色方格花呢西装"和"白粉色条纹的硬挺衬衫"，"镀金大平扣"上的黄玛瑙和"沉甸甸的徽章戒""整齐的金表链"，还有"厚底的棕褐色皮鞋，擦得锃亮"和"灰色绅士帽"。(3)嘉莉由此得出结论，这是一个颇具魅力的男性。而他对芝加哥快乐生活的介绍，更使嘉莉顿时因为自己简朴的衣裙感到相形见绌。衣服激

[①] Donald Pizer, *The Theory and Practice of American Literary Naturalism*, Carbondale: Southern Illinois University Press, p.1993, p. 94.

第二章 欲望之物:《嘉莉妹妹》

起了嘉莉的欲望,"她意识到,她的生活并非全是快乐,但在他描绘的物质前景中,还是有一些令人期待的东西"。(4)而在其模糊的欲望中,享乐是主宰,衣服是其投射。

杜洛埃对嘉莉的诱惑正是起源于一件棕色小外套。在芝加哥找到工作后不久,嘉莉就因为受寒不能上班丢了工作。这时,杜洛埃伸出援手。他拿出"两张柔软的、绿色的、英俊的十美元钞票",让她"先给自己买些衣服";而金钱对嘉莉又意味着什么?她并不真的理解钱的本质,只觉得钱是"别人都有而我必须得到的东西"。(44—45)当嘉莉拿到二十元钞票,她的"欲望一下子超过了现有钞票购买力的一倍",她想得到的并非更多的钱,而是钱能买到的(衣)物:"漂亮的新外套""漂亮的对襟衣服""一双漂亮的纽扣鞋""长筒袜和裙子……"(46)金钱、衣服和欲望融为一体,嘉莉感到自己与杜洛埃之间产生了感情联系。接着,她和杜洛埃去了商店,"新的物(衣服)"发出的"光泽和沙沙声"抓住了"嘉莉的心"。她挑选了一件合身的外套,在试衣镜前转过身来,"她看着自己,不禁感到满心欢喜"。(51)正是这种满足感让她下定决心,将外套买了下来。

如皮泽尔所说,衣服在书中是"品位和社会地位的指数"。[①]在《嘉莉妹妹》的世界中,服装是衡量人的社会价值的重要指标,也是表达欲望的语言。嘉莉对杜洛埃的评估并不是孤例。男人也习惯通过服装来评价彼此的价值,判断对方是否值得交往。杜洛埃之所以主动结交菲茨杰拉德和莫伊酒店的经理赫斯特伍德,便是因为后者出众的装扮:"穿着进口料子精心剪裁的西装,戴着镶

[①] Donald Pizer, *The Novels of Theodore Dreiser: A Critical Study*, Minneapolis: University of Minnesota Press, 1970, p. 91.

嵌单粒宝石的戒指,领带上有一颗精美的蓝钻,他新布纹的背心,引人注目的,还有一条纯金的表链,上面系着设计精巧的吊饰和一块最新制作和雕刻的手表。"(32)而赫斯特伍德对杜洛埃的好感,也在很大程度上是因为他衣冠楚楚的外表。

在追求快乐生活的过程中,嘉莉错误地将衣服和个人价值等同起来,用物所装扮的外表来判断一个人的品格。童帽工厂里的女工衣着邋遢,因此一定"思想污秽、心术不正"。(19)但事实上,在嘉莉到鞋厂工作的第一天,工厂女工们就对她表达了善意。在嘉莉操作机器还不熟练的时候,旁边的女工特意放慢速度,帮助她适应流水线的作业;在她感到疲倦的时候,建议她起来站一会儿,放松身体。嘉莉并不领情,因为衣着是她判断个人价值的唯一标准。在午休时观察同事们的着装举止后,她判断"穿礼服的一定有价值、善良、与众不同",而"穿工装和套衫的人则令人讨厌,不值得一顾",因此"下定决心,不和其中任何一个人交朋友"。(29—30)在工厂的整个下午,嘉莉都在想念漂亮、华美的城市街景和人群。她的心中升腾起不甘和反感,这种情绪在下班回家途中那些穿着更好的女孩的刺激下越演越烈。在这种心理的驱使下,嘉莉终于买了一把新伞。显然,购买新伞的原因并不是"需要"而是"缺乏",因为姐姐已经借给她一把又旧又破的伞。嘉莉买新伞并非源于生理需要,这种缺乏和欲望相关,伞(或衣服)扮演了她有意识和无意识的欲望对象。嘉莉缺乏的是想要的东西,她所想要获得的并非作为现实之物的伞的内在属性,而是物所带来的愉悦体验。

而赫斯特伍德对嘉莉的诱惑,就像之前杜洛埃对她的诱惑一样,也是围绕着衣着问题展开的。当杜洛埃第一次把赫斯特伍德带回家打牌时,嘉莉立刻发现,赫斯特伍德衣服的材质更精美,他的鞋子是柔软的黑色小牛皮,不像杜洛埃的那样亮眼,低调却优雅。德莱塞解释,"她几乎是无意识地注意到这些东西,这些东西是在这种情况下自然产生的,她已经习惯了杜洛埃的外表"。(70)可见,最让嘉莉在意的"东西",或者说物,并非人的内在性格或情感,而是作为内在标签或包装的衣服。赫斯特伍德很快成了嘉莉新的欲望对象。赫斯特伍德的外表承诺了一种新的权利、新的生活:"他的外表是多么风流倜傥啊!他的优越境况是多么不言自明啊!"(85)对嘉莉来说,赫斯特伍德的魅力无关灵肉,根本来自物质。这种吸引力显然是肤浅、短暂、可替代的。

这在嘉莉和赫斯特伍德到了纽约,尤其是赫斯特伍德事业发展不顺之后得到了验证。衣服不仅是嘉莉表达对生活不满的武器,也是嘉莉和赫斯特伍德交锋的焦点。在第一个月还没过完的时候,嘉莉表示要去买件衣服,赫斯特伍德要求她"迟几天买",从这时起,嘉莉对赫斯特伍德"有了新的看法",他们的关系开始走下坡路。(209—210)而让嘉莉对现有生活更加不满的,是她和邻居万斯夫人的交往。万斯夫人"不断提醒她注意与女性服饰有关的一切新奇事物",而赫斯特伍德想尽办法"压制嘉莉购买新衣服的欲望"。(233)最后,嘉莉终于找到一份高薪的演员工作后,变得更加沉迷于展示她的外表和衣服。

诚然,如格尔凡特所说,书中人物试图"通过穿着最新的时尚衣服来塑造与众不同的自我"。[1] 一方面,书中的衣服具有表达自我、表征社会价值和经济地位的功能,但另一方面,嘉莉也非常

---

[1] Blanche H. Gelfant, "What More Can Carrie Want? Naturalistic Ways of Consuming Women," in *The Cambridge Companion to American Realism and Naturalism: Howells to London*, ed. Donald Pizer, Cambridge: Cambridge University Press, 1995, p. 182.

在意衣服的物质属性。德莱塞告诉我们,对大多数人来说,衣服不过是财富的"表象",但嘉莉看到中意的衣服,"会立即好奇自己如果穿上这件衣服会是什么样子,会和它发生什么联系"。(70)德莱塞认为,这虽然并不值得借鉴,却是普通人的特质。而嘉莉所期待的"联系",就是衣服所引发的快乐感受,这种感受正是她欲望的实质。因为"一个物体的效用取决于它是什么,一个物体的快乐意义则取决于它可以被视为什么",而寻找快乐的关键是"让自己接触某些刺激,希望它们能在自己体内引发一种理想的反应"。① 从接受杜洛埃的金钱,到购买衣服,感到欢喜后,嘉莉又接受了钱夹、手套等物。当天晚上,她终于下定决心离开了姐姐梅妮的家,从而成为杜洛埃的情妇。

嘉莉不仅关注物的物质性,还关注它们"作为感性存在或形而上存在的力量,物体成为价值、恋物、偶像和图腾的魔力"。② 嘉莉的欲望投射在作为物的衣服之上,以满足享乐这种情感的反应为终点。在第一次去芝加哥的一家百货公司——"博览会"时,嘉莉第一次体会到了这种类似恋物的魔力。她"不禁感到每一件首饰、每一件贵重物品都在挽留她","所有的东西都是她用得上的,也都是她渴望拥有的"。(16)每一件衣物都触动着嘉莉的欲望,但这种欲望与任何生理需要无关。事实上,她去百货公司的目的并非购物,她所急需的是一份工作。但嘉莉流连于"博览会",她的欲望被唤醒了,全心全意地渴望着"财富、时尚及安逸"。(17)

---

① Colin Campbell, *The Romantic Ethic and the Spirit of Modern Consumerism*, Cham: Springer, 2018, p.110.
② Bill Brown, *A Sense of Things: The Object Matter of American Literature*, Chicago: University of Chicago Press, 2003, p.5.

第二天，在得到杜洛埃的二十美金之后，她又去了百货公司。这一次，嘉莉驻足于每一件漂亮的女士胸衣、珠宝首饰、外套前，心中充满热烈的欲望。她渴望得到这些东西，因为她相信衣服能够让她摆脱烦恼、称心如意。德莱塞这样为我们翻译物对嘉莉的诱惑，所谓"石头的语言"："精美的衣服对她来说是一种巨大的说服力；它们温柔地、耶稣式地为自己说话。当她来到它们恳求的耳边时，她心中的欲望就会心甘情愿地俯身倾听。"(72)正如唐恩(Caren J. Town)总结的那样，"地点和物体被人格化，而人则被物化。……如果人物本身不善言辞、不知所措或犯了错误，那么他们周围的物就必须代替他们去做这件事。（因此）物创造而不是代表自我"。①这些无生命的物的声音不仅满足了嘉莉的欲望，还侵蚀着她的主体性。她的花边衣领说，"亲爱的，我很适合你，不要抛弃我"；她的新皮鞋说，"多么小气玲珑的脚，瞧，我把它们包裹得多好。没有我，多可惜啊"。(72)花边衣领和软皮鞋在想象中成为嘉莉自我的一部分，与嘉莉的内心对话，最终让嘉莉屈服于心中的欲望。这样的时刻揭示了德莱塞小说中所呈现的自我的过程性、可塑性。衣物在主体中唤起相应的欲望和认可，欲望的满足以特殊的方式定义着嘉莉的性格和自我。

四、镜子和平板玻璃：欲望的延伸

19世纪中期，随着玻璃生产的创新，镜子和玻璃制品进入日

---

① Caren J. Town, "The House of Mirrors: Carrie, Lily and the Reflected Self," in *Modern Language Studies*, 24 (1994), p.44.

常生活，成为室内装饰的固定装置。阿姆斯特朗（Isobel Armstrong）这样描述玻璃的重要性："在19世纪，玻璃成为第三个或中间词：它在观察者和被观察者之间插入了一个几乎看不见的物质层——窗户的光泽、镜子的银釉、镜片的凸凹度。"① 各式壁镜扩大和照亮了空间，镜面装饰着梳妆台和衣柜，餐具柜和厅架上的玻璃器皿为室内营造华丽的氛围。在小说中，作为室内装饰的镜子和玻璃以各种方式出现在很多重要场合中。在杜洛埃为嘉莉租下的公寓的两面窗户之间有一面大穿衣镜，嘉莉常常对镜梳妆；在杜洛埃经常光顾的、赫斯特伍德管理的酒店里，酒吧间"摆着彩色雕花玻璃器皿和许多漂亮的酒瓶"，显得富丽堂皇；赫斯特伍德位于芝加哥富人区的住所里，餐具柜上"摆满了闪闪发光的玻璃酒瓶和其他玻璃制品及装饰品"，让他尤为引以为傲；在嘉莉入住的豪华酒店房间里，卧室配有梳妆镜台，浴室一端的墙上"镶嵌着一面斜面镜子"，显得明亮而宽敞。（31，60，318）

嘉莉和镜子的首次接触发生在第八章。通过使用镜子，她显然对自己的外貌有了深刻的认识，也有了随之而来的自我意识。当嘉莉穿戴上杜洛埃为她买的棕色小外套、新鞋子、帽子和手套，她在镜子中瞥见了另外一个自己，"镜子让她相信了一些她长期以来一直相信的事情。她很漂亮，是的，确实如此！她的帽子很好看，她的眼睛也很漂亮。她用牙齿咬住她的小红唇，感受到了她的第一次力量的刺激"，"她看起来像另一个少女"。（56）镜中的意象启动了嘉莉自我认同的复杂性。在艺术作品中，镜子往往被视为主体性形成的重要场所。通过反射使用者的形象，镜子揭

---

① Isobel Armstrong, *Victorian Glassworlds: Glass Culture and the Imagination 1830 - 1880*, Oxford: Oxford University Press, 2008, p.3.

示、探索和验证人类身份的各个侧面。正如阿姆斯特朗所说,"在物质世界中,镜子是唯一一个以向使用者清楚地反映自我形象为目的的物品"。[①] 当嘉莉站在镜子前,欣赏自己的外表,她在镜子里看到了想象中的自我。通过镜子,嘉莉获得了关于自我身份的新的看法,以及将自己视为另一个人的能力。镜子帮助她形成了某种心理图景,启动了自我性。

在搬到杜洛埃准备的公寓后,一面穿衣大镜给予了嘉莉全新的体验。这种更清晰、更准确的镜子提供了"一种新的身体地理学,它使以前不熟悉的形象(一个人的背部和轮廓)变得清晰可见"。[②] 嘉莉照着镜子,"看到了一个比她以前看到的更漂亮的嘉莉;可是她在照映自己和世人意见的镜子中,看到了一个更糟糕的嘉莉"。(66)对嘉莉来说,被作为物的镜子所催动的自我意识和外表密切相关。但镜子自古以来就是人类心灵的重要隐喻,心灵的镜子象征完美的德行。这种对自我认识的矛盾和质疑,让嘉莉将自我认识与镜像联系起来。

德莱塞进一步用象征意义的镜子阐释嘉莉的性格:"她有一颗生来被动的心,而这种灵魂历来是反射活跃世界的镜子。"(12)在这里,镜子独特的反射能力被用来类比嘉莉的模仿行为。嘉莉在戏剧界的成功也归因于这种单一、被动的能力:"即使没有经过训练,她有时也能对着镜子重现她所目睹的戏剧场面,重现参与该场景的各种面孔的表情。她喜欢模仿悲情女主角的常用音调,并重复那些最能勾起她的同情心的凄惨片段。"(112)

[①] Isobel Armstrong, *Victorian Glassworlds: Glass Culture and the Imagination 1830 - 1880*, Oxford: Oxford University Press, 2008, p.8.

[②] Sabine Melchior-Bonnet, *The Mirror: A History*, trans. Katharine H., Jewett, New York: Routledge, 2001, p.1.

镜子(无论是作为物的镜子还是别人对她的反应的具象镜子)在嘉莉身份建构中起着核心作用。在穿衣大镜的帮助下,在这种模仿天性的推动下,嘉莉开始严密审视自己的一举一动。嘉莉开始考虑自己每时每刻的外貌,并得出别人如何看待自己的结论。当杜洛埃赞赏其他女人优雅的步态时,嘉莉意识到"自己在这方面可能有所欠缺"。(73)这种反思让嘉莉开始塑造全新的自己。她看着镜子,"抿了抿嘴唇,同时还轻轻地甩了甩头,就像她看到的铁路司库的女儿摆出的架势那样。她轻盈地转身,撩起裙子。既然杜洛埃曾经点评过她和其他几个女人的姿态,嘉莉自然是要模仿的"。(75)镜子成为一个合乎逻辑的框架,用来辨别另一种看待自己的新方式。嘉莉从镜子中获得关于自己外表的知识,还利用镜子来准备个人形象。表面上看,她似乎成功地利用这些信息来树立自信、构建身份,穿衣镜被用来揭示女性主体的内省状态。但实际上,正如斯鲁姆(Rebecca K. Shrum)所说,"镜子成了男人和其他妇女的化身",嘉莉的自我认识被纳入社会对女性外表的规范之中,最终被镜子的"目光"所掌握。[1]

随着玻璃工艺改进而来的不只有进入日常生活的大镜,还有广泛适用于城市空间的平板玻璃。这些玻璃橱窗的普及改变了在纽约街头行走的体验。1902年春天,德莱塞参观了纽约第五大道,"一条水晶大道",为新设计和装饰的橱窗赞叹不已。(3)"水晶"一词呼应着1851年英国伦敦举办世界博览会的水晶宫。而对当时的德莱塞来说,玻璃橱窗展示了"刺激、颤抖的热情",激起围观者的欲望,让他们"只想获得所看到的东西的一部分,感受到

---

[1] Rebecca K. Shrum, *In the Looking Glass: Mirrors and Identity in Early America*, Baltimore: Johns Hopkins University Press, 2017, p.79.

一种震动的存在,以及它所构成的画面"。(4)

平板玻璃窗是"消费奇观的乐趣",更是"日益增长的矫饰、冷漠与社会和商业生活流动性的象征"。① 在小说第二章,德莱塞以历史学家忠实而客观的笔触记录道:

> 现在很常见的平板玻璃窗,当时正迅速被使用,给底层的办公室带来了杰出和繁荣的外观。闲杂人等经过时,可以看到一系列锃亮的办公设备,许多磨砂玻璃,正在努力工作的文员与穿着高贵的西装和干净衬衫的商务人士在闲逛或坐在一起。在方形的石头入口处,抛光的黄铜或镍牌以相当整齐、有所保留的措辞宣布公司和业务的性质。整个大都市中心拥有一种高高在上的气势,让普通的申请者望而生畏,并使贫穷和成功之间的鸿沟显得既宽又深。(11—12)

平板玻璃墙是世纪之交芝加哥建筑的显著特征之一,此时玻璃不但价格便宜而且质量上乘,无色无瑕,被芝加哥重建的商业区广泛采纳。②

然而,正如德莱塞所言,芝加哥市中心显得冷漠而神秘,平板玻璃加剧了这种感受。作为一种"可以让人看到无法触及的一切

---

① Andrew H. Miller, *Novels Behind Glass: Commodity, Culture and Victorian Narrative*, Cambridge: Cambridge University Press, 1995, p. 5.
② 布朗详细介绍了19世纪90年代,平板玻璃在芝加哥广泛使用的情况。在芝加哥,玻璃的无处不在实际上是1871年摧毁城市中心的大火的产物。同时,随着煤气和电灯的使用,新的建筑催生了一个"发光的城市"。Bill Brown, "The Matter of Dreiser's Modernity," in *The Cambridge Companion to Theodore Dreiser*, eds. Leonard Cassuto and Clare Virginia Eby, Cambridge: Cambridge University Press, 2004, p.88.

的材料",[1]在玻璃另一端的嘉莉可以观看,但不能进入玻璃内部,她永远在追求,但终是没有得到的满足感。从嘉莉的角度来描述就是:"一切都很美妙、广阔而遥不可及,但当她想到要进入任何一栋高高在上的地方求职时,就开始感到情绪低落……"(12)一方面,玻璃延续着嘉莉的欲望。透过宽大的玻璃窗,她看到认真工作的职员、方方正正的经理室,进而生出找工作的向往。另一方面,在拉近人与他们渴望的事物之间的距离的同时,这种无形的水晶墙使得人们之间的实际距离越来越远。每当嘉莉进入这些前台机构时,总是被拒绝。最后,当她路过一家鞋业批发商行,透过玻璃看到有个中年人坐在一张小写字台旁,又鼓起了勇气。嘉莉接受了这份周薪四块半的女工工作,满怀希望地表示"她的新公司是一个很好的机构",因为"它的窗户是巨大的平板玻璃"。(20)

玻璃还和现代都市中被展示的世界有关,其最佳例子是百货公司的展示橱窗。许多研究都论述了橱窗设计如何用玻璃光展示商品,激发新的欲望。对第一次来到芝加哥的小镇姑娘来说,嘉莉很有可能是在"博览会"这样的大商场中才第一次接触到电灯、大面积的平板玻璃,甚至是大幅的镜子。[2]在这里,玻璃开辟了一种新的视觉体验,赋予物某种"闪亮的不可接近的光环"。[3]艾贝尔森(Elaine Abelson)写道,百货公司体现了一种无忧无虑的富

---

[1] Richard Sennett, "Plate Glass," in *Raritan: A Quarterly Review*, Vol. 6, No. 4 (Winter 1987), p. 1.

[2] Elaine Abelson, *When Ladies Go A-Thieving: Middle Class Shoplifters in the Victorian Department Store*, Oxford: Oxford University Press, 1989, p. 66.

[3] Andrew H. Miller, *Novels Behind Glass: Commodity, Culture and Victorian Narrative*, Cambridge: Cambridge University Press, 1995, p.4.

足愿景,"鼓励消费和欲望超越眼前的需要和手段",主要目标就是创造欲望。①在这里,嘉莉不由自主地停住了寻找工作的脚步,她穿行于繁忙的过道时,看着令人眼花缭乱、兴趣盎然的衣服、发饰和鞋袜。就算实际上根本不买任何东西,嘉莉也显然从这种经历中获得了乐趣。她不断想象着"她穿上这些衣服会是什么样子,那件会让她变得多么楚楚迷人!"甚至"如果她能拥有其中一些东西,她也会看起来光彩照人"。(49)神奇的是,这种始于物的吸引力的欲望通过想象力起作用。依靠平板玻璃提供的视觉效果,消费者得以从精神上"试穿"某件衣服,这种"对所见物品的想象性使用"正是橱窗购物的精髓。②

布朗将平板玻璃窗描述为"一种光学机制",关于接近和距离的辩证法,这种辩证法构造了欲望及其阻力。③透明的玻璃让商品真实可见、一览无遗,但其物质性始终阻碍观者和商品。这种特质在观者身上产生了新的欲望,她看到了她想要的东西,同时强烈地意识到自己的缺乏。嘉莉行走于"摆放这些东西的玻璃柜和架子"之间,沉迷于"橱窗购物"的魔力。她的渴望并不只关乎衣物本身,而是包含与之相关的新奇、愉快的经历。

如前所述,对衣物的欲望最能代表嘉莉对享乐的追求,而摇椅则提供了她观察、想象的空间。而嘉莉的欲望是否能够

---

① Elaine Abelson, *When Ladies Go A-Thieving: Middle Class Shoplifters in the Victorian Department Store*, Oxford: Oxford University Press, 1989, p. 6, p. 63.

② Colin Campbell, *The Romantic Ethic and the Spirit of Modern Consumerism*, Cham: Springer, 2018, p.148.

③ Bill Brown, "The Matter of Dreiser's Modernity," in *The Cambridge Companion to Theodore Dreiser*, eds. Leonard Cassuto and Clare Virginia Eby, Cambridge: Cambridge University Press, 2004, p.88.

在人世间找到出口呢？正如德莱塞断言的那样，嘉莉"并不真的知道自己想要的是什么。人间的万花筒每时每刻都把新的光彩投射到某些东西上，从而使它成为她所期望的一切。晃动一下万花筒，其他的东西就变成了美丽的、完美的"。（102）通过万花筒的隐喻，德莱塞揭示了嘉莉所代表的现代享乐主义的一个普遍特征，那就是指向物的"欲望—获得—使用—幻灭—再欲望的循环"。①

万花筒是一种特殊的镜子，于19世纪初由苏格兰物理学家大卫·布鲁斯特（David Brewster）发明。布鲁斯特利用多面镜子，通过光的反射而形成影像重叠，制作出了一种光学玩具。很快，因为提供了持续不断、非再现性的虚拟图像的乐趣，万花筒获得广泛赞誉。在整个19世纪，万花筒作为一种物及其隐喻持续出现，用于谈论"头脑理解印象、整理和调节感官数据的能力"（如波德莱尔曾将万花筒喻为漫游者艺术家）②。万花筒的斜面镜子将视野分割成片状，但其主要吸引力在于将这些元素重新组合成新的、统一的视野。通过镜子的成像机制，万花筒提供了一种谈论主客体性的有效方式。

在下一部作品《珍妮姑娘》（*Jennie Gerhardt*，1911）中，德莱塞进一步阐明了万花筒的寓意：随着"我们物质文明的巨大和复杂的发展……产生了可谓万花筒式的闪光，一个个令人眼花缭乱的陈列品，容易使人疲惫和失去信心，而不是启迪和加强观察者的头脑"。（125）换言之，万花筒代表光怪陆离的物质世界，而德

---

① Colin Campbell, *The Romantic Ethic and the Spirit of Modern Consumerism*, Cham: Springer, 2018, p.147.

② Nicole Garrod Bush, "Kaleidoscopism: The Circulation of a Mid-Century Metaphor and Motif," in *Journal of Victorian Culture*, Vol.20, No.5 (2015), p. 517.

莱塞对人类是否能保持自由、独立的精神忧心忡忡。嘉莉显然不具备这样的能力。在谈到嘉莉在去纽约的火车上对窗外一闪而过的景象的迷恋时,德莱塞直言,"新的物太重要了,不能被忽视",头脑注定"屈服于物的洪流"。(195)这种"物的洪流"在芝加哥和纽约的高档餐厅中体现得淋漓尽致。细究起来,小说中位于第五大道的雪莉餐厅的场景就设置在多面镜子中:在每个方向装饰着"两面明亮的斜面镜子,反射和再反射形状、脸和烛台一百次",这些镜子映照人的身影、面孔,还有"几十、上百次的烛台",营造出一种快乐和奢华的氛围,每个方向都包含着对享乐的重申。(226)和雪莉餐厅形成镜像的,是芝加哥的雷克托餐厅。那里装饰得同样金碧辉煌,让人像"飞蛾扑火"般涌入,短暂地、象征性地得到满足。这一派景象,宛如"怪诞、闪烁的夜花",一朵招蜂惹蝶、害虫滋生的"享乐之花"。(34)对这种从物质世界中寻求享乐的行为,德莱塞评价道:"对金碧辉煌的地方心生向往本身并不是罪恶。最坏的后果大概是激起物质主义者的野心,使他们按照同样豪华的规模去安排他们的生活。"(34)其代价自然是欲望的主体看起来是一个木偶,迷失于、屈服于对物的虚幻向往之中。

在故事结尾,嘉莉的人生正升至顶点,她收入丰厚、事业有成。财富、名声(不需用钱就能享受到豪华的生活)和爱慕的满足终于属于她。但嘉莉仍然感到"生活的完美享受之门没有打开",她什么也不缺,但如果她想做得更好或走得更高,"她必须拥有更多——大量的东西"。(320—321)当然,她对这些东西到底是什么仍然感到困惑。德莱塞表明,一旦嘉莉进入享乐的世界,就无法回头,因为快乐的本质是一种情感能力:"一旦欲望进入情感的领域,就会发现金钱毫无用武之地。"(321)嘉莉永远无法满足,因为"快乐不是任何物体的内在属性",嘉莉所流连的"幻觉和妄想"的领域所提供的只有短暂的快乐。①坐着摇椅,"哼着歌,做着梦"的嘉莉是德莱塞给读者留下的最后意象,那是"对快乐之光的永恒追求"。(353—354)

---

① Colin Campbell, *The Romantic Ethic and the Spirit of Modern Consumerism*, Cham: Springer, 2018, p. 111.

第三章

审美之物：《欢乐之家》

艺术品是一种特殊的物。正如鲍德里亚在《物体系》中所区分的那样，艺术品、古物都属于"非功能性系统"，这些物的实用性并不确定，存在于交换市场之外，其价值并不由其使用价值决定，而是和主体密切联系。艺术藏品的奇妙之处就在于它是"纯粹的物"，"当一样物品不再由功能来取得其特殊性时，便是由主体来赋予它属性"。[1]而这种属性和审美关系密切，艺术品的价值涉及"人类行为的微妙之处、技巧和感觉，这些与其他品质一起，在美学的名义下统一起来"。[2]用新物质主义的术语来说，艺术品拥有能动性，有能力影响使用它们的人。"当色情作品不被看作对妇女暴力的表现，而是被看作一种暴力行为"，或当我们探究"一幅画对观看者的作用"时，事实上就承认了艺术品在某种程度上独立于人类的意图，"把行动和效果归结到物上"。[3]在《物想要什

---

[1] 布希亚,《物体系》,林志明译,上海：上海人民出版社,2001年,第100页。

[2] Allan Hepburn, *Enchanted Objects: Visual Art in Contemporary Fiction*, Toronto: University of Toronto Press, 2010, p.7.

[3] Chris Gosden, "What Do Objects Want?," in *Journal of Archaeological Method and Theory*, Vol. 12, No. 3(September 2005), p.196.

么?》("What Do Objects Want?")一文中,克里斯·戈斯登(Chris Gosden)以"人工制品间领域"(inter-artifactual domain)为例,指出"物的风格建立了他们自己的宇宙",以集体的力量影响着人际关系和人类社会的进程。[1]

艺术品和其他属于"功能性系统"的物(比如自行车、香烟)不同,具有一些特别的属性。根据杰尔的论述,人观看艺术品,艺术品是社会能动性的指标,是人类能动性的体现;因为能够"吸引、强迫、诱捕和取悦观众",艺术品具有一种内在的有效性。[2]艺术品的影响力和能动性不在于其代表或象征的东西,而是它们在"社会过程中"的"实际中介作用",而艺术品的本质是"它在所嵌入的社会关系矩阵中的功能"。[3]艺术品同主体的人一样,是"社会能动者"(social agent),是"启动特定类型的因果序列"中的一环,不仅串联事件,而且是"思想或意志或意图的行为引起的事件"。

那么,艺术品的魔力究竟来自何处? 瓦尔特·本雅明认为,物质对象或艺术作品的独特性存在于其"光晕"中。而在1900年左右,随着技术的发展,几乎所有的艺术品都可以被复制,尤其是从艺术对公众的影响上来看,艺术品的独一地位似乎被撼动了:"即使是最完美的艺术作品的复制品,也缺少一个元素:它在时间和空间中的存在,它此地的独特存在。"[4]"光晕"作为一种审美的

---

[1] Chris Gosden, "What Do Objects Want?," in *Journal of Archaeological Method and Theory*, Vol. 12, No. 3(September 2005), p. 195.

[2] Alfred Gell, *Art and Agency: An Anthropological Theory*, Oxford: Clarendon, 1998, p. 23.

[3] Ibid., pp. 6-7.

[4] Walter Benjamin, "The Work of Art in the Age of Mechanical Reproduction," in *Illuminations*, trans. Hannah Arendt, ed. Harry Zohn, New York: Harcourt, Brace & World, 1968, p. 221.

范式,是艺术品特有的品质,来自其物质性和距离感。艺术品的魔力就在于不能被复制、拥有,甚至靠近。一个很重要的例证就是收藏家,在他们身上往往存在"一些拜物教的痕迹,并且通过拥有艺术品,分享了其仪式力量"。①因此,包括"时期、地区、工艺、以前的所有权"这些物的所有信息都对收藏家至关重要,因为其"精髓就是物的命运"。② 这一切在"工业复制"的时代化为泡影,尤其是在"大众想要在空间上和身体上'更靠近'物的欲望"的作用下。③当艺术仅仅成为交换价值下的商品,那么其"光晕"也就消失了。不过,本雅明本意并不是批评工业时代的来临,"光晕"的消失或许并不完全是坏事,而是为新的艺术形式创造了条件。④

评论家注意到,伊迪斯·华顿多和当时的艺术运动进行对话,质疑性别和艺术的关系。在《欢乐之家》中,莉莉可被视为19世纪末20世纪初流行的装饰运动中的"新艺术运动"(Art Nouveau)的"拟人化",她的命运演绎着"最初作为一种重要而风靡的艺术的装饰运动的衰落和消亡。"⑤而华顿对罗塞蒂和前拉斐尔画派的青睐,让她试图在艺术世界中"为美国女性艺术家寻求空间",虚构了将艺术品"客体化"(objectification)的莉莉,她的身体

---

① Walter Benjamin, "The Work of Art in the Age of Mechanical Reproduction," in *Illuminations*, trans. Hannah Arendt, ed. Harry Zohn, New York: Harcourt, Brace & World, 1968, p. 246.
② Ibid., p. 60.
③ Ibid., p. 223.
④ 本雅明指出:"在世界史上,机械复制第一次将艺术作品从对仪式的寄生依赖中解放出来。在更大程度上,被复制的艺术作品成为为再现性而设计的艺术作品。"Ibid., p. 224.
⑤ Reginald Abbott, "A Moment's Ornament: Wharton's Lily Bart and Art Nouveau," *in Mosaic: An Interdisciplinary Critical Journal*, Vol. 24, No. 2 (Spring 1991), p. 74.

成为实物交易品,"作为确保生存和避免(美丽的)死亡的手段"。①不过,身为女性艺术家的莉莉是不是艺术的牺牲品,这一论点还有待商榷。有评价指出,莉莉并未将自己局限于婚姻市场上"美丽的物"的角色之中,而是挑战社会期望,"大胆地展示一种结合了卓越美学和创造力的艺术作品"。②本章延续《欢乐之家》中的艺术(包括艺术和艺术家)这一话题,但将关注点从莉莉本人身上稍做转移,从艺术品的视角入手。如果说总的来说,华顿作品中的艺术品是"意识形态的隐喻性表现",③那么《欢乐之家》就蕴含着消费时代初期,华顿对纽约上层社会的美学和价值观的批评和反思。

一、《欢乐之家》中的审美困境

《欢乐之家》并非华顿出版的第一本小说,在这之前她已经是一名著述颇丰的写作者了。华顿兴趣广泛,各种文学类型都有涉猎,早年重要的著作包括短篇小说选集《更伟大的志向》(*The Greater Inclination*, 1899)、小说《决定之谷》(*Valley of Decision*,

---

① Emily J. Orlando, *Edith Wharton and the Visual Arts*, Tuscaloosa: University of Alabama Press, 2007, p. 172, p.55.
② Leslie Backer, "Lily Bart as Artist in Wharton's *The House of Mirth*," in *The Explicator*, Vol. 68, No. 1 (2010), p.34.
③ 华顿作品的物质文化研究较早引起了批评界的关注。托腾(Gary Totten)指出,艺术品是华顿"深入参与知识、哲学和道德问题的证据"。Gary Totten, "Edith Wharton and Material Culture," in *Memorial Boxes and Guarded Interiors: Edith Wharton and Material Culture*, ed. Gary Totten, Tuscaloosa: University of Alabama Press, 2007, p.5.

1902)、游记《意大利庄园和花园》(*Italian Villas and Their Gardens*, 1904)和《房屋装饰》(*The Decoration of Houses*, 1897)。但是《欢乐之家》是确立她文学名声的第一部作品。这本小说自出版后就占据美国最畅销小说排行榜达数月之久,现象级的商业成功不但带来高额收入,更让华顿从此决定成为职业作家。

《欢乐之家》标题的选择颇费考量。华顿曾经考虑过其他两个题目"玫瑰之年"(The Year of the Rose)和"瞬间的饰物"(A Moment's Ornament)。但最后决定采用更能反映纽约社会全景的"欢乐之家":"智者的心在哀伤之家;但愚人的心在欢乐之家。"这句来自《圣经·传道书》的箴言为全书定下了一个悲伤的基调。小说讲述了女主人公莉莉·巴特生命最后两年的际遇。她辗转流离于纽约的上层社会,出生优越却众叛亲离,最后香消玉殒于寒酸的寄宿公寓中。最让人痛心扼腕的也许不是小说结尾莉莉的自杀,而是莉莉明明拥有"成功"的所有条件,却屡屡主动错过良机,任由自己滑落到社会底层的深渊。正如她的朋友嘉莉·费西所言,莉莉"像一个奴隶一样辛苦工作,犁地、播种;可是在收获的那一天,她却睡过了头,或者出去野餐了"。[1]

在这个纽约社会中,金钱的价值自然主导着人的价值。正如宋惠慈(Wai-Chee Dimock)所言,《欢乐之家》中几乎所有人都被卷入了商业市场的漩涡,甚至"最私密的事务也具有商业交易的本质,因为人际关系的领域完全包含在一个包罗万象的商业道德中"。[2]莉莉显然也身在其中。如前所述,她的反抗——主动放弃嫁入豪门的机会——虽然微弱但持久。那么,在这个物欲横流的

---

[1] Edith Wharton, *The House of Mirth*, New York: Penguin, 1985, p. 189.
[2] Wai-Chee Dimock, "Debasing Exchange: Edith Wharton's *The House of Mirth*," in *PMLA*, Vol. 100, No. 5 (October, 1985), p.783.

纽约社会,是否存在金钱之外的价值标准? 更进一步说,超然的艺术品是否能够置身流通市场之外? 华顿对艺术的热爱广为人知。她不仅博览群书,而且熟知"包括绘画、雕塑、音乐和应用艺术"在内的艺术形式,称得上时代的"美学先驱"。[1]在华顿的小说中,和艺术品,尤其是视觉艺术有关的场景比比皆是。例如,在《国家风俗》中,厄丁按照皮埃尔·保罗·普吕东(Pierre Paul Prudhon)名画中的约瑟芬皇后准备舞会服装;或者,在《纯真年代》(*The Age of Innocence*,1920)中,男主人公纽兰·阿切尔为精通意大利艺术而自豪;以及,《纽约旧事》(*Old New York*,1924)系列故事《假曙光》("False Dawn")中,年轻的收藏家刘易斯·雷西在约翰·罗斯金的鼓励下坚持艺术品位。

除了被称为"美丽的物"的莉莉本人,《欢乐之家》中的艺术品还有藏品"美国史料"(Americana)和莉莉所演绎的18世纪英国画家乔舒亚·雷诺兹(Sir Joshua Reynolds)的名画《劳埃德夫人》("Mrs. Lloyd")。本章想要探讨的正是消费文化背景下,物和审美、艺术之间的关系。一方面,我们应当始终关注价值如何"在特定的社会形态中被创造出来,并被安置在特定的物质形式之中";另一方面,人们还通过不同方式对其"物的欲望和需求进行编码、再编码"。[2]其中一个很重要的方式就是艺术审美的需求。

在《欢乐之家》面世的20世纪初,美国消费社会初露峥嵘。在"强调即时满足和通过满足与放纵来实现自我价值"的消费社

---

[1] Helen Killoran, *Edith Wharton: Art and Allusion*, Tuscaloosa: University of Alabama Press, 1996, p.4.

[2] Bill Brown, *A Sense of Things: The Object Matter of American Literature*, Chicago: University of Chicago Press, 2003, p.4.

会中,[1]人们的审美需求经历着剧变。如何衡量艺术的价值？在消费伦理的统治下,艺术是否完全被商业利益所裹挟？一些知名思想家对这些问题进行了思考。其中,与华顿的创作关系最密切的是英国艺术批评家罗斯金和美国经济学家凡勃伦。

华顿早年的美学启蒙有赖于藏于家族私人图书馆中的罗斯金著作。在意大利的威尼斯和佛罗伦萨旅行期间,华顿和父亲"一步一步地"追随罗斯金"随意的旅行线路"。[2]尽管华顿并未完全接受罗斯金的艺术品位,但后者的《现代画家》(*Modern Painters*, 1843)、《威尼斯的石头》(*Stones of Venice*, 1851—1853)和《佛罗伦萨的清晨》(*Mornings in Florence*, 1875—1877)等著作让她对美学有了更深入的了解。在自传《生活和我》("Life and I")中,华顿写道,罗斯金不仅让她重新看到了"失去的美丽的欧洲",唤醒了"精确的视觉观察的习惯",而且让她感到了一种前所未有的与传统、文化"有机联结的感觉"。[3] 在19世纪末20世纪初的艺术风潮风起云涌,消费文化冲击艺术审美的背景中,罗斯金代表着传统、精英主义的艺术观。其一,他认为审美和道德价值密切关联,审美行为蕴含道德选择。"美的理念是可以呈现给人类心灵的最崇高的理念之一,总是高扬和净化的",[4]这和19世纪末唯美主义"为艺术而艺术"的理解形成强烈对比。其二,罗斯金旗帜鲜明地反对艺术的商业化、廉价化。理由是"你能从任

---

[1] Horowitz Daniel, *The Morality of Spending: Attitude Towards the Consumer Society 1875-1940*, Baltimore: Johns Hopkins University Press, 1985, p. xxvii.

[2] Edith Wharton, *A Backward Glance*, New York: D. Appleton-Century, 1934, p.34.

[3] Edith Wharton, "Life and I," in *The Unpublished Writings of Edith Wharton*, ed. Laura Rattray, London: Pickering & Chatto, 2009, p.195, p.203.

[4] John Ruskin, *Modern Painters*, London: J. Wiley & Sons, 1878, p.27.

何伟大的作品中得到多少快乐,完全取决于你能对它产生的注意力和精力的数量。现在,这种注意力和能量更多地取决于事物的新鲜度,而不是你的艺术作品"。①艺术品的价值在于唤起审美的感受,但商业化有损于其作为审美之物的独立性。

罗斯金的这种担心在凡勃伦的著作中得到了更加直接的论述。在《有闲阶级论》中,凡勃伦批评消费对审美价值的破坏。他警告"从使用配置昂贵的和所谓美丽的产品中获得的优越满足感"在很大程度上并不是对美感的欣赏,而是"对我们以美为名的昂贵感的满足"。②在这一过程中,物的价值只存在于交换价值,对美的追求被消费的逻辑所替代。与此同时,凡勃伦并非全然否定了审美的价值。他指出,许多物品,包括用于装饰的宝石、金属、黄金,许多甚至大多数备受推崇的艺术作品都具有"内在的美",正是因为这种内在美,这些物才被人们所觊觎,甚至成为其拥有者的"垄断对象"。③在《欢乐之家》的第一章,华顿也借劳伦斯·塞尔登之口进行了相似的思考。在和莉莉谈到"精神共和国"(The Republic of Spirit)时,塞尔登也肯定了装饰品的审美价值。作为小说的理想核心,围绕"精神共和国"这一概念的解读众多。华顿将其与"个人自由"联系起来的,"摆脱一切——摆脱金钱,摆脱贫困,摆脱轻松和焦虑,摆脱所有物质事件。保持一种精神上的共和国"。(68)在这里不妨将"精神共和国"解读为一种道德和审美

---

① John Ruskin, *Complete Works: Laws of Fesole*, *A Joy Forever*, *Our Fathers Have Told Us*, *Inaugural Address*, New York: Bryan, Taylor, 1894, p.177.

② Thorstein Veblen, *The Theory of the Leisure Class*, New York: Penguin, 1994, p.128.

③ Ibid., p.130.

的理想。[1]

二、美国史料：藏品的价值

小说中出现的第一件艺术品是"美国史料"（Americana）。"美国史料"主要包括"旧书和地图"，是美国建国前后早期历史的重要物料。[2]在19世纪后期，尤其是"镀金时代"期间，美国民族情绪高涨，"美国史料"受到收藏家的青睐，获得了相当高的声誉和价值。《欢乐之家》中的"美国史料"收藏主要是指旧书，由莉莉的第一个交往目标珀西·格莱斯所拥有。

随着生产力提高，商品极大丰盛，收藏开始脱离精英阶层和纯艺术的领域，成为一种时髦的审美行为。在《欢乐之家》的世界中，格莱斯是典型的收藏家，其行为生动地演绎了收藏的定义："积极地、有选择地、热情地获取和拥有脱离普通用途的东西，并将其视为一套非同类物品或经验的一部分的过程。"[3]首先，"美国史料"显然和消费品不同，不具有普通的使用价值。在格莱斯的熟人中很少有人关注"美国史料"，"或者说根本对这套书一无所知"(20)。用莉莉的话来讲，除了历史学家基本没人会读这套书

---

[1] 泰森(Lois Tyson)将其解读为一种"理想化的审美追求"，而莉莉是其"审美价值的浪漫内化"。Lois Tyson, "Beyond Morality: Lily Bart, Lawrence Selden and the Aesthetic Commodity in *The House of Mirth*," in *Edith Wharton Review*, Vol. 9, No. 2 (Fall 1992), p.5.

[2] Kirsten Silva Gruesz, "Past Americana," in *ELH*, Vol. 86, No. 2 (Summer 2019), p.387.

[3] Russell W. Belk, *Collecting in a Consumer Society*, New York: Routledge, 1995, p.67.

了。作为一件藏品,"美国史料"不再是记录美国历史的史料,其价值完全由收藏家的主观判断来决定。当然,"美国史料"在藏书家圈子里久负盛名。格莱斯家族的家族名声甚至就是因为这套收藏建立起来的,格莱斯则订购了"全部有关藏书的,尤其是涉及美国历史的刊物"(21),并不断购买新的书籍以丰富收藏。如鲍德里亚所言,在收藏体系中,物品并不是作为独有、单一的东西存在,其使命是成为收藏品的一部分,[1]其后果是占有而不是阅读、欣赏。因此,"格莱斯的美国史料"背离了其爱国主义的初衷,"剥离了公共社会价值",成为一种"炫耀式展示财富的形式"。[2]

格莱斯收藏"美国史料"的首要目的并不是投资、获得更多财富。因为格莱斯家族本身就足够富有。格莱斯来自奥尔巴尼的老牌贵族家庭,他享有父亲靠专利发明赚取的财富,还在不久前继承了另一大笔财产和纽约的房产,包括"美国史料"。格莱斯的兴趣和热情来自藏品所带来的荣誉,让他成为公众眼中的重要人物,一想到"人们突然发现他就是格莱斯家族美国史料的拥有者,就会对他大加关注,他就不禁心花怒放"(20)。这验证了凡勃伦对有闲阶级的批评,他们"拥有物品,无论是通过自己的努力积极获得,还是通过继承他人的遗产被动获得,都成为声誉的传统基础"。[3]格莱斯这样的收藏家只热衷于一套继承而来的有价值的物的定义,并没有与"美国史料"有关的任何直接的审美经验。而这种以荣誉为预设的收藏行为,不可避免地导致了审美维度的

---

[1] Jean Baudrillard, "The System of Collecting," in *Cultures of Collecting*, eds. John Elsner and Roger Cardinal, London: Reaktion Books, 1994, p.8.

[2] Kirsten Silva Gruesz, "Past Americana," in *ELH*, Vol. 86, No. 2 (Summer 2019), p.388.

[3] Thorstein Veblen, *The Theory of the Leisure Class*, New York: Penguin, 1994, p.19.

消亡。

对格莱斯来说,藏品不仅是"炫耀性消费"的展示品,还有一个情感补偿的价值。[1]格莱斯天生"犹豫、谨慎",(22)而他的母亲性格中有清教徒式的严厉和猜忌。本性的胆小羞怯和后天的教育让格莱斯变得愈加"谨慎和小心"。(22)在静止的物的世界,人际关系的缺乏和随之而来的情感需求可以得到绝对满足。藏品作为物的"绝对单一性完全取决于这样一个事实,即拥有它的是我——这反过来又使我能够在它身上认识到自己是一个绝对独特的存在。"[2]格莱斯和"美国史料"的关系演绎着一种特殊的、悖论式的主客体关系:他的藏品"能使他忘掉他自己",或者说"让他可以不受拘束地想到他自己"。(20)因此,在莉莉表示出对"美国史料"的兴趣时,素来害羞、谨慎的格莱斯也敞开了心扉。谈论藏品让他"感受到了一种难以名状的兴奋,身体的所有感官都在一种模糊的幸福感中飘荡",但人和人的交流模糊了,巴特小姐的脸虽然令人愉悦,但"只隐约可见"。(21)

根据西蒙·弗朗西斯卡托(Simone Francescato)的分析,消费时代早期的收藏家可被分为"业余爱好者"和"鉴赏家",这两类人物"都遭受了与现实不同程度的疏离,并体现了消费的专业化对与世界建立亲密关系的可能性的影响"。[3] 在《欢乐之家》中,格莱斯虽然并不完全符合"无法坚持一个确定的兴趣领域"的"业余爱好者"定义,但叙述者显然不满他艺术品位的缺乏:"格莱斯先生对美国史料的兴趣并不是自发产生的,很难想象他这样的

---

[1] 鲍德里亚指出,"在个人的性发展的关键阶段,收藏的活动可以被看作一种强大的补偿机制"。Jean Baudrillard, "The System of Collecting," in *Cultures of Collecting*, eds. John Elsner and Roger Cardinal, London: Reaktion Books, 1994, p.9.

[2] Ibid., p.12.

[3] Simone Francescato, *Collecting and Appreciating: Henry James and the Transformation of Aesthetics in the Age of Consumption*, Oxford: Peter Lang, 2010, p.26.

人能形成个人爱好。"(21)格莱斯的收藏行为完全由时髦的炫耀式消费价值所定义。这种涉足艺术收藏的"业余爱好者"具有典型性,包括给纽约大都会艺术博物馆捐款的J.P.摩根等许多"镀金时代"的大富豪。华顿在小说中所揭示的正是这样一种现象,藏品成为一种地位的象征,如格莱斯一样的收藏家拥有巨大财富但品位低下,积累了艺术杰作而不懂得欣赏。

和格莱斯形成对比的是塞尔登。在塞尔登的图书馆中,莉莉看到一些烫压得非常精致的初版书。但对莉莉"你收藏美国史料吗?"的问题,他的回答却是否定的,因此他并非"真正的收藏家","只是想要拥有(我)喜欢的书的初版书罢了"。(11)值得注意的是,塞尔登在这里区分了两种收藏行为:所谓的收藏家因为"稀有性"收藏价值昂贵的藏品,而艺术"鉴赏家"基于审美需求进行收藏。前者属于"业余爱好者"之列,后者以欣赏藏品而非占有为目的。塞尔登称自己常常去看拍卖,收藏一些能买得起的书,通过自身的体验而非预设价值来决定藏品的价值,显然属于"艺术鉴赏家"之列。塞尔登的艺术倾向确有家族渊源。他的父亲"对绘画颇有眼力",母亲则鉴赏古董衣饰,他们的家财并不丰厚,但家里装饰考究,"书架上都是好书",称得上"节制与优雅的结合"。(152)

不难发现,华顿在塞尔登身上寄托了自己对审美的追求。华顿的艺术素养极高,不光涉猎广泛,还拥有鉴赏家的专业知识和艺术批评家的社会责任感。在《房屋装饰》的前言中,她批评当前恶俗的装修品位很大程度上归因于上层阶级的忽视和放纵,而"至少五十年来,在英国或美国都没有出版过关于房屋装饰这一建筑分支的研究"。[①]在她的艺术写作中,比如《托斯卡纳的神殿》("A Tuscan Shrine", 1895),华顿扮演着"教育家和鉴赏家的角

[①] Edith Wharton and Ogden Codman, *The Decoration of Houses*, Mineola, New York: Dover Publications, 2015, p.xvi.

色",培养读者的品位,介绍"一些新的和未被欣赏的东西"。① 而很明显,和华顿相似,塞尔登试图影响莉莉的审美和人生追求。他说:"我并不低估生活中那些装饰性的东西的价值。在我看来,其创造的那种辉煌的感受已经证明了自身的价值";但糟糕的是,当"淬炼宝剑的火"变成了"涂染华丽外衣的可怜虫",为了维系这个以财富为唯一价值的社会,"人性给大量地消耗掉了"。(70)就像具有诗歌天赋的内德·西沃尔顿,现在流连于上层阶级的桥牌桌和社交圈,完全浪费了艺术抱负。塞尔登的警告印证了莉莉内心的担忧,她从内德的遭遇中看到了自己的未来,开始反思他们所在的上层社会,以及物质追求的意义。

曾经尽管莉莉并不认同格莱斯的审美品位——她将"美国史料"称为"人们永远不会去读的丑陋的、印刷劣质的书,但主动将自己的价值物化",(11)一度"决定要让自己像美国史料那样赢得他(格莱斯)的心",只因为"美国史料"是"他唯一为之感到骄傲、不吝花钱的财产"。(49)但在各种因素的推动之下,她最终拒绝了成为格莱斯的妻子(藏品)的机会。正如莉莉和塞尔登第一次谈话时所说,她在婚姻中所追求的不仅是物质保障,还有审美的独立性,所谓"重新布置客厅的自由"。(10)而审美和德行密切相连,"如果我可以把我姑妈的客厅重新装修一下,我知道我应该是一个更好的女人"。(8)后来,在塞尔登"精神共和国"的召唤下,她感到心中有"两个人,一个深呼吸着自由和兴奋,另一个在恐惧的小黑屋里喘息着呼吸",随着"地平线扩大,空气变强,自由的

---

① Sigrid Anderson Cordell, *Fictions of Dissent: Reclaiming Authority in Transatlantic Women's Writing of the Late Nineteenth Century*, London: Pickering & Chatto, 2010, p.70.

精神为飞行而颤抖",(64)向往独立的自我取得了暂时的胜利。这段追求独立的历险毁掉了莉莉嫁给格莱斯的计划。这一情节不仅"标志着她对她所接受的商品文化的第一次反叛",更凸显了莉莉在一个注定要被异化和分裂的社会中对精神独立的坚持。

但身为鉴赏收藏家的塞尔登并不能完全逃避消费文化对审美活动的威胁。因为罗斯金主张的艺术欣赏强调"无功利性",对物有机性、精神性纯粹的享受,而新的消费主义范式影响下的收藏行为目的在于通过物"获得享受",艺术审美本身成了手段。[①]"收藏不仅远离了物质生产的语境,它也是所有消费形式中最抽象的一种",而藏品似乎脱离了使用价值和物质性,存在于"自我参照的交换的神奇循环中"。[②] 在收藏家的目光凝视下,莉莉仿佛也成了一件无生命的艺术品,等待塞尔登以专业的标准归类、检验并评估其价值。在小说前半段,塞尔登就被这样的收藏家思维主导着,欣赏莉莉"小巧可爱的耳朵的形状""头发向上卷曲的波浪""浓密笔直的黑黑的睫毛"和精巧美丽的脸部轮廓,一切关于她的东西都"生气勃勃、精致优雅、强大又柔和"。(5)塞尔登停留于思考莉莉在外表上和其他女性的不同,虽然怀疑"粗糙的材料"是否能够"打磨成完美的东西",但始终用收藏家的眼光从远处评价着她。(5)在审美消费的模式下,莉莉的美注定是肤浅、装饰性的,美则美矣,但缺乏灵魂和内涵。

[①] Simone Francescato, *Collecting and Appreciating: Henry James and the Transformation of Aesthetics in the Age of Consumption*, Oxford: Peter Lang, 2010, p.24.
[②] Susan Stewart, *On Longing*, *On Longing: Narratives of the Miniature*, *the Gigantic*, *the Souvenir*, *the Collection*, Durham, NC: Duke University Press, 1992, p.168.

三、画像表演:消费时代的艺术品

莉莉的魅力在惠灵顿·布莱家举办的宴会上达到巅峰。而这次宴会的重头戏是当时非常流行的"画像表演"(tableaux vivant)。数十位时髦、美貌的女性盛装打扮,扮演著名绘画作品中的人物,目的是帮助布莱家打入上流社会。

画像表演历史悠久,人物以静态的姿态出现在舞台上,以重现栩栩如生的视觉效果。这种艺术形式结合视觉艺术和戏剧艺术的特点,初现于18世纪的欧洲和英国,并在19世纪的美国风靡一时。在当时的文学作品中,比如苏珊·华纳(Susan Warner)的《辽阔的世界》(*The Wide, Wide World*, 1850)、纳撒尼尔·霍桑(Nathaniel Hawthorne)的《福谷传奇》(*The Blithedale Romance*, 1852)、路易莎·梅·奥尔科特(Louisa May Alcott)的《面具之后》(*Behind a Mask*, 1866)和斯托夫人(Harriet Beecher Stowe)的《我和我的妻子》(*My Wife and I*, 1872),画像表演的情节屡次出现,可见其流行程度。1860年的美国女性时尚杂志将画像表演称为当时最具娱乐性和教育意义的活动之一,因为其中包含绘画、音乐、表演、雕塑等元素,尤其"培养年轻人对艺术的热爱和欣赏"。[1]这种艺术形式"吸引观众的感性认识,唤醒好奇心,培养想象力和品位",本身就具有审美教育意义。

虽然《欢乐之家》中画像表演的目的并不是培养观众的艺术品位,却全方位地体现了其审美表现力。因画像表演又被称为

---

[1] *Godey's Magazine*, Vol. 60(1860), p.472.

"活人画"(living picture),需要尽可能地与绘画作品重合。在著名肖像画家保罗·莫佩斯的指导下,确保幕布布置、造型、光线和颜色的艺术效果。而布莱夫妇的房子设计考究,其"大理石圆柱""金缎扶手椅""雕花镀金的墙壁""画着人像的威尼斯式天花板"和"穿着华服、戴着珠宝"的宾客相得益彰。(132)当舞台的幕布缓缓拉开,"一群仙女按照波提切利名画《春》中的舞姿在铺满鲜花的草地上跳舞",明快的灯光和层层薄纱创造了生动的舞台效果,盛大的表演开始。(133)接着,文艺复兴、洛可可时期的古典名画悉数登场:戈雅代表作中的人物、缇香的《女儿》、凡·戴克画笔下的荷兰女性、考夫曼(Angelica Kauffmann)的仙女、华托(Jean-Antoine Watteau)的演奏者,每一幅稍纵即逝的画面都生机勃勃,显示出和谐的美感。

画像表演激发了基于形象的直觉美感经验,引导塞尔登心驰神往于梦幻的世界。他的头脑"彻底服从制造幻影的力量",这些栩栩如生的画面仿佛具备神话的魔力。(133)在这一刻,画像表演获得了新的"光晕","无论多近的距离,都是独特的幻影"。[1]这种非传统艺术品的特质正和本雅明笔下的照片相映成趣。[2]因此,在莉莉扮演的雷诺兹《劳埃德夫人》中的主角出场之后,塞尔登"好像第一次亲眼见到了一个真实的莉莉·巴特",她"远离世俗琐事","抓住片刻时间,用自己的美丽筑成永恒和谐"。(134)塞尔登对重新演绎的《劳埃德夫人》的认识很好地表达了这种艺术

---

[1] Walter Benjamin, "The Work of Art in the Age of Mechanical Reproduction," in *Illuminations*, ed. Hannah Arendt, trans. Harry Zohn, New York: Harcourt, Brace & World, 1968, p.243.

[2] 关于本雅明对照片(尤其是肖像照)的论述,参见 Carolin Duttlinger, "Imaginary Encounters: Walter Benjamin and the Aura of Photography," in *Poetics Today*, 1 (March 2008), pp.79 - 101。

形式的初衷:"在画布上创作一幅画,并由活生生的人物再现其所有的美丽和完整,往往会使现实与理想同化,也会提高理解力,使头脑中充满更纯净的思想,并使外在的形式充满新鲜的美感。"①归根结底,艺术品的价值在于审美而非使用,艺术品所唤起的世界不仅更为久远,而且更"美好",因为"物摆脱了有用的苦役"。②在审美的世界中,画像脱离了实用的世界和评价标准,反而能显示出本身现出价值。

画像表演代表着一种新的人和物交融的关系:人(莉莉)代表一件物(雷诺兹的画),而这件物又指代另外一个人(原"劳埃德夫人");不少批评家因此哀叹真实感的消亡,复制品的流行,"高级艺术被民主化为另一种美国商品"。③ 消费是否有助于激发大众对艺术审美的兴趣?同时期的经济学家帕特恩(Simon N. Patten)表明,消费和个人欲望的满足推动"价值的重新调整",激发"情感的新强度",进而带来高雅艺术的"曙光"。④华顿也借塞尔登之口表明,装饰性艺术自有其价值,而盛大的场面也需金钱作为后盾,有钱人需要做的是保持艺术审美的水准,"不辜负舞台统筹者的义务,而不是一味将钱花在无聊的事上"。(131)这种对消费文化更为宽容的看法和凡勃伦的态度形成有趣的对

---

① Tony Denier, *Parlor Tableaux; or Animated Pictures*, New York: Samuel French, 1869, p. v.

② Walter Benjamin, *The Arcades Project*, eds. Howard Eiland and Kevin McLaughlin, Cambridge, MA: Harvard University Press, 1999, p.10.

③ 在卡萨洛夫(Jennie A. Kassanoff)的链条上还有"劳埃德夫人"反过来又代表一种"古典主义类型"。Jennie A. Kassanoff, "Extinction, Taxidermy, Tableaux Vivants: Staging Race and Class in *The House of Mirth*," in *PMLA*, Vol. 115, No. 1 (January 2000), p.66.

④ Simon N. Patten, *The New Basis of Civilization*, New York and London: Macmillan, 1907, p.138.

比。小说中几乎所有人都把莉莉物化,将她视为"艺术的物"(object of art),"也许塞尔登是唯一一个真正和艺术对象对话的人"。[1]更准确的说法是,在这一刻,在画像表演的魔力下,塞尔登克服了收藏家的思维,修正了之前对莉莉的偏见,真正体会到她诗情画意的优美和高雅。他意识到,这个世界充满偏见和误解,周围的人轻佻地评价莉莉的美丽。莉莉理想化的美感"超越了周围所有使她的美变廉价、粗俗的东西,好像向他伸出了求助的双手,希望回到他们曾短暂相处的那个世界里去"。(135)他不再愿意从远处凝视她,而是迫不及待地向莉莉表白了爱意,承认自己完全臣服于她的美。塞尔登的转变反映了一部分推动画像表演的艺术批评家的初衷:"艺术不应完全局限于艺术家的工作室……形式的美仍然是美丽的,无论是在简陋的小床上还是在宏伟的宫殿里",无论是"画布上或纸上或在活生生的画面中"的艺术品,都有助于改善心灵,培养人们的审美品位。[2]而消费经济,或者说对商品数量的渴望和欲望的满足,并不一定会带来美感的崩塌。

但深知纽约上层社会的华顿对消费时代的艺术品抱有更为审慎的态度。在作为物的艺术品的另一端是人的主观感性认识和想象力,因而华顿尤其关注审美体验的多元性。通过观众各异的反应,这部小说以批判性的眼光审视纽约社会的审美观念和感知意识。因为"不管造型艺术如何渲染,但对毫无审美视野的头脑而言,它们仍然只是一种高级的蜡像作品"。(133)比如和塞尔

---

[1] Travis Foster, "Ascendant Obtuseness and Aesthetic Perception in *The House of Mirth*," in *Edith Wharton Review*, Vol. 23, No. 1 (Spring 2007), p.5

[2] James H. Head, *Home Pastimes, Or Tableaux Vivants*, Boston: J. E. Tilton, 1859, pp. 7–8.

登一起参加画像表演的格蒂·法瑞希就无法领略艺术的魔力。在塞尔登心驰神往于画像表演的世界时,格蒂不是评价天花板的装饰、珠宝的价格,就是猜测扮演某个绘画人物的身份,对美的体会浮于表面。而对其他男性观众来说,巧妙地把绘画和女性个性融合起来的画像表演反而让女性被物化,成为凝视和欲望的对象。事实上,"在19世纪30年代至20世纪20年代期间,画像表演既被赞誉为促进美德的手段,又被诋毁为在公共场合展示半裸女性的淫秽行为",引起不少争议。[①]

作为消费时代的艺术品,画像表演的"光晕"要微弱得多。在雷诺兹的画中,"劳埃德夫人"穿着轻薄的长袍,云鬓高挽,"苍白的纱帘及身后的植物背景延伸了她森林女神般的修长曲线,这曲线从她的双脚一直向上伸展至她高举的手臂"。(134)华顿强调,这个造型放弃了华丽的布景,反而足以展示出莉莉的艺术鉴赏力。莉莉不是牺牲个性成为"劳埃德夫人"的化身,而是"走到了雷诺兹的画布上",用她的美复活了画布上"死去的美的幽灵"。(134)遗憾的是,大部分观众并不能领会这种诗意的美的光彩。老练的鉴赏家内德·范·阿斯提尼无暇欣赏莉莉美丽高贵的气质,而是对她的穿着和身体评头论足:"以那副扮相示人真是非常大胆;不过,天哪,她的身材没有任何瑕疵,我猜她就是想让我们知道这一点!"(135)阿斯提尼的评鉴揭示了画像表演争议的来源。一方面,莉莉的表演颠覆了许多画像表演中的性别主义美

[①] Mary Chapman, "'Living Pictures': Women and Tableaux Vivants in Nineteenth-Century American Fiction and Culture," in *Wide Angle*, Vol. 18, No. 3(1996), pp. 22 - 52.

学,戏剧地展示了女性被赋予权力而不是被物化的时刻。①但另一方面,对女性身体的公开展示让女性成为部分男性观众眼中被动和服从的色情象征,激起了观众对舞台下作为欲望征服对象的女性生活的兴趣。因此,菲特利哀叹:"从她母亲的灌输到莉莉在惠灵顿·布莱斯的作品中作为活生生的艺术对象展示自己,这个过程是不可避免的,也是令人恐惧的。"②就在画像表演之后,莉莉遭遇了格斯·特雷诺(Gus Trenor)让人难堪的侮辱,并迅速被朋友和上层社会所背弃。

四、"美丽的物":藏品还是废物

通过"美国史料"和"画像表演",华顿已经展示了20世纪初美国社会审美价值的转变。当收藏成为一种普遍的消费(炫耀)形式,当画像表演逐步背离了其审美的初衷,艺术品的"光晕"渐渐消失,人的价值和美的价值都被重新定义。消费文化的到来不仅改变着人对待物的态度,而且不可避免地改变了人和人之间的关系。在20世纪之前,美国社会具有节约的传统或"物的管理"

---

① 莉莉选择表现"劳埃德夫人",是因为"她与这类人物是如此相像,以至于她用不着牺牲自己,便能体现出人物的特点"。(134)批评家们指出,莉莉和其他画像表演中的女性的选择截然相反。她们牺牲主体性,让自己完全成为艺术品。但莉莉的个性并没有消失,而是凸显了能动性,和女性艺术家更为相似。参见 Grace Ann Hovet with Theodore A. Hovet, Sr., *Tableaux Vivants: Female Identity Development Through Everyday Performance*, Xlibris Corporation, 2009, p.94。
② Judith Fetterley, "The Temptation to be a Beautiful Object: Double Standard and Double Bind in *The House of Mirth*," in *Studies in American Fiction*, Vol. 5 No. 2 (1977), p.201.

(The Stewardship of Objects),主要体现为对物的保护、修理、照顾以延长使用时间和价值。①但随着工业文明、消费社会的发展,商品数量增加,炫耀性消费成为主流,"一次性"(disposable)使用代替了重复使用,浪费不仅变得不可避免,还能赢得额外的权力,获得尊重。②

在1936年版《欢乐之家》序言中,华顿这样解释小说的意义:"大自然总是在浪费,而且显然是为了培养一个天才而不得不创造几十个愚蠢的人……这样的群体总是建立在浪费人的可能性的基础上。在我看来,体现这些可能性的人的命运应该能把我的主题从无足轻重的危险中挽救出来。"③这句话有两点值得我们关注。首先,华顿描写的并不是莉莉的个人悲剧,而是力图批评摧毁了她的纽约上层社会的愚昧和狭隘。更进一步来说,小说是通过对莉莉的"浪费"来达成这一社会批评的。早期的批评家布莱克·纳维斯(Blake Nevius)肯定了华顿的独特贡献:"有一个主题自世纪之交以来一直渗透在我们的小说中:在美国,对人类和精神资源的浪费与对土地和森林的开发是相辅相成的。伊迪斯·

---

① Susan Strasser, *Waste and Want: A Social History of Trash*, New York: Metropolitan, 1999, p.26.
② 这种从节约到浪费的改变当然并非发生于一夜之间。写作于20世纪初的《欢乐之家》就正处于从节约到浪费的价值剧变当中,仍然有人保有"物的管理"的习惯,包括莉莉的姑妈佩妮斯顿夫人。
③ 华顿在自传《回眸》中也表达过相似的看法:"问题是……如何从这样一个主题……一个不负责任的寻欢作者的社会……提取一个身在其中的人所猜测不到的更深刻的含义?答案是一个轻浮的社会只有通过它的轻浮所破坏的东西才能获得戏剧性的意义。它的悲剧性意义在于它贬低人和理想的力量。简而言之,答案就是我的女主角莉莉·巴特。"评见 Edith Wharton, *A Backward Glance*, New York: D. Appleton-Century, 1934, p.207, Edith Wharton, "Edith Wharton's Introduction to the 1936 Edition of *The House of Mirth*," in *The House of Mirth*, eds. Janet Beer and Elizabeth Nolan, Buffalo: Broadview Press, 2005, p. 373.

华顿是最早探索这一主题的美国小说家之一。"[1]不过在对精神、精力的浪费之外,还有一个至关重要的主题,那就是对美的浪费。女主人公莉莉·巴特的生与死让人看到了"一个无情的物质主义和自私的社会,它随意地破坏其中最美丽和最无可指责的东西"[2]。

而莉莉最突出的特征是美貌。她是如此光彩夺目,与众不同,足以让男主人公塞尔登在熙熙攘攘的纽约中央火车站眼前一亮。叙述者告诉我们,唯一让母亲感到安慰的就是女儿的美貌,"她带着一种激情研究它,仿佛它是她为复仇而慢慢打造的某种武器。这是她们财富中的最后一笔资产,是她们的生活赖以重建的核心。她嫉妒地看着它,仿佛它是她自己的财产,而莉莉只是它的监护人"。(69)不过,事与愿违的是,莉莉的美貌并非无往不利的武器,或者说美貌正是其命运悲剧的根源。如菲特利所言,莉莉身为上层阶级的女性,面临"成为美丽物品的诱惑",但在性别的"双重标准和双重束缚"下,被"物化"的美貌让莉莉无法掌控自己的命运,反而让她犹豫不决、脆弱可欺。[3]的确,在资本主义经济的市场上,正如莉莉的母亲所说,美貌是一种资本,价高者得之。

在《莉莉·巴特的炫耀性浪费》("The Conspicuous Wasting of Lily Bart")一文中,莉莉被称为"有闲阶级的标志","和凡勃伦一样,华顿代表了一个世界,在这个世界里,人们通过公开展示他

---

[1] Blake Nevius, *Edith Wharton: A Study of Her Fiction*, Berkeley: University of California Press, 1953, p.55.

[2] Carol J. Singley, ed., *Edith Wharton's The House of Mirth: A Casebook*, Oxford: Oxford University Press, 2003, p.3.

[3] Judith Fetterley, "The Temptation to be a Beautiful Object: Double Standard and Double Bind in *The House of Mirth*," in *Studies in American Fiction*, Vol. 5 No. 2 (1977), p.201.

们有多大的能力进行浪费来获得和维持地位;和凡勃伦一样,她知道现代城市生活的拥挤状况迫使他们更加显眼地进行这种展示"。① 而有闲阶级中的女性和装饰品一样,无用而昂贵,非常适合作为经济实力的证据。炫耀性浪费的思维主导着小说中塞尔登之外的男性人物和莉莉的关系,其中最突出的是西蒙·罗森戴尔。罗森戴尔是一个努力争取进入纽约上流社会的犹太商人,深知要获得声誉和认可,必须通过浪费时间、精力、物品展示自己的金钱实力。在第一次和莉莉见面时,他饶有兴趣地打量她,像鉴定"小饰品(古物)"一样。(14)后来,他向莉莉求婚,也是因为后者的美貌和随之而来的荣誉。华顿含蓄地表明:"他越来越清楚地认识到,巴特小姐本人恰恰拥有完善他的社会人格所需的互补品质。"(121)而在莉莉名声跌落之后,罗森戴尔是唯一向她伸出援手、提出建议的圈内人士。但他对莉莉的青睐并非出于真实的情感,而是来自收藏家对价值的衡量:"随着他社会经验的增长,这种独特性对他来说获得了更大的价值,就像他是一个收藏家,学会了分辨一些长期觊觎的物品中设计和质量的微小差异。"(300)罗森戴尔深知,只要莉莉公开塞尔登和杜塞特夫人的情书,她的声誉就能立刻恢复。

然而,莉莉虽然熟知上层阶级的游戏规则,但并不完全赞同以母亲为代表的对美貌或者说美的见解:"她喜欢把自己的美貌看成一种力量,使她有机会获得一种地位,在那里她可以感受到自己的影响力,模糊地传播着高雅和好的品位。"(70) 在这里,莉莉把外表的美貌和美感、审美联系起来。除了过人的美貌,莉莉

---

① Ruth Bernard Yeazell, "The Conspicuous Wasting of Lily Bart," in *New Essays on The House of Mirth*, eds. Deborah Esch and Emory Elliot, Cambridge: Cambridge University Press, 2001, p.17.

对美的品位也与众不同,"她喜欢绘画、花卉,以及感伤主义小说",并不真的接受母亲所谓用美貌换取荣华富贵的忠告。(70)她的目光久久停留在塞尔登的书架上,并不是因为她"具有藏书家的鉴赏力,而是因为发自内心地喜爱怡人的质地和色调"。(10)同时,她对自己的房间有着敏锐的审美,这种优雅的环境并不直接等于奢华的生活,而是具有优越的艺术感,"每一种色调和线条都应该结合起来"。(110)华顿解释,这种对美的追求有一部分来自她热爱诗歌的父亲:巴特先生曾经用读诗歌"浪费"过很多个夜晚。

身为热衷于寻欢作乐的纽约社会的一分子,莉莉对优雅和品位的追求看似不合时宜,却至关重要。因为她的创造者华顿毕生所追求的就是美和艺术。在自传《回眸》(*A Backward Glance*,1934)中,华顿记录了她早年对美感和审美的偏好。这次最初的美学教育来自她姑姑的家莱茵克利夫。通过在姑姑家借宿的经历,华顿透露自己对美和丑有非常敏锐的感知力。更为关键的是,审美和道德有一种隐约的关联,"在伊丽莎白姑姑严肃的外表和她那严峻舒适的家之间,在她的垛口帽和莱茵克利夫的塔楼之间有一种奇怪的相似之处"。[1]这样的论述正好呼应了罗斯金的艺术观。[2]在华顿看来,"生活追随艺术:我们从艺术中汲取美学和伦理模型。因此,诗歌和小说、绘画和舞蹈有能力指导我们的生活方式"。[3]

---

[1] Edith Wharton, *A Backward Glance*, New York: D. Appleton-Century, 1934, p.28.

[2] 据奥兰多(Emily J. Orlando)所言,华顿对罗斯金的艺术观也有所背离,尤其是在《房屋装饰》中。Emily J. Orlando, *Edith Wharton and the Visual Arts*, Tuscaloosa: University of Alabama Press, 2007, p.9.

[3] Shari Benstock, "Edith Wharton's House of Fictions," in *Rivista diStudi Vittoriani*, Vol.9, No.5(2000), p.56.

莉莉的悲剧到底源于何处？有评论家指出，"莉莉·巴特走到了一个痛苦的结局，部分原因是她的审美意识过于活跃——对她买不起的美丽物品的喜爱，以及对生活的审美反应，这似乎产生了一种'道德上的倦怠'"。[1] 的确，莉莉的审美追求似乎成了一种人生理想。华顿用莉莉对珠宝的迷恋来解释这一点。这些宝石"比任何其他财富的表达方式都更彻底地象征着她渴望过的生活，那是一种严格的冷漠和精致的生活，其中每一个细节都应该有珠宝的完成度，而整个形式是对她自己的珠宝般稀有的和谐的镶嵌"。(90)但莉莉的悲剧并非源于道德的缺位，而是身处以对物和人的炫耀和浪费为价值取向的社会中，却向往传统纯粹的、道德的美。她曾经渴望塞尔登能理解他，懂得她"不仅仅是一块有生命的漂亮东西，只为眼睛和大脑的消遣"。(95)然而，作为"为了装饰和取悦"而造的"瞬间的饰物"，(301)她对上层社会的价值观深感失望，"我已经很努力了，但生活很困难，我是一个非常无用的人。我几乎不能说自己有独立的存在。我只是我称为生活的巨大机器中的一颗螺丝钉或一个齿轮，当我从里面退出来时，我发现我在其他地方也没有用处"。(308)藏品和废物的共同之处在于它们都暂时处于交换市场之外，其价值由社会赋予。从渴望被珍藏的藏品到被逐出上层社会的废物，莉莉的命运反映了纽约上层社会浮华外表之下的道德泥潭。当艺术品或美被象征着轻浮的东西所浪费和击败之时，这种美学往往导致人和物的浪费、徒劳和挫折。

---

[1] Suzanne W. Jones, "Edith Wharton's 'Secret Sensitiveness,' 'The Decoration of Houses,' and Her Fiction," in *Journal of Modern Literature*, Vol. 21, No. 2 (Winter 1997–1998), pp. 177–200.

第四章

时尚之物:《国家风俗》

近年来,伊迪斯·华顿的《国家风俗》受到批评家的普遍好评,传记作者称之为"一部大胆的杰作",是华顿"最有野心的名作"和"最伟大的小说"。①《国家风俗》出版于1913年,是华顿用心颇多的一部小说,她曾指出,相比于《欢乐之家》,《国家风俗》是"一部好得多的作品"。②从情节上看,后者似乎是前者的反转。在《欢乐之家》中,女主人公莉莉·巴特拒绝通过婚姻保持自己的社会地位,最后穷困潦倒,被上层社会抛弃;《国家风俗》中的小城姑娘厄丁·斯普拉格(Undine Spragg)③则通过四次婚姻成功地从暴发户成为贵族。如果说莉莉和厄丁同样美貌、虚荣,为何会有截然不同的结局? 批评家辛格利(Carol J. Singley)给出了答案:

---

① Cynthia Griffin Wolff, *A Feast of Words: The Triumph of Edith Wharton*, New York: Addison-Wesley, 1995, p. 223, p. 227; Hermione Lee, *Edith Wharton*, London: Chatto & Windus, 2007, p. 399.
② Edith Wharton, *The Uncollected Critical Writings of Edith Wharton*, Princeton: Princeton University Press, 1996, pp. 269 - 270.
③ 水妖 Undine 出自德国神话,按照德语发音应该翻译为"温蒂娜"。但华顿小说中女主人公的名字 Undine 翻译自法语 Undoolay(意为"卷发"),所以按其法语发音翻译为"厄丁"。

莉莉的悲剧源于她无法接受她所处社会"浅薄的、物质主义的价值观",而厄丁却是这"空洞、毁灭性的"物质主义世界的化身。[1]辛格利当然有理由把对金钱的追求和随之而来的道德空虚感作为决定莉莉和厄丁不同命运的因素,因为华顿确实为"现代社会中传统价值观的解体和与日俱增的物质主义"感到悲哀;[2]但是,仅仅贴上物质主义这样的标签,很可能会忽视华顿笔下物质世界的复杂性。因此,笔者从厄丁的时尚信条为出发点,探讨华顿对20世纪初美国"国家风俗"的反思。在《国家风俗》中,物不仅仅是背景和道具,其背后是曲折再现的个人价值观、道德观和时代话语。笔者无意于从宏观上检视华顿与物质主义的言说关系,而是试图从小说文本的微观层面观察和提炼被时尚所定义的物,借此思考华顿对美国在历史变革时期进入以时尚为特征的消费社会的警醒与批评。

一、时尚之物和自我

厄丁作为叙事的焦点,处于小说物质世界的中心。通过厄丁,华顿反思了20世纪初美国社会对待物质的态度。不少批评家认为,厄丁最为重要的身份是"商品消费者"和"商品":她不仅是有闲社会的产物,"华顿小说中毁灭性女性消费者的最著名的

---

[1] Carol J. Singley, *Edith Wharton: Matters of Mind and Spirit*, Cambridge: Cambridge University Press, 1995, p.69, p.147.
[2] Ibid., p.36.

典型",还被描述为"现代、资产阶级消费力量的象征"。[1]不过,对于厄丁所处的时代而言,社会中物作为消费品的流通和买卖与鲍德里亚《消费社会》中探讨的战后西方还不可同日而语。《国家风俗》中的美国更像是处于一个"前消费社会",一些物并非能上市流通,也不是现代工业的大众化商品,比如拉尔夫·马维尔赠予厄丁的家传订婚戒指和雷蒙德·德塞纳家中的古老挂毯等。同时,厄丁也并非典型意义上的后现代"消费者",她对物的价值衡量标准不是价格,而是对身份构成与显现至关重要的某种"时尚"。在厄丁看来,时尚是上层社会的首要属性。是否时髦,是否时尚,是厄丁决定住所、装饰,甚至参与聚会、结交朋友、选择伴侣的唯一要求。她要求父母放弃刚在西区大道买的房子,举家迁往旅馆,只因为"她认识的所有时髦的人不是在旅馆搭伙就是在旅馆居住"。(15)在结识马维尔一家时,她第一个问题便是"他们时髦吗?"(6);她理想的居住地是"神圣的时尚区域内"(即第五大道)(199)。不仅如此,在厄丁希望进入的"时尚社会"中,时尚也是价值判断和选择的决定因素。文学"正在变得时尚"(284),里沃利街的茶室是"时髦的"(354),而蜜月旅行也是一种"时尚"(512)。显然,华顿用"时尚"来定义包括服饰在内的整个物质文

---

[1] 围绕着女主人公厄丁产生了截然相反的看法,她是"轻率的新女性",是华顿的"反自我",还是社会进化的工具和产物? 有关论述可详见 Elizabeth Ammons, *Edith Wharton's Argument with American*, Athens, GA: University of Georgia Press, 1980, p.99; R. W. B. Lewis, *Edith Wharton: A Biography*, New York: Harper & Row, 1975, p.351; Paul J. Ohler, *Edith Wharton's Evolutionary Conception: Darwinian Allegory in the Major Novels*, New York: Routledge, 2006, p.91。21 世纪以来,更多的批评家注意到了厄丁和商品文化的关系,详见 Kimberly A. Freeman, *Love American Style: Divorce and the American Novel*, 1881 - 1976, New York: Routledge, 2003, p.75; Babette Barbel Tischleder, *The Literary Life of Things: Case Studies in American Fiction*, New York: Campus Verlag, 2014, p.123。

化世界。换言之,《国家风俗》"展示了镜子和橱窗中、绘画和表演中、小说情节和报纸上的流言蜚语中的时尚世界"。[1] 在追逐不断变化的时尚的同时,厄丁最终也依靠时尚的装饰和居所进入了上层社会。她的服装、住所、装饰品无一不代表着她的财富和品位。时尚之物代表着她所向往的经济和地位的成功。

时尚这一社会话语帮助塑造了厄丁的自我。她不仅追逐时尚,还被时尚所定义,从而成为解码"国家风俗"的关键。简单地说,时尚包括一系列确立"关于时髦的文化共识"的过程。[2]华顿同时代的思想家西美尔在《时尚的哲学》("The Philosophy of Fashion", 1904)一文中这样描述时尚:时尚来自上层阶级,一旦较低阶级开始模仿,上层阶级便会抛弃这种时尚,转而制造新的时尚。[3]由此看来,时尚从出现之初就是阶级划分的产物。本雅明将时尚比喻为"不断被树立又不断被打破"的"壁垒",同时"时尚世界总是试图(通过时尚)将自己和社会中间阶层区别开来"。[4]《国家风俗》的主要情节也的确围绕着厄丁努力进入"时尚(上层)社会"而展开。故事之初,来自西部小镇的厄丁说服父母来到纽约,为的就是进入上层社会的"利益圈"。(11)两年之后,厄丁嫁给了纽约古老贵族马维尔家族,然后很快和马维尔离婚。与此同时,她和新贵皮特·范德根发生了一段婚外情,之后又嫁给了法国伯

---

[1] Katherine Joslin, *Edith Wharton and the Making of Fashion*, Durham, NH: University of New Hampshire Press, 2011, p.109.

[2] Cynthia G Kuhn, *Self-Fashioning in Margaret Atwood's Fiction: Dress, Culture, and Identity*, New York: Peter Lang, p.3.

[3] Georg Simmel, "The Philosophy of Fashion," in *Simmel on Culture: Selected Writings*, eds. David Frisby and Mike Featherstone, London: Sage Publications, 1997, pp. 187–188.

[4] Walter Benjamin, *The Arcades Project*, trans. Howard Eiland and Kevin McLaughlin, Cambridge, MA: Harvard University Press, 1999, p. 74.

爵塞纳。最终,她申请撤销与塞纳的婚姻,重新嫁给她的第一任丈夫(也是第四任),已经成为"亿万富翁铁路大亨"的埃尔默·莫法特。厄丁熟练地运用时尚这套"神秘的符号系统"吸引男性的注意,"排斥别人或者夸大社会差异"。[1] 她的每一任丈夫都成为她进入时尚社会的推动力。她成功的喜悦完全来自被漂亮服饰衬托的时髦外表——她幻想自己穿着约瑟夫皇后式样的衣服出现在舞会上,"当所有女人都羡慕她的裙子,当男人们看着她的裙子,没有什么比这更让人开心了"。(228)因此,虽然有人将厄丁描述为"离婚成癖",但她其实对婚姻本身并不在意,她的目标是"趣味",(354)婚姻只是追求趣味过程中的垫脚石,而趣味依靠的是对时尚之物的欲望的实现。

如果说厄丁追求的目标是时尚之物,她的自我可以被称为时尚自我。时尚的历史表明,时尚和身份息息相关。时尚即意味着模仿和对新事物的追求,这恰恰对应了厄丁喜欢模仿、善变的个性。模仿性是时尚的首要特性,因为在时尚出现之初,精英阶级就通过时尚来确立其文化统治地位,下层阶级则通过模仿来表达阶级流动的愿望。肖沃特(Elaine Showalter)犀利地指出,厄丁一路观察、模仿、抛弃她的朋友,但"从没有真的形成她自己的风格"。[2] 其实,厄丁不光没有自己的行事风格,归根结底,她代表了华顿小说中最肤浅和多变的自我,因为模仿是对自我原初身份的一种逃避,转向对众人追求之物的追求,它"给予个体一种自身行为并不

---

[1] Joanne Finkelstein, *After a Fashion*, Carlton South: Melbourne University Press, 1996, p.30.

[2] Elaine Showalter, "Spragg: The Art of the Deal," in *The Cambridge Companion to Edith Wharton*, ed. Millicent Bell, Cambridge: Cambridge University Press, 1995, p. 93.

孤立的满足感"①。厄丁的模仿是一种人云亦云的态度,模仿让她放弃了对自己行为的反思,陷入对时尚的盲目追求中。进入纽约社交界不久,厄丁从报纸和杂志上知道,"最时髦的女性都在用新的鸽血红便签,白色的墨水",因此也订了一沓这样的信纸。(18)在晚宴上,她发现人们在谈论"艺术展"和"剧院",第二天也去了这两个地方。她"不论周围是什么人,都能适应",本能地模仿别人服饰、"说话和姿势"。(160)婚后很久,她的丈夫马维尔终于意识到,厄丁会"继续掩饰自我、模仿别人",(222)他不可能了解她,也不可能赢过她。

时尚的另一大特征是"新"(Newness),是不断变化的风格。本雅明说,时尚是"永恒重生的新"。② 凡勃伦更极端地认为,人们"穿的衣服没有不过时的"。③ 因为时尚的这一特点,它在消费文化勃兴的美国社会格外兴盛。在19世纪末20世纪初的美国,时尚是一种转瞬即逝的潮流。上层社会的妇女"花费数百美元购买

---

① Georg Simmel, "The Philosophy of Fashion," in *Simmel on Culture: Selected Writings*, eds. David Frisby and Mike Featherstone, London: Sage Publications, 1997, p. 186.
② Walter Benjamin, *Selected Writings*, Vol. IV: *1938-1940*, trans. Edmund Jephcott et al., eds. Howard Eiland and Michael W. Jennings, Cambridge, MA: Harvard University Press, p.179.
③ Thorstein Veblen, "The Economic Theory of Women's Dress," in *Popular Science Monthly*, Vol. XLVI (Nov. 1894), pp. 198-205. 凡勃伦对华顿影响极深,吉尔伯特(Sandra M. Gilbert)和古芭(Susan Gubar)曾说华顿的全部著作不过是凡勃伦的《有闲阶级论》的"注解"(详见 Sandra M. Gilbert and Susan Gubar, *No Man's Land: the Place of the Woman Writer in the Twentieth Century*, Vol. 2, New Haven: Yale University Press, 1988, p.130);另有批评家着重讨论了凡勃伦对《欢乐之家》的影响[详见 Maureen E. Montgomery, *Displaying Women: Spectacles of Leisure in Edith Wharton's New York*, New York: Routledge, 1998;Ruth Bernard Yeazell, "The Conspicuous Wasting of Lily Bart", in *ELH*, Vol. 59, No. 3(Autumn 1992), pp. 713-734]。

礼服,在女装裁缝那里试穿服装,流连忘返",劳动阶级"为制作和洗烫这些昂贵的礼服投入大量的劳力",但这些衣服在繁忙的社交季过去后往往很快就被抛弃。①"时尚迫使人们去购买、丢弃,然后又购买",变化的时尚源源不断地制造新的欲望和新的消费品。②作为老纽约社会的一员,华顿深谙时尚的求新之道,上层阶级的女性一天至少要换三套不同的礼服,而且前一天穿戴过的服饰第二天就不能再用了。于是小说一开篇,华顿就为我们设计了厄丁为到马维尔家赴宴试穿礼服的场景。厄丁对镜自照,觉得第一件和第二件太"老气",第三件虽然漂亮,但是"她在前一天晚上的酒店舞会上穿过了",(21)所以她"没有一件衣服可以穿"(31)。时尚的求新性不仅让厄丁花费父亲所剩不多的积蓄去塑造个人形象,还造就了她难以满足的个性。小说结尾,在厄丁嫁给莫法特之后,她拥有了"想要的所有东西",但依然会感到"总有其他她想要的东西,如果她知道的话"。(591)她对物无穷无尽的占有欲是毫无目标的,仅仅来自别人的判断,她只不过"想要别人要的东西",并不真正理解这些物品的价值。(100)用时尚概念观照厄丁这个人物角色,我们不难发现华顿的用意:作者笔下的厄丁不仅仅是时尚的追逐者,其个性也完全对应于时尚话语自身的文化特征。那么,为什么华顿要将厄丁这个以时尚为信条的人物作为《国家风俗》的唯一主角呢?

---

① Maureen E. Montgomery, *Displaying Women: Spectacles of Leisure in Edith Wharton's New York*, New York: Routledge, 1998, p. 125.
② William Leach, *Land of Desire: Merchants, Power, and the Rise of a New American Culture*, New York: Vintage Books, 1994, p. 92.

二、时尚之物和美国文化

厄丁的出现,绝非文学上的偶然,而是对应于美国文化史的一次深刻变革。在美国,随着资本主义社会的物质逐渐丰富、通讯更加发达,现代意义上的时尚在19世纪末20世纪初开始兴盛。华顿回忆道,"每年'巴黎箱子'的抵达"曾是她最兴奋的时候,而她长大后的理想是成为"纽约最会穿衣服的女人"。[①] 欧洲人尤其困惑于美国民主社会对时尚的追求,好奇他们"是否在服装上取得了远超其他方面的民主"。[②] 作为一个以清教精神和新教伦理立国的民主社会,美国为何会在19世纪末滋生那种对时尚的追求? 一种可能的解释是,内战之后美国的经济图景有了重大改变。内战前和战中的"南北对立"逐渐演变为战后的"东西分立"。[③]西部以芝加哥为首的重工业资本家越来越感到,他们和东部纽约及波士顿所代表的贵族社会的差距,渐渐体现在阶级地位的不同上。《国家风俗》中厄丁的父亲斯普拉格先生和莫法特就是典型的西部资本家。他们来到纽约之初都被纽约贵族看不起,这并不是因为他们没有足够的财富,而是他们的财富没有"合法性",不够"文明"。而时尚作为一种复杂的社会符号体系,具有"区隔"(Distinction)的作用,其"象征价值"可以标志更"文明"、更"高贵"的阶级。于是,19世纪末在"镀金时代"已经成为百万富翁

[①] Edith Wharton, *A Backward Glance*, New York: Scribner, 1985, p.20.

[②] Jane Adams, *Democracy and Social Ethics*, London: Macmillan, 1907, p.3.

[③] Irene Finel-Honigman, *A Cultural History of Finance*, New York: Routledge, 2010, p.222.

的美国新贵便纷纷转而投资具有品位的文化产业，大都会博物馆就是由当时的金融大鳄J. P. 摩根资助建立的。与此同时，在美国经济步入高速发展期的19世纪末20世纪初，阶级流动也日益频繁，中下层美国人通过占有财富跻身上流社会变得可能，而帮助这些人确立阶级身份的时尚也就越来越重要。如布尔迪厄所言，"一个人对化妆品、服装或房屋装饰的客观或主观的美学立场，可以用来确认此人在社会空间中位置"①，所以品位和时尚就成为社会阶级的产物和标志。举止、礼仪、服饰都可以作为阶级区隔的手段，而经济消费的价值准则就是"区隔"。

然而，追逐时尚似乎与美国传统的文化建构有背离之处。在马克思·韦伯看来，新教伦理统治下的美国社会辨识阶级是靠财富和工作，而不是无节制的消费和夸饰性的装扮（这也和清教精神不相容）。时尚成为一个对进入上层社会如此重要的东西，一方面说明美国人对物的概念开始受到欧洲的影响。欧洲设计师通过日益成熟的市场销售手段开始进入美国市场，影响美国的时尚品位。包括查尔斯·弗莱德里克·沃斯（Charles Frederick Worth）、雅克·杜塞（Jacques Doucet）在内的巴黎高级时装设计师帮助美国上层阶级定制服饰，并在新兴的百货商店出售。法国珠宝商卡地亚在纽约第五大道开店。不过，此时美国人并未完全认识到物的文化附加值，社会对时尚的追求也更多的是一种"炫耀性消费"。厄丁敦促父母选择的豪华的"响声"旅馆中，就露骨地装饰着"厚重的镀金扶手椅""漆面浓重的红木家具"和"鲑鱼粉色的锦缎"，纯粹地强调着新贵们的金钱实力。(5-14)但另一方

---

① Pierre Bourdieu, *Distinction: A Social Critique of the Judgment of Taste*, trans. Richard Nice, Cambridge, MA: Harvard University Press, 1984, p.57.

面,时尚也是美国人在物质文化发达后的必然诉求。对欧洲来说,19 世纪的美国是一个经济发达但文化贫瘠、物质丰富但思想单一的大众社会。直到 19 世纪末,美国人都还有一种文化上的落后情结。为了改变在欧洲人心目中的形象,他们渐渐开始试图通过"文化"来塑造自己,甚至纷纷去"更有文化"的欧洲朝圣,包括华顿在内的一批作家选择在法国定居。美国的建筑也试图照抄欧洲的风格,"镀金时代"的罗德岛纽波特(包括亨利·詹姆斯和华顿在内的美国上流社会成员就曾定居于此)更是成为欧洲各种新旧别墅建筑风格的"大观园",甚至连仆人和管家都从欧洲聘用。"老欧洲"和"新大陆""老钱"(Old Money)和"新钱"(New Money)的区分标志愈发体现为文化资本的差异。在《国家风俗》中,新贵们住的"奥林匹亚旅馆"和更为尊贵的"帕特农旅馆、丁登寺旅馆"即对欧洲文化历史的直接模仿。(27)正是在这样的时代背景下,厄丁这样的新兴贵族才会去追捧时尚这样的文化符号。

时尚虽不是美国的原生文化,却有着美国自身的特色。如果说《国家风俗》开篇的厄丁对应着美国人对欧洲时尚的单纯模仿,那么,在她嫁入马维尔家族之后,就标志着"时尚商业化"(Commercialization of Fashion)的开始,而 20 世纪初这种时尚和商业社会的联姻恰恰是时尚在美国发展的特别之处。此时发达的市场经济加速着时尚的运转,对时尚敏感的人越来越依赖于商业的"细心指导和有技巧的利用"。[1] 厄丁身处商业化的时尚之中,逐

---

[1] 麦肯德里克(Neil Mckendrick)所说的"时尚的商业化"肇始于 18 世纪下半叶,最初用来描述英国和北美消费者的需求如何被迅速变化的时尚定义。Neil McKendrick, "The Commercialization of Fashion," in *The Birth of a Consumer Society: The Commercialization of Eighteenth-Century England*, eds. Neil McKendrick, John Brewer and J. H. Plumb, Bloomington: Indiana University Press, 1982, p.42. 历史学家认为,

渐被它所塑造。她对上层社会的知识来源于作为商业宣传的"电报和书的腰封,新的报纸新闻和宣传画"。[①] 她从周末报纸上了解到马维尔母亲是纽约城"最时髦的晚宴"的主人。(8)虽然有批评家将她称为"没有灵魂的怪物",[②]但更进一步来说,这个"怪物"不过是"时尚商业化"的产物。小说中,"厄丁"之名来源于法语,恰好是厄丁父亲投资的"烫发器"的名字。(80)

不过必须指出的是,在厄丁所处的20世纪初,这一时尚商业化的潮流仅仅处于历史初期,与鲍德利亚在《消费社会》中言明的后现代消费有着显著差别。在华顿笔下的时代,消费品的流通和买卖依然处于资本主义上升时期,还不是一个后工业社会的消费;而在鲍德里亚那里,后现代社会的消费源自一种结构性缺乏(structural penury),消费欲望是通过大众媒体对日常生活无孔不入的渗透来操纵和诱导的。处于一个消费社会萌芽期的厄丁所面对的圈子更加精英化,她的消费不是单纯的大众消费,而更像是有意识地对商品符号价值的策略性运用,因此比后工业社会的普通消费者更具功利性。随着不断深入美国新兴的前消费文化,厄丁开始从被动变为主动,逐渐成为时尚话语的熟练操纵者,使得时尚之物在她手中变成了社会游戏中的实用工具。这里,珍珠

1890—1930年,美国社会"欲望的文化将物品和好的生活混淆起来",美国人开始醉心于"消费、舒适和身体健康、奢侈品、花费和购置",可视为"时尚商业化"的开端。桑巴特(Werner Sombart)曾说,时尚是"资本主义最喜爱的孩子"。William Leach, *Land of Desire: Merchants, Power, and the Rise of a New American Culture*, p.xiii. Werner Sombart, *Economic Life in the Modern Age*, eds. Nico Stehr and Reiner Grundmann, New Brunswick: Transaction, 2001, p.221. 可见,"时尚商业化"在20世纪初的美国是必然现象。

① Edith Wharton, "Permanent Values in Fiction," in *Uncollected Critical Writings of Edith Wharton*, Princeton: Princeton University Press, 1996, p.178.

② Helen Killoran, *The Critical Reception of Edith Wharton*, Rochester: Camden House, 2001, p.64.

第四章 时尚之物:《国家风俗》

项链事件是一个典型的例子。珍珠项链是范德根送给厄丁的礼物,购自巴黎最大的商店,但他并没有娶她。她一开始将这串项链和范德根联系起来,称之为"她耻辱的代价",想把它退还给范德根。(376)她此时并没有将项链视为一种消费品,而是情感的象征,直到亨尼夫人提醒厄丁,她并不需要把项链与跟范德根分手联系起来,而完全可以卖掉它变成钱,而且她还"会得到其他的项链"。(378)通过将项链转换为金钱,实现项链的交换价值,厄丁窥见了消费品的本质:范德根欠她的远比"项链所能换的相对一小笔钱"多,项链是她陪伴他的代价。(379)时髦的项链所代表的不再是人们情感的共鸣,而是可以流通的商品。当珍珠项链这样传统意义上的情感标志物成为赤裸裸的消费品,它是否时尚、是否能体现佩戴者的与众不同才是消费的准则。

如果说珍珠项链事件代表了厄丁对时尚饰品交换价值的自我诠释,那么塞纳家的挂毯就是她充分利用时尚之物交换价值的策略实践。精美的刺绣挂毯是在厄丁和塞纳婚后生活的圣德热古堡房间中的最重要的装饰。这些挂毯有些"由数代勤劳的女主人制成",有些由路易十五赐给塞纳家族。(498,513)挂毯不仅极具美学价值,还包含丰富的家族和历史意义。它们和圣德热古堡一样,是塞纳存在的"最深层的意义"。(494)不过,在厄丁看来,挂毯不过是家道中落的塞纳"用不起的东西",她提议卖掉换钱。(527)这个提议被塞纳一口否决后,她和塞纳的关系也越来越疏远。挂毯指向了厄丁和塞纳本质的不同。当挂毯成为牟利的工具,其历史价值便不再重要。或者说,当物获得了一种新的"客体性",物的"原始和真实的实体性"被商品化破坏了。[1]对厄丁来说,

---

[1] Georg Lukacs, *History and Class Consciousness: Studies in Marxist Dialectics*, trans. Rodney Livingstone, Cambridge, MA: MIT Press, 1971, p.92.

挂毯中的家族、历史、美学价值能够被市场所衡量。挂毯身上的文化附加值没有什么文化或历史的价值,只是决定了其经济价值。无价的艺术品不过是实现经济价值的手段,这是资本对时尚之物的定义。故事最后,厄丁操纵塞纳把挂毯卖给了莫法特,装饰他们在巴黎旅馆的豪华房间。

厄丁之所以能对时尚之物进行策略性解读和施用,说明了在美国进入消费社会之初,由于物质世界和身份、记忆、感情的关系,物对不同阶层的人有不同的意义和价值。对马维尔和塞纳所代表的"老钱"阶层来说,戒指和挂毯是家族、历史、身份不可分割的纪念品;而对厄丁和莫法特这样的"新钱"阶层来说,挂毯不过是标志财富和地位的时髦象征之一。马维尔和塞纳之所以如此珍视家传戒指和挂毯,是因为在消费社会出现之前,人们使用的物主要用于家庭内部,有些还代代相传。物存在的时间越长越有价值,戒指、挂毯和艺术品一样,拥有了本雅明笔下独特的"光晕",也就是其中所包含的属于特定的物的经历本身。"达戈特的态度、达戈特家的人生观"正是蕴含在"达戈特家旧房屋家具的每一个线条"上。(34)小说中饰品(包括戒指、珍珠项链和挂毯)和人物多样的关系指向商品文化之前的"物文化"(Thing Culture)。人和物之间的关系证明"商品文化出现得很缓慢",商品化在当时没有我们想象的那么"牢固"。[①]至少在马维尔和塞纳那里,饰品是身份、记忆和历史的重要组成部分。

挂毯等时尚之物从备受珍视的家族纪念物到被购买和收藏成为消费品的轨迹,又贴切地反映了美国文化心理和社会结构的

[①] Elaine Freedgood, *The Ideas in Things: Fugitive Meaning in the Victorian Novel*, Chicago: University of Chicago Press, 2006, p.8.

变迁。随着消费社会的逐渐兴起,新兴的资本家正在成为新的贵族。这些新贵族靠买到老贵族的物品提高自身的地位。莫法特之所以愿意购买挂毯,收藏限量版图书,成了"美国最伟大的收藏家",(530)是因为饰品除了"物质性",还有富含地位象征的"文化性"。①不仅物是如此,人也一样。华顿就借马维尔之口描述了19世纪末20世纪初消费社会对上层阶级不可挽回的影响:老牌贵族的女儿们通过跨阶级婚姻,"把自己卖给了入侵者"。(78)也正是在这样社会流动性加剧的环境中,入侵者厄丁利用时尚之物,将"新钱"转化成"老钱"。她先后嫁入马维尔、塞纳家族,成功地拥有了女侯爵的名号,继而又嫁给亿万富翁莫法特。

通过描述厄丁从时尚跟风者到时尚之物的拥有者、操纵者的转变过程,华顿揭示了时尚在美国社会的发展轨迹。厄丁从懵懂的时尚追求者到拥有者的过程,恰恰映照了欧洲时尚产业对美国社会的影响。而她熟练交换时尚之物的手法,则证实了美国社会文化符号和商业化的特有结合。简而言之,厄丁之所以"成功",是因为她不仅利用时尚标志阶级身份,还懂得在美国时尚和商业联姻初期,将时尚之物的消费变为一种日常生活中个人化的花招、捷径或计谋,并以这种"策略"(tactics)②为自己的身份变幻服务。

---

① Lars Svendsen, *Fashion: A Philosophy*, trans. John Irons, London: Reaktion Books, 2006, p.88.
② 这里的"策略"一词,借鉴自法国思想家德塞杜(Michel de Certeau)在《日常生活实践》(*Practice of Everyday Life*)中关于 strategy 和 tactics 的著名区分。他认为,个人可以将日常生活中的消费行为进行艺术化,以个人的谋略来抵制意识形态话语(即 strategy)的操纵。

三、时尚之物和美国国家风俗

华顿将《国家风俗》称为一个"相当美国"的故事,[①]那么她所要体现的美国的"国家风俗"到底是什么?有批评家说,美国的风俗是"对财富和权力的崇拜",是"将人贬低为物,并只用物质来衡量他们的力量"。[②]还有批评家说,华顿笔下的"国家风俗"是"离婚和再婚",而厄丁和莫法特的婚姻是"现代美国的象征"。[③] 单从华顿在小说中的评论来看,以上看法都有偏差。因为华顿借查尔斯·鲍恩[④]之口明确表明,美国的"国家风俗"是"普通美国人看不起他的妻子",因为美国男人太过专注于工作,"他一点都不在乎告诉妻子任何关于工作的事"。(205—206)"男人在物质上为女人做出最大的牺牲",却极少对她们有情感上的投入。这里,表面上华顿在批评美国社会极端的两分领域:男性应该工作,养家糊口,而女性天生适合家庭,相夫教子。但笔者认为,华顿对美国"国家风俗"的批评并不止于两分领域本身,还指向这两分领域的一个必然后果:厄丁所代表的美国上层女性追逐着时尚,同时,在这一过程中,她们也成为时尚之物被消费。

[①] Edith Wharton, *A Backward Glance*, New York: Simon & Schuster, 1998, p.190.
[②] Margaret McDowell, *Edith Wharton*, Boston: Twayne Publishers, 1990, p. 76.
[③] Kimberly A. Freeman, *Love American Style: Divorce and the American Novel, 1881-1976*, New York: Routledge, 2003, pp.59-60.
[④] 查尔斯·鲍恩是塞纳的朋友,小说中"国家风俗"的说法正是出于他之口。不少批评家认为鲍恩是作者华顿的代言人。Maureen E. Montgomer, *"Gilded Prostitution": Status, Money and Transatlantic Marriages, 1870-1914*, New York: Routledge, 2013, p.61.

第四章　时尚之物:《国家风俗》

　　正是美国极端的两分领域将男性和女性分别归入公共领域和私人领域,他们的角色互补而不能替代,所以美国男人将挣钱作为真正的情感寄托——他们"在妻子身上大肆挥霍是因为不知道怎么花钱",同时,他们也认为金钱可以满足女性的全部需求。(207)当时经济学家的看法验证了华顿的描述:"美国男性通常声称他辛苦工作是为了他的妻子和孩子能够享受奢侈和安逸的生活。他往往挣钱的时候最开心,同时满足于将花钱的乐趣留给他的妻子。"① 当华顿将美国两分领域和法国的两性关系相比较的时候,她对美国女性追求时尚的批评就更加尖锐。美国男性将女性视为"附加品",而欧洲女性对男性非常重要,她在他们的"世界中央"。(207)进入消费社会后,这样的两性关系越来越将美国女性和消费、消费品联系在一起,被排斥在公共领域之外的女性生活也只能难以避免地越来越集中于购物和消费。既然女性不能参与到有意义的创造过程中,她们大多只有"把注意力全部放到自己身上"。② 失去独立生活能力的女性,更加像厄丁一样追逐物质,比如"钱、汽车和衣服"。(209)只有物质才能让她"激动和欢乐",物象征着生命的"享受和运动":"蜂拥的汽车、靓丽的商店、新颖而大胆的女装礼服、移动的花车上堆砌的色彩,甚至还有平板玻璃橱窗后面糕点师傅颜色鲜艳的小火炉"。(281)在这种新的时尚文化中,女性同时成为"消费者和消费品、购买者和购买品、买方和卖方"。③ 正是在这个意义上,鲍恩不无讽刺地表明,厄

---

① Christine Frederick, *Selling Mrs. Consumer*, New York: Business Bourse, 1929, p.12.

② Judith Fryer, *Felicitous Space: The Imaginative Structures of Edith Wharton and Willa Cather*, Chapel Hill: University of North Carolina Press, 1986, p.104.

③ Mary Louise Roberts, "Gender, Consumption, and Commodity Culture," in *American Historical Review*, Vol. 103, No. 3(June 1998), p. 818.

丁正是这个两性关系体系"绝佳的可怕后果",是这个体系的"胜利的最完整证明"。(208)换句话说,如果说厄丁肤浅、多变、贪婪,那是因为时尚加剧了社会对女性角色的预设。华顿所批评的"国家风俗"正是厄丁所代表的追求时尚之物的社会倾向。

厄丁是美国"国家风俗"的必然产物,她在消费时尚之物的同时,也被时尚所消费。在19世纪末20世纪初的美国,美丽而时髦的外表是女性的美国梦,跟随时尚成为"每一个女性的公民责任,以及她自己的责任"。① 当女性的外表成为婚姻市场上的一种商品,她的价值就取决于男性社会的判断。从马维尔心中天真纯洁、朝气蓬勃的少女——神话中克普斯的女儿,到塞纳面前"贞洁正直而无所畏惧的美国女性",(404)厄丁最终成为"美国最伟大的收藏家"亿万富翁莫法特的藏品之一。(582)她的"美貌"的价值在于能激起莫法特的占有欲,就像"铜、大理石或历经时间光泽的天鹅绒"那样值得拥有。厄丁和她所佩戴的珍珠项链、购买的挂毯一样,也被物化为了时尚之物,是"自己商品化的缔造者"。②故事结尾,莫法特送给厄丁另外一条珍珠项链,曾属于"一位奥地利大公妃",上面缀有"五百颗完美的珍珠"。(583)珍珠在这里变成了对厄丁身份的一种隐喻,她依靠光彩照人的时髦形象换得了财富和社会地位,但同时也成为炫耀财富者的时尚之物。华顿表明,如果说女性沉迷于消费是两分领域在美国消费社会发展的必然,那么,女性本身成为时尚消费品是更值得人们警醒的信号。

华顿对厄丁的批评很大程度上源于她自己的生平和经历。

---

① Diane Barthel, *Putting on Appearances: Gender and Advertising*, Philadelphia: Temple University Press, 1988, p. 16 - 17.
② Emily J. Orlando, *Edith Wharton and the Visual Arts*, Tuscaloosa: University of Alabama Press, 2007, p.102.

华顿出生于纽约著名的贵族琼斯家族，后来又长期定居法国，对厄丁这样攀龙附凤的行为自然心生不屑。小说结尾，厄丁和莫法特举办舞会，邀请到了所有时髦的新贵。在厄丁走下楼梯的时候，她"赞许地瞥见了"塞纳家的挂毯，内心十分欣喜，只因为挂毯让"她的宴会厅成为全巴黎最美丽堂皇的宴会厅"。(590)挂毯在厄丁那里不再是承载家族历史和美学价值的家传宝物，而是装点财富、确立社会地位的消费品。小说中，华顿借塞纳和马维尔之口指出，厄丁并不真正了解她周围的物品的意义，也无法真正成为上层阶级："你照搬我们的处事方法，学习我们的俚语，其实并不懂得那些让我们的生活变得体面和光荣的物件"(545)，你"一点都不了解你所在的社会；无论是我们的祖先、规矩，还是传统"(161)。在小说的开始，厄丁是盲目跟风的时尚追逐者，并不懂得什么是好的品位。她追逐漂亮的裙子、时髦的首饰和豪华的旅馆，但对物的文化附加值一无所知。她享受纽约贵族子弟马维尔对她的仰慕，只是因为马维尔家族是纽约城报纸上的主角。私底下她认为马维尔家不光房子"又小又有些简陋"，餐桌上也没有"格子纸所装点的五颜六色的主菜"，就连他家的朋友都穿着"去年的旧款"。(32—33)厄丁并不知道这种对待物质保守、谨慎的态度正是传统纽约贵族的标志。因此，华顿并不认为新贵能篡夺老贵族的阶级身份，因为时尚具有文化资本的特质，不只是由经济地位决定。时尚品位和社会地位紧密相连，某种特定的"惯习"(Habitus)"对应着社会空间中不同的位置"。[1]个人品位的选择并不是一种仅靠模仿就能办到的事情，而是由社会结构所决定的。

---

[1] Pierre Bourdieu, *Distinction: A Social Critique of the Judgment of Taste*, trans. Richard Nice, Cambridge, MA: Harvard University Press, 1984, p.6.

莫法特的房间满是稀有的藏品("按文艺复兴样式裱的珐琅石碗""希腊大理石雕像"和"腓尼基玻璃花瓶"),却被"旅馆家具错误的颜色和粗糙的轮廓"衬托得不伦不类。(567)他的私人图书馆拥有一排一排的图书,但"书架被镀金的格子架上了锁",因为"书太珍贵了,不能拿下来"读。华顿批评这种行为并不真正懂得艺术品,好比"装了整墙的图书馆,但又用昂贵的书架掩盖这样的装饰",是一种"浪费"。①归根结底,厄丁和莫法特这样的新兴资本主义者就像他们所住的"房子一样","在实用性这一层薄薄的钢壳子上安放了一堆错误的装饰品",他们所代表的"国家风俗"是对时尚之物的单纯模仿和占有。(73)

不过,无论是对这种"国家风俗",还是对厄丁本人,华顿都持有一种复杂暧昧的态度。华顿意识到,女性追逐时尚之物,在客观上恰恰反映了美国民主在现代社会的发展。事实上,时尚的能力从来都是悖论式的。西美尔也承认,时尚处于"社会一致化倾向和个性差异化愿望"角力的中央。②而时尚在美国也并不仅仅是标志阶级的工具,包括时尚在内的"品位"标准可以被其他阶级所用,从而打破上层阶级精心搭建的阶级壁垒。事实上,在时尚于上层阶级中成为区隔手段的时候,穿着"成衣"(Ready-made Clothes)的中下层阶级和移民早已实现了"时尚的民主化"。③与

---

① Ogden Codman Jr. and Edith Wharton, *The Decoration of Houses*, New York: Charles Scribner's Sons, 1914, p.147.
② Georg Simmel, "The Philosophy of Fashion", in *Simmd on Culture: Selected Writings*, eds. David Frisby and Mike Featherstone, London: Sage Publications, 1997, p.189.
③ 20世纪初,随着机器制造的发展,大部分的衣服可以批量生产。"成衣"工业以最快的速度仿制巴黎的"高级定制服饰"。法国设计师比如香奈儿也致力于打破时尚的阶级"区隔"特点,看重服饰的功能性。时尚变得更为大众化。详见 Bonnie English, *A Cultural History of Fashion in the 20th and 21st Centuries: From Catwalk to Sidewalk*, London: Bloomsbury Publishing, pp.29-39。

此同时，时尚之物一方面是一种物的主宰，对女性的一种物化，但另一方面，时尚又赋予了女性一种自我定义的可能。在消费社会出现之初，大部分物品开始能够在商店买到，这一变化意味着女性的"家庭劳动主要包括计划开支和购买，而非制造"，[①]女性的角色也因而被改变。在维多利亚时期的家庭道德观中，女性往往被塑造成童真型女性，或者说是一种没有成人个性的女性，她们应该保持"顾家特质"（Domesticity），远离肮脏的城市大街。这种广场恐惧症式（agoraphobic）的女性人格当然是与时尚文化不相容的，因为时尚本身即意味着一种"炫耀性消费"，它需要在大庭广众下发生。当市场经济在美国发展到一定阶段，百货公司作为一种夸耀性消费的场所开始应运而生——这里流通的是时尚之物，女性光临此地即意味着走出维多利亚时代为女性规定的家庭密闭空间，让自己成为公共场合的消费者和被凝视对象。上层阶级的女性可以去商场购物，去餐厅吃饭，去剧院听戏，还可以去时尚的公园和画廊游玩。这也恰恰是厄丁所向往的生活。在她感到"有趣"的事情中，就包括"长时间与裁缝和珠宝商讲价、争论，在拥挤、时尚的餐厅午餐，匆忙飞奔看完画展或是在上一个最新的女帽商那里长久逗留，在新豪美或巴黎咖啡厅晚餐"。（232）小说中，厄丁绝不仅仅是时尚的被动接受者，一方面她性格中的虚荣、模仿和求新被时尚所塑造，但另一方面她也通过了解时尚赋予物和人的附加价值，在某种程度上成功地操纵了这种性别模式，并跻身上层阶级。

进一步说，厄丁虽然有着可悲的自我物化倾向，却有着那个

[①] Alan Trachtenberg, *The Incorporation of America: Culture and Society in the Gilded Age*, New York: Hill & Wang, 1982, p.129.

时代对于女性身份建构至关重要的自我赋权能力,突破了传统身份话语对女性的桎梏。华顿对这样的女主人公表面上似乎极尽挖苦讽刺,但在某种意义上也暗含了对厄丁的一种同情和自我认同。对女性而言,只有凭借对时尚的追求才能进入公共空间,打破阶级壁垒。这不仅是美国民主社会的一种重要发展,同时也预示了"美国梦"最深刻的本质:盖茨比式的幻想和表演,个人身份的幻化和流动。和19世纪初相比,在19世纪末20世纪初的美国社会,阶层流动性、自我文化意识的这种变化影响不可谓不深远。19世纪早期,托克维尔笔下的美国民主代表着人们处境的平等,"一个仆人在任何时候都可能变成主人"[1];但是,在一个世纪之后的美国,谁是上层阶级、如何成为上层阶级这些问题变得更为复杂,它不仅取决于财富的积累,还依赖个人对于时尚、趣味这套物文化的话语系统的掌握。在等级森严的纽约,来自小城的厄丁利用标识阶级"区隔"的时尚跻身上层社会,虽然她的堕落深刻体现了这种时尚话语自身的局限性,但她的成功也代表着新的社会流动性。从这个方面来说,时尚之物重新定义了美国的民主,使其更加多元化,而厄丁则重新定义了美国新女性,使其在某种程度上具有更多的自我形塑能力。厄丁或许是华顿对物文化中的美国女性的一次道德警告,但谁又能否认厄丁身上多多少少也有着华顿本人的影子呢?

《欢乐之家》常被视为埃斯库罗斯式充满误解和谬见的悲剧,而《国家风俗》则被解读为辛辣的社会讽刺文,无情、贪婪、喜新厌

---

[1] Alexis de Tocqueville, *Democracy in America*, Vol. 2, trans. Henry Reeve, New York: A. A. Knopf, 1840, p.181.

旧的厄丁甚至让读者不可避免地成为"厌女症者"。[1]但华顿对于这个追逐物质的厄丁并非怀抱绝对负面的批判态度,她同样看到了这个堕落故事背后某种普适性的悲剧。正如在鲍德里亚看来,消费社会中的消费行为不过是一种中性的事物,厄丁在纽约名利场上的起起落落也绝不是堕落女性的一场闹剧那么简单。福楼拜曾说"我就是包法利"。如果说厄丁对于物质的沉迷和对于时尚的盲目崇拜在某种意义上是"包法利夫人"的美国式悲剧,华顿对这个人物的态度也和福楼拜对爱玛的态度一样,充满了含混、暧昧,批判与同情并存。厄丁固然有着不择手段的可鄙之处,但旧时代对于女性身份的种种禁锢,让她只能通过时尚、趣味这个物文化的话语系统来寻找和构建新的自我。

随着美国社会的进一步发展,好莱坞在20世纪中期开始代替上层阶级引领时尚;这种时尚的进一步民主化使得时尚作为阶级划分工具的功能越来越弱化。在《国家风俗》出版时,成衣工业已经以最快的速度仿制巴黎最新款的高级时装,"和富人穿着一样的服装样式——不论是否拥有财富——将凸显个人价值"。[2]但是,时尚曾作为厄丁进入上流社会、塑造女性自我的凭借,如今仍然对"平等民主自由"的美国有着深刻影响。《国家风俗》体现了华顿的深刻洞察力,她天才地预见到了消费和时尚对于美国梦的悖论,它们既是一种解放的力量,同时也意味着压迫和沉溺。

---

[1] Beth Kowaleski-Wallace, "The Reader as Misogynist in *The Custom of the Country*," in *Modern Language Studies*, Vol. 21, No. 1 (Winter 1991), pp. 45–53.

[2] Lee Hall, *Common Threads: A Parade of American Clothing*, Boston: Bulfinch Press, 1992, p. 73.

Ⅱ 物的轨迹

第五章

藏品:《博因顿珍藏品》

《博因顿珍藏品》的标题几易其稿。亨利·詹姆斯最早将其直白地称为《漂亮的房屋》(*The House Beautiful*),后来在成书前于《大西洋月刊》连载时又命名为《旧东西》(*The Old Things*)。1897年小说出版后,人们对新标题意见不一。有读者青睐之前的标题,认为"那些'旧东西'——一批珍贵、精心挑选的艺术品——构成了小说的动机和情节的核心"。[1]詹姆斯在1908年纽约版序言中强调,小说的"真正中心"是物(the Things)。[2] 批评家对"博因顿珍藏品"的描述也多有关注,马克思主义批评将其视为诠释商品拜物教的注脚,[3]文化研究认为这反映了詹姆斯对手工艺品的珍视,[4]

---

[1] "Books and Authors," *Outlook*, 55(Feb. 27, 1897), p.610.
[2] Henry James, "Preface," in *The Spoils of Poynton*, London: Penguin Group, 1987, p.29.
[3] Raymond Williams, *Politics and Letters: Interviews with "New Left Review,"* Norfolk: Owe and Brydon, 1979, p. 258. Fotios Sarris, "Fetishism in *The Spoils of Poynton*," in *Nineteenth-Century Literature*, 51 (1996), pp. 53 - 83.
[4] Peter Betjemann, "Henry James' Shop Talk: *The Spoils of Poynton* and the Language of Artisanship," in *American Literary Realism*, Vol. 40, No. 3 (Spring 2008), pp.204 - 225.

性别批评则揭示了物品上的同性恋欲望投射。①但这些批评家或多或少地忽视了"博因顿珍藏品"的高明之处在于"珍藏品"(spoils)一词的双关性。本章认为,批评的焦点应该从静态的"物"上转移,而考量情节的"真正中心",也就是"博因顿珍藏品"之争的缘起、衍变和终结。

名词 spoil 意为"战利品""珍藏品"。《博因顿珍藏品》糅合前两个标题,讲述了一栋"漂亮的房屋"(博因顿)中的"旧东西"(收藏的艺术品)的故事。也因此,詹姆斯后来将其戏称为一个关于"橱柜、椅子和桌子的故事"。(30)但同时,spoil 还可做动词,意思为"掠夺"或"毁灭"。这一层含义指向故事的情节设计。从静态的"珍藏品"转移到动态的"掠夺/毁灭",《博因顿珍藏品》这个标题告诉读者,这部小说讲述了一场争夺"珍藏品"的"战争"。"表面上",作为"物"的"博因顿珍藏品"是争夺的焦点、"危机的核心",但其实"博因顿珍藏品"就像"特洛伊的海伦"一样,并非故事的实质,情节的真正核心是由藏品所启动和折射的人的"欲望、能力和权力"。(29)细究藏品几次转移背后的纠葛才是解码《博因顿珍藏品》寓意的关键。

在 1893 年的笔记中,可以看出詹姆斯围绕争夺"博因顿珍藏品"的拉锯战的精心设计。开篇,关于藏品所有权的冲突便一触即发。欧文·格瑞斯是博因顿的合法继承人,但她的母亲阿黛尔·格瑞斯却拒绝交出她数十年耗费心血所收藏的艺术品。于是,格瑞斯夫人、欧文和欧文未婚妻莫娜·布瑞格斯托克围绕藏品的归属展开了一场争夺战。格瑞斯夫人不经欧文同意,将藏品

---

① Sean, O'Toole, "Queer Properties: Passion and Possession in *The Spoils of Poynton*," in *Henry James Review*, Vol.33, No. 1(2012), pp. 30 - 52.

第五章 藏品:《博因顿珍藏品》

全数转移到她名为瑞克斯的道尔别院。而莫娜以取消婚约为要挟,催促欧文诉诸法律手段,予以回击。格瑞斯夫人又精心促成自己主动结交的年轻女子弗雷达·维奇和欧文的几次会面,希望弗雷达嫁给欧文,以确保藏品不落入莫娜之手。在得知欧文向弗雷达表达了爱慕之情之后,格瑞斯夫人就将藏品悉数搬回博因顿。这是藏品的第二次转移。但出乎所有人意料的是,传来了欧文和莫娜闪电结婚的消息,最后,博因顿和藏品在弗雷达眼前付之一炬。詹姆斯的笔记证明,他正是将藏品的前两次转移作为故事的小"高潮"(climax)。[1]一是藏品从博因顿到瑞克斯的第一次转移,二是莫娜以取消婚约为筹码要求格瑞斯夫人归还藏品。在弗雷达的斡旋下,藏品又回到了博因顿。但故事并未尘埃落定,"博因顿珍藏品"注定会走向"毁灭",此为"结局"(denouement),也标志着藏品的第三次转移:和博因顿一起毁于大火。[2]

既然"博因顿珍藏品"之争是情节的中心,就远非家庭内部一场"庸俗、糟糕、微不足道的争吵"。(152)詹姆斯选择将整本小说构建于谁是"橱柜、椅子和桌子"的拥有者的问题上,这显露了他的精心考量。伊格尔顿曾将詹姆斯的小说情节形容为"围绕物质财富的争夺",这些矛盾争夺让主要人物的"意识"活动丰富、具有层级感;但与此同时,他对人物"意识"的重视也意味着抑制了"某

---

[1] Henry James, *The Notebooks of Henry James*, eds. F. O. Matthiessen and Kenneth B. Murdock, Chicago: University of Chicago Press, 1981, pp.198-199.
[2] 小说标题中的 spoils 一词一语双关(也是詹姆斯有意为之),但书名常常被译为《博因顿/波因顿战利品》。笔者将其译为《博因顿珍藏品》,一是因为这一小说的结局,在这场争夺藏品的"战斗"中没有真正的战胜者,二是因为"珍藏品"和之前的题目《旧东西》意思更为贴近。

些真正的冲突和分歧"。①在伊格尔顿看来,这种抑制是以远离真实经历和历史现实为代价的。但事实上,在《博因顿珍藏品》中,人物意识的呈现和故事情节的发展并不矛盾。置身争夺战的几个人物代表了维多利亚社会后期人们对于"物品"(object)的不同立场和选择,他们共同组成了一个错综复杂的关系网。如果说藏品的第一次转移针对的是"谁拥有藏品"的所有权问题,那么第二次转移指向的就是"如何对待藏品"的审美问题了。而藏品的神秘毁灭似乎代表了作家对作为客体的藏品和作为主体的人的关系的评价。本章试图从"博因顿珍藏品"的三次转移入手,解析詹姆斯精心构建的情节框架,以及其后隐藏的藏品所代表的"物品"的历史语境和现实关怀。

一、第一次转移:物的所有权

为了解"博因顿珍藏品"的第一次转移背后的原因,我们有必要从文本中寻找答案。在小说中,欧文深信针对藏品的处理乃万全之策:"我自然是要我自己的房子了。我父亲也做好了万全的安排。"(61)父亲的安排也很明确:格瑞斯先生的遗嘱将房子和藏品都留给了欧文("所有都直接归了他的儿子"),格瑞斯夫人获得了"一份赡养费和另一地区的小屋",也就是道尔别院瑞克斯。(43)然而,这一安排对于格瑞斯夫人是不可接受的。借弗雷达之

---

① 当然,伊格尔顿赞赏詹姆斯对人物意识的丰富呈现,并提及了《博因顿珍藏品》中的弗雷达。Terry Eagleton, *Criticism and Ideology: A Study in Marxist Literary Theory*, London: Verso, 1976, p. 141.

口,詹姆斯告诉我们这是一种"残忍的英国习俗"(the cruel English custom)。(43)

"英国习俗"是了解"博因顿珍藏品"所有权问题的关键。评论家根据詹姆斯1868年的一篇书评,判断他指的是"长子继承制"(primogeniture)。①这一论断很可能来自詹姆斯的笔记。据说这是一段仍然"处于法律程序"中的事件:"某位苏格兰庄园主"在父亲死后继承了一栋大房子(其中有"若干价值不菲的物品:画、古老的陶瓷等"),他的母亲"虽然有一栋小的道尔别院",但并未搬离这栋大房子。和小说中一样,母亲和儿子为这些物品的归属权起了纷争,双方诉诸法律,母亲最终单方面宣布儿子"并非推定父亲之子"。詹姆斯私下对母亲充满同情,将之描述为"被残忍的英国习俗废黜的母亲"。②

但其实,不光文本中没有提到"长子继承制"一词,詹姆斯在情节中也舍弃了案例中对儿子继承权的质疑,而是把小说的结局设定为一场毁灭博因顿的大火。有必要澄清的是,所谓英国"习俗"并非普遍意义上的行为习惯或地方风俗,而是被公认为"英国不成文的法律"的"普通法"(common law)。③究竟什么是"残忍的英国习俗"? 其实,詹姆斯在小说中已经表明,这种习俗的残忍之处在于对已婚妇女财产权的"剥夺"(expropriation)。(43)"剥夺"一词甚为关键,其多用于法典,意为"政府对个人财产权利的获取

---

① Deborah Wynne, *Women and Personal Property in the Victorian Novel*, Burlington: Ashgate Publishing, 2010, p. 146.

② Henry James, *The Notebooks of Henry James*, eds. F. O. Matthiessen and Kenneth B. Murdock, Chicago: University of Chicago Press, 1981, pp.136 - 137.

③ 根据布莱克斯通(Wlliam Blackstone)的解释,普通法就是英国人民"全体风俗"的一种表达。William Blackstone, *Commentaries on the Laws of England: in Four Books*, Vol. 1, 2nd edition, Chicago: Gallaghan and Company, 1872, p. 67.

或限制"。①可见,詹姆斯关心的是妇女财产权问题,他所批评的所谓"习俗"是"普通法"中的"夫妻一体"(coverture)原则。不仅如此,《博因顿珍藏品》的"源起"也证明了这一点。詹姆斯称自己在圣诞夜饭桌上听到一则八卦——"北边的一个好妇人"和她的独子因为"一座老宅中价值不菲的家具所有权"刀剑相向。(24—25)不过寥寥数语,便被他窥见一段绝佳的小说素材。但作者对这部小说背后的财产权之争的了解和重视绝不是他声称的那么简单。且不论他曾入哈佛法学院学习一年的经历,②仅凭他在笔记中详细记录的完整事件,我们就能断定,詹姆斯对维多利亚后期非常引人瞩目的妇女财产权问题有相当程度的了解。而"夫妻一体"原则的内在问题正是推动故事情节进展的重要一环。

我们知道,格瑞斯先生的安排即按照"夫妻一体"原则分割财产。据此原则,已婚妇女被称为 feme covert,意为"被保护或被掩盖(covered)"的女性。"夫妻一体"原则将丈夫推到前台,丈夫是妻子的经济代理人,后者婚后没有独立签订协议的权利,婚内全部收入归丈夫所有,但其债务也由丈夫负责。进入婚姻关系时,妻子的所有动产(personal property,包括衣服、现金、珠宝和投资等在内)归丈夫所有,丈夫享有对这些动产的绝对所有权。因此,"博因顿珍藏品"作为动产,其所有权和处置权归格瑞斯先生。而按照"夫妻一体"原则,不动产(real property)——指自由

---

① Bryan A. Garner, *Black's Law Dictionary*, 7th edition, Minnesota: West Group, 1999, p. 602.
② 詹姆斯于1861年进入哈佛法学院学习,次年离开,从此全身心投入文学创作中。在詹姆斯的其他重要小说比如《一位女士的画像》和《金碗》(*The Golden Bowl*)中,女性财产权也是核心主题。

保有土地（freehold land）——归丈夫控制，但不经妻子同意不可出售。①另外，如果丈夫先于妻子去世，寡妇可获得先夫全部不动产三分之一房产的居住权，也就是道尔别院。

由此可见，博因顿和其附属的"博因顿珍藏品"的所有权归欧文，而格瑞斯夫人移居瑞克斯，这一安排符合数世纪以来英国人所实践的"夫妻一体"原则。这一原则的合理性在于符合了农耕社会大部分女性的经济状况。在"两分领域"观念的影响下，英国女性受教育程度不高，也未大范围地进入职业市场，她们缺乏在婚后获取财产的途径，没有签订协议和继续工作的需要。而同时，在大规模的工业革命到来之前，价值最高的财产是属于不动产的土地。在"夫妻一体"原则下，如果丈夫先于妻子去世，不动产则回归妻子所有，妻子的债务由丈夫负责。因此，在19世纪以前，"夫妻一体"原则不光保护了妇女的这一部分财产（也是主要财产），还成功地为妇女规避了大部分经济风险。正是因此，在包括格瑞斯先生和欧文在内的改革反对者看来，"夫妻一体"原则不仅符合女性的柔弱本性和被保护者的角色，还尽可能地确保了大部分女性的财产权。②

既然如此，格瑞斯夫人为何决定在搬离博因顿之后，有计划地将藏品转移到瑞克斯呢？在弗雷达问她有何转移"博因顿珍藏品"的"正当理由"（justification）时，格瑞斯夫人说："我的正当理

---

① 关于"夫妻一体"原则，详见 Lee Holcombe, "Victorian Wives and Property: Reform of the Married Women's Property Law, 1857 - 1882," in *A Widening Sphere: Changing Roles of Victorian Women*, ed. Martha Vicinus, Bloomington and London: Indiana University Press, 1977: 207 - 222。

② 在《已婚妇女财产法》的反对者眼中，现在的法律并无不公正之处，如《圣经》所言，妻子是易碎的器皿，家庭应该只有"一个代表"，而丈夫就应该是这个代表，处理对外事务。*Parliamentary Debates*, 3rd series, 1868 - 1869, London: Cornelius Buck, 1869, p.775.

由是全部的过去,我的正当理由是那种残忍。"(109)"过去"指的是她为藏品所付出的心血。作为博因顿的女主人,维护、装饰博因顿是格瑞斯夫人的责任。不仅如此,藏品还是她"生活的记录",是格瑞斯夫妻"婚姻的记录"。(47)她和丈夫为了获得这些藏品,遍访"法国、意大利"。(41)但在现有法律体制下,格瑞斯夫人"过去"的付出无法得到认可。"正当理由"一词直指"夫妻一体"原则的"残忍":在欧文接手博因顿之后,寡母便会被扫地出门,移居道尔别院。这也是"夫妻一体"原则的根本问题。"夫妻一体"原则之所以首先成为维多利亚后期女权主义运动攻击的目标,根本原因并不在于实际上谁获得更多收益,而是因为其在法律上肯定并确认了女性的从属地位——"丈夫和妻子在法律上是一个人……妻子的存在完全被丈夫的存在所淹没"[1],而这在民主平等思想深入人心的 19 世纪社会是理应被废除的。由此这一原则成为女权主义者的众矢之的。[2]

---

[1] 这也是第一篇直接呼吁改革《已婚妇女财产法》的文章。Barbara Bodichon, "A Brief Summary, in Plain Language of the Most Important Laws of England Concerning Women, Together with a Few Observations Thereon," in *The Disempowered: Women and the Law*, eds. M. Mulvey-Roberts and T. Mizuta, London: Routledge, 1993, p.15.

[2] 包括弗朗西斯·保尔·科布(Frances Power Cobbe)、莫娜·凯尔德(Mona Caird)和玛格瑞特·欧利凡特(Margaret Oliphant)在内的众多知名女权主义者纷纷表达了对《已婚妇女财产法》的支持。在 1870 年第一部《已婚妇女财产法》通过之前,女权主义者将废除"夫妻一体"原则作为女权运动的目标,成立了"已婚妇女财产委员会"(The Married Women's Property Committee),在媒体和英国议会中挑起了激烈的论战。其争论的焦点便是,是否要用衡平法(Equity)原则代替普通法的"夫妻一体"原则。也是在这一背景下,争取女性财产权的运动得到了很多重要思想家和下议院议员的支持,其中就包括约翰·斯图尔特·密尔(John Stuart Mill)。密尔呼吁:"法律上让一个性别从属于另外一个性别——这本身就是错误的,现在已经成为人类进步的主要障碍之一……它应该被完全平等的原则代替。" J. S. Mill, *The Subjection of Women*, New York: Prometheus Books, 1986, p.7. 关于詹姆斯对密尔的《论女性的从属地位》的看法,参见 Alfred Habegger, *Henry James and the "Woman Business,"* Cambridge: Cambridge University Press, 1989, pp.47-49。

第五章 藏品：《博因顿珍藏品》

可以说，格瑞斯夫人转移"博因顿珍藏品"行为的背后是维多利亚时期财产权变动的大历史。在小说中，格瑞斯夫人的强硬态度和激烈行为并不讨喜，历来被读者所批评。不仅欧文不认可，她的同盟弗雷达也不赞成。(85)因为非但她的行为不合法，她的作为还不合情理（欧文愿意做出让步，同意格瑞斯夫人带走几样她最喜欢的藏品）。究其原因，詹姆斯在她身上投射了争取已婚妇女财产权一方对英国法律不公的愤怒，格瑞斯夫人继承了女权主义者对法律中两性不平等的批评。詹姆斯在小说前半部分其实说得很清楚，欧文对待寡母的态度反映了英国社会对女性的忽视，而作为一名被不公正法律"抹杀"的母亲，格瑞斯夫人"无法接受让他成为正义的一方"的结果，(65—66)她反抗的对象是这一习俗而非个人。与格瑞斯夫人的弱势地位不同的是，手握平等正义话语的英国女权主义者接连促成了1870年、1882年、1895年三次《已婚妇女财产法》通过。[①]已婚妇女从此作为独立的法律主体，拥有婚前和婚后的"独立财产"（separate property/estate）。1882年的法案也被誉为"有可能是19世纪女性法律地位上唯一最重要的改变"。[②]

既然如此，为什么在写于1893—1896年的《博因顿珍藏品》中，格瑞斯夫人仍然受制于"夫妻一体"原则，不得不承认欧文是

[①] 英国女权主义者的运动在英国财产法改革远远落后于其他国家的背景下格外顺利。早在1848年，詹姆斯的故乡纽约州就通过了《已婚妇女财产法》。1850年，美国已有13个州的已婚女性获得了某种程度上的财产权。

[②] Mary Lyndon Shanley, *Feminism, Marriage, and the Law in Victorian England*, Princeton: Princeton University Press, 1989, p.103. 女性的独立财产权对女权运动也意义重大，"只有保护女王陛下其他子民的法律同样保护已婚妇女的财产，谈论女性解放才不是毫无意义"。在女性获得选举权之前，她们的"独立财产"能得到认可，女权主义者功不可没。Charles Dickens, "Married Women's Property," in *All the Year Round: A Weekly Journal*, Vol. IV (1870), p.89.

藏品的合法拥有者呢？而且欧文也胸有成竹地威胁格瑞斯夫人，如果不送还藏品，就要派出律师，并笃定律师能拿回藏品？(177) 可以肯定的是，虽说1882年的法案并没有完全终结"夫妻一体"制，但在苏格兰的法庭上，已有判定家具作为妻子"独立财产"的案例(Allan v. Wishart)。①通过格瑞斯夫人和欧文母子俩争夺博因顿藏品的故事，詹姆斯揭露了法律制度和现实运行中的巨大鸿沟。首先，《已婚妇女财产法》规定，此法案适用于当年1月1日之后结婚的女性（也就是说，1870年之后结婚的女性在法案生效之后获得的财产才可作为"独立财产"）。我们知道，格瑞斯夫妇结婚26年(41)，詹姆斯完成《博因顿珍藏品》却是在1896年。格瑞斯夫人刚好在1870年结婚，这绝对是作者有意为之，因为她恰好被排除在1870年《已婚妇女财产法》的受益人之外。②其次，就算女性获得了理论上的独立财产权和缔约权，她们中的大部分人也无法获得"独立财产"。在十九世纪末，英国有独立财产的女性实在寥寥可数。根据调查，在十九世纪七八十年代，拥有3000亩土地且年收入超过3000磅的人中，女性不超过百分之五。③《博因顿珍藏品》中的格瑞斯夫人显然不属于这百分之五。而小说中的未婚女子弗雷达处境更加糟糕。她为生计发愁，也没有自降身段

---

① *Scottish Law Review and Sheriff Court Reports*, Vol. Ⅵ, Glasgow: William Hodge & Co., 1890, p.185

② 此外，批评家的共识是，1870年的法案具有很大的局限性，主要针对工人阶级女性，并没有完全承认女性的"独立财产"。Lucy A. Newton et al., "Women and Wealth: the Nineteenth Century in Great Britain," in *Women and Their Money*, *1700 - 1950: Essays on Women and Finance*, eds. Anne Laurence, Josephine Maltby and Janette Rutterford, London: Routledge: 86 - 94, p. 89.

③ John Bateman, *The Great Landowners of Great Britain and Ireland*, 4th edition, London: Harrison, 1883.

第五章 藏品:《博因顿珍藏品》

去挣一份工资的可能:"有人说她就像一个吸附于有钱人的水蛭。"(73)①

更难能可贵的是,詹姆斯不仅通过格瑞斯夫人的态度揭露了女权主义运动胜利的第一步,还通过藏品本身暗示了随着维多利亚中后期的经济发展,财产法案变动的必然性。在《博因顿珍藏品》中,儿子和母亲争夺的焦点是"家具",而非房产。这是因为当时财产的价值分配已经有了很大的变化。女性所能拥有的财产已并不局限于"土地",而是包括"工资和投资收益、家具陈设、股票"在内的属于个人财产的动产。② 在"夫妻一体"原则下,动产悉数落入欧文手中,因为藏品"是房子的附属品,而房子属于欧文"。(44)但问题在于,藏品的价值或许比房子更高。因为和瑞克斯相比,博因顿的长处主要体现在家具上。这一对比弗雷达心知肚明:瑞克斯暗淡而凄凉,房门"就像兔子棚圈洞口",房间"几乎是一个浅浅的盒子","墙壁和房顶全无线条或飞檐,只见一段一段的猩红色墙纸,贴在其他墙纸之上"。(68)但博因顿的室内装饰琳琅满目,有"珐琅流光的盒子""古老的金器和铜器,古雅的象牙和青铜,以及新奇的老式挂毯和厚重绚丽的锦缎",还有织锦缎面的沙发。(48,71,80)就连欧文也意识到了这些动产的巨大

---

① 詹姆斯明确指出,对弗雷达的这一批评并不公平,因为她在小说中其实选择了放弃和欧文联姻(不劳而获)的可能。而且她"决心要工作",但手上的资源有限,只有"对生活的印象或者对别人的印象"。(42)与此同时,弗雷达也预示着女性进入职业市场的可能。当时,女性以室内装饰者的身份出现,开始打破男性设计师的垄断地位。女性设计师也成为继教师之后女性统治的另一领域。

② Lee Holcombe, "Victorian Wives and Property: Reform of the Married Women's Property Law, 1857 – 1882," in *A Widening Sphere: Changing Roles of Victorian Women*, ed. Martha Vicinus, Bloomington and London: Indiana University Press, 1977, p.212.

价值,"天知道没了家具的博因顿又有什么意义?"(61)

对于小说中的财产之争,迪克森(Vanessa D. Dickerson)认为,詹姆斯"最终维护了原状,加强而不是挑战了关于所有权和财产权的传统价值观",因为小说中格瑞斯夫人和莫娜之间的争夺最初是由"一位缺席的男性"(已故的格瑞斯先生)引起的,而女人之间的争夺归根结底围绕着另一位男性(欧文)产生。①不过迪克森忽视了最关键的一点,也就是争夺战的结局:藏品的毁灭。表面上,欧文是"博因顿珍藏品"的合法拥有者,但随着藏品归于尘埃,没有人称得上这场争夺战的胜利者。从智计百出的争夺到灰飞烟灭的寂灭,围绕着藏品的财产之争暴露了法律在情感考虑和现实上的欠缺。格瑞斯夫人所想要的是儿子的肯定和尊重,而欧文"最大的错误"在于"他从一开始就不懂"去尊重和欣赏她的母亲,未能认可她对这个家庭的付出。(65)在现实中,就算女性获得了名义上的"独立财产"权,法案的象征意义也大于实际价值,女性仍然受限于职业选择、教育水平、社会阅历,很难获得真正的平等对待。直到1938年,伍尔夫还这样描述女性的经济困境:"我们女性"在英国依然备受歧视,"没有半分资本,没有一亩土地,没有分文财宝,更没有贵人庇护"。②也许,"法案"确实不能立刻改变一代女性的生活,"博因顿珍藏品"的毁灭才是"财产之争"的必然,但正是从这种毁灭里,我们看到了詹姆斯对女性获得财产权的理解和同情。

---

① Vanessa D. Dickerson, "Female Acquisition in *The Spoils of Poynton*," in *Keeping the Victorian House: A Collection of Essays*, ed. Vanessa D. Dickerson, London and New York: Rutledge, 2016, p.135.

② Virginia Woolf, *A Room of One's Own: And*, *Three Guineas*, ed. Morag Shiach, Oxford: Oxford University Press, 1998, p.175.

二、第二次转移：物和品位

在"博因顿珍藏品"被"非法"转移到瑞克斯之后，格瑞斯夫人拒绝和欧文见面。在她的示意下，弗雷达和欧文有了几次密切交谈。欧文透露，莫娜拒绝履行婚约，除非"母亲回心转意"，归还"博因顿珍藏品"。(94)格瑞斯夫人则坚称，她之所以"绑架"了藏品，是为了"挽救它们、改变它们"(109)；要她归还藏品，条件是让弗雷达"成为它们的女主人"(110)。这一认知让弗雷达大受震动。这也许正是格瑞斯夫人计划的第二步。在"博因顿珍藏品"将要落入法定继承人欧文之手之时，格瑞斯夫人的最终解决办法并不是公开谴责法律的不公，拒绝承认欧文是"博因顿珍藏品"的法定继承者。她反而想利用现有的法律财产权规定，选择与自己品位相投的儿媳。从此，她将同儿子欧文关于财产权的争斗，主动转移到自己更有操纵权的婚姻对象的选择上：娶莫娜还是弗雷达为妻。詹姆斯对故事情节的这一设计，让小说中关于财产权的"争夺战"有了一层新的含义，那就是莫娜和弗雷达所代表的关于室内装饰的品位分歧。

詹姆斯通过弗雷达告诉读者，虽说格瑞斯夫人希望获得"博因顿珍藏品"的所有权，但她对这些"艺术品"的执念并不是出于"一种粗鄙的占有欲"，她真正想要保全的是"某份信任"和"某种思想"。(63)她要掀起藏品之争的欲望，始于到布瑞格斯托克的家宅沃特巴斯的一次参观。他家的墙纸让她"整晚睡不着"，走廊的装饰"愚不可及"，客厅更是"让她的脸火辣辣地发烧"，整栋宽大敞阔的房屋简直是一场"美学灾难"。(35—36)沃特巴斯的情况如此糟糕,格瑞斯夫人当即后悔和主人布瑞斯托克交往,意识到她"绝不可能接受莫娜"。(38)正是在这次参观之后,她完全否定了将博因顿拱手让给欧文和莫娜的可能性,并主动开始结交弗雷达。由此可见,詹姆斯对布瑞斯托克家坏品位的批评大有深意。

詹姆斯为有关财产的政治、法律争论找到了一个绝佳的大众关注点,那就是维多利亚后期人们对室内装饰的高度重视。维多利亚人"思考、谈论、写作、花费巨大,只是为了培养和满足品位"。[①]在"工艺和美术运动"(Arts and Crafts Movement)以及后来的"唯美主义运动"的推动下,大众对室内装饰的美学追求愈加狂热。詹姆斯在前言中也特别提醒读者,要重视"来自更重视手工艺术的时代"的藏品。(26)其实,不少评论家已经注意到《博因顿珍藏品》中的室内装饰和唯美主义思想的联系,甚至将小说的第一个标题《漂亮的房屋》视为对王尔德的致敬。[②]在小说中,"丑陋的房屋"沃特巴斯成为格瑞斯夫人退婚的引子,进而被批评家视为"漂亮的房屋"博因顿的绝佳衬托。[③]这种室内装饰品位的欠

[①] Molly Harrison, *People and Furniture: A Social Background to the English Home*, London: Ernest Benn, 1971, p.111.

[②] 1882年,王尔德在美国巡回演讲,宣扬他的唯美主义思想,演讲题目之一就是《漂亮的房屋》。Michèle Mendelssohn, *Henry James, Oscar Wilde and Aesthetic Culture*, Edinburgh: Edinburgh University Press, 2007, pp. 214-215. 詹姆斯对艺术的重视、对美感的追求都让读者意识到了他和唯美主义的亲近。但他和唯美主义运动的关系相当复杂,笔者并不认为《博因顿珍藏品》体现了他的唯美主义倾向。关于詹姆斯和英国唯美主义运动的关系,参见 Jonathan Freedman, *Professions of Taste: Henry James, British Aestheticism, and Commodity Culture*, Stanford: Stanford University Press, 1990。

[③] Bernard Richards, "Introduction," in Henry James, *The Spoils of Poynton*, ed. Bernard Richards, Oxford: Oxford University Press, 1982, p. xix.

缺是"根基上的、系统性的",(37)因为其完全和美学原则背道而驰。对照时下室内装饰书中"和房间规模(包括'比例'和'搭配')相符""忌把房间塞得太满"的建议,沃特巴斯显然同时忽略了这两个"品位原则"。(37)①装饰品的搭配过于杂乱不堪,各种各样的小东西"乱七八糟地散布在地毯和窗帘之上"。(37)"华而不实的装饰、剪贴本式的艺术",以及"奇怪的累赘和成串的织物"更是让沃特巴斯陷入不可挽回的美学不幸之中。(35,37)

但"工艺和美术运动"与"唯美主义运动"在消费文化高歌猛进的时代大背景下越来越偏离纯粹美学之路。以威廉·莫里斯(William Morris)、王尔德为代表的唯美主义者试图通过改革"家居艺术"(Household Art)来培养普通民众的文化品位。这种将文化引向一种"生活品位"的做法使得"文化"变成了一种外在装饰。尤其是以莫里斯为代表的设计师隐隐为人们获得"品位"提供了一种捷径:通过学习市面上畅销家居设计手册、购买"莫里斯公司"生产的艺术墙纸和家具,人人都可以成为高雅文化的实践者。詹姆斯暗示,正是这种庸俗化的"家居艺术"概念造就了沃特巴斯。让莫娜自豪的"温室"和"台球房"都紧跟最新设计潮流,致力于体现居住者的文化和身份。(55—56)②而布瑞斯托克夫人的审美教育则源于"在火车站购买的女士杂志",上面展示着"不同花

---

① 这是摆放"艺术品"或说小饰品(Bric-à-Brac)时体现品位的两大准则,出自詹姆斯的好友伊迪斯·华顿同年出版的《房屋装饰》一书。Edith Wharton, Ogden Codman, Jr., *The Decoration of Houses*, New York: W. W. Norton & Company, 1998, p.185.
② 十九世纪七八十年代唯美主义运动前期,"台球房""吸烟室"和"温室"作为"文化"的象征风靡一时,甚至马克·吐温也跟风在哈特福德建造了全新的台球房,并且在里面写作。Doreen Bolger Burke et al., *In Pursuit of Beauty: Americans and the Aesthetic Movement*, New York: Metropolitan Museum of Art, 1986, p.112.

纹的椅子罩单",其灾难性的美学风格令人想起"某个戴着银项链的庸俗老妇人"。(51)以致在和欧文争吵后,格瑞斯夫人戏剧性地将这本杂志扔出窗外。这正是詹姆斯对"家居艺术"和"家居虔信"忍无可忍的批评(45):当艺术摇身变为阶级地位的标志,必然成为非利士人追捧的目标,与扩散文化的初衷背道而驰。不仅如此,唯美主义在实践中的悖论还体现在抬高工艺品价格,进一步扩大阶级鸿沟上。莫里斯公司复兴手工技艺,培养工匠,本身是抱有设计服务于生活的社会主义理想的,还隐含增加劳工阶层收入的目的。但其对装饰、手工的强调反而增加了产品的费用,结果那些"漂亮的东西只有富人才负担得起",进而成为"好品位的昂贵标志"。[1]而普通收藏家(格瑞斯夫人和她的丈夫)不得不"努力工作,耐心等待,甚至忍受折磨",他们为了收集"博因顿珍藏品""几乎饿死"。(53)

在确定欧文已经爱上弗雷达之后,格瑞斯夫人促成了"博因顿珍藏品"的第二次转移,"把所有的东西都送回去了",包括"最小的鼻烟盒"。(177)在这之后,弗雷达终于确信了格瑞斯夫人的无私,她毫不关心财产本身,只重视什么是"对那些物品最好的安排"。(179)她要保留的"某份信任"和"某种思想"是关于"美"的,而她深信不疑的同盟是弗雷达。(63)她选定弗雷达,因为她懂得"什么是好、真、纯",并相信弗雷达能"代替"自己"守护"博因顿,"能让这个地方保持原状"。(54)我们知道,弗雷达的服饰不出众,但"穿得很有想法";她在巴黎跟印象主义画家学过绘画,具有

---

[1] Holbrook Jackson, *William Morris*, London: Jonathan Cape, 1926, p.152. Eileen Boris, *Art and Labor: Ruskin, Morris, and the Craftsman Ideal in America*, Philadelphia: Temple University Press, 1986, p.58.

"艺术气质"。(36)更为重要的是,弗雷达对藏品的态度和格瑞斯夫人一致。她批评欧文,说他口中的博因顿"带着盥洗台和铺天盖地的床品的味道"。(61)在她看来,这些珍贵的家具是"艺术品","在英国,没有真的能与博因顿相媲美的地方"。(41)在19世纪末的英国,艺术不仅"通过物品进入了中产阶级的生活",室内装饰的审美实践还影响了各个阶层,包括一贫如洗的弗雷达。①

门德尔松(Michèle Mendelssohn)认为,詹姆斯的《博因顿珍藏品》是对维多利亚时期以来对室内装饰美学追求的记录,是对王尔德装饰艺术理论的艺术再现。②但和王尔德截然相反,詹姆斯非常注重品位和道德价值的关系,好的品位和个人的德行修养息息相关。对于莫娜·布瑞格斯托克这一形象,詹姆斯特意说明,她代表一类"特殊的人物类型和品位",出自"一栋毫无品位、丑陋不堪的房屋"。③德行和品位一直以来就是詹姆斯的关注点。正如《一位女士的画像》中梅尔夫人所说:"我们每一个人都是由某组附属物组成的。……一个人的房子、家具、衣服,他读的书和他交的朋友——这些东西都表现着他的自我。"④也就是说,室内装饰如实反映了人物的性格和内心,糟糕的装饰有损整个家族的风度和

---

① 有评论家指出,从弗雷达的出身来看(与来自中产阶级的格瑞斯夫人不同,弗雷达显然来自中下层阶级),对詹姆斯来说,品位与阶级、教养并无直接关系。小说中也说,"博物馆帮助弗雷达"培养了一些品位,但是"自然"对她的影响更大。(48)Deborah Cohen, *Household Gods: The British and their Possessions*, New Haven: Yale University Press, 2009, p.65.

② Michèle Mendelssohn, *Henry James, Oscar Wilde and Aesthetic Culture*, Edinburgh: Edinburgh University Press, 2007, p.217.

③ 他在笔记中透露,沃特巴斯的原型是位于萨里郡的一栋红色砖房——福克斯沃伦(Fox Warren)(Henry James, *The Notebooks of Henry James*, eds. F. O. Matthiessen and Kenneth B. Murdock, Chicago: University of Chicago Press, 1981, pp.79-80)。

④ Henry James, *The Portrait of a Lady*, Boston: Houghton Mifflin, 1956. p.172

地位。这也是 19 世纪人们对建筑、装饰的共识。正如本雅明在《拱廊街计划》(*The Arcades Project*)中所说：居所不仅仅是一种遮风避雨的场所，还和主人同时存在，就如同其第二层皮肤。[①]而约翰·罗斯金也指出，好的品位本质上来说"是一种道德品质"，"教授好的品位必然会塑造品格"。[②]可见，沃特巴斯的丑陋无药可救，不仅因为其违背了品位原则，还因为反映了某种"怪异、晦涩"的标准，"源于布瑞斯托克变态的本性"。(37—38)这种个性在莫娜在小说中第一次出场时就已显露：她"高挑而貌美"，却面无表情，披挂着"奇奇怪怪的装饰"。(39)莫娜的庸俗品位和沃特巴斯如出一辙。

与其说莫娜是画虎不成反类犬的"暴发户"(Parvenus)[③]，不如用詹姆斯自己的评价：她是非利士人的典型。[④] "非利士人"是维多利亚社会非常流行的术语，出自詹姆斯"早年散文和诗歌上的文学偶像"马修·阿诺德。[⑤]阿诺德最早在一篇评论德国诗人海涅(Heinrich Heine)的演讲中借用"非利士人"一词，将之称为"光

---

① 瓦尔特·本雅明，刘北成译，《巴黎，19世纪的首都》，上海：上海人民出版社，2006年，第44页。
② John Ruskin, "Traffic," *in Selections and Essays*, ed. Frederick William Roe, Mineola, New York: Dover Publications, 2013, p. 293.
③ Stephanie Foote, "Henry James and the Parvenus: Reading Taste in *The Spoils of Poynton*," in *The Henry James Review*, 27 (2006).
④ Henry James, *The Notebooks of Henry James*, eds. F. O. Matthiessen and Kenneth B. Murdock, Chicago: University of Chicago Press, 1981, p.80.
⑤ Henry James, *Traveling in Italy With Henry James: Essays*, ed. Fred Kaplan, New York: William Morrow, 1994, p.211. 詹姆斯深受阿诺德的影响(尤其是阿诺德对"文化"的论述)，认为他是当代最有影响力的作家。关于詹姆斯和阿诺德的关系，参见 John Henry Raleigh, *Matthew Arnold and American Culture*, Berkeley: University of California Press, 1957, pp. 17 - 46。

明之子"的"敌人",认为其最突出的问题是思想狭隘,着眼于"实际的便利",而欠缺真正的"思想"和原则。①在《文化与无政府状态》(*Culture and Anarchy*,1869)中,阿诺德进一步将非利士人设定为维多利亚时代的中产阶级,他们崇尚"工具"(比如"生意、小教堂、茶话会"),以利润和标准化为行为准则。②非利士主义在"美感和品位"方面的特点是"庸俗"(vulgarity)。③詹姆斯的著名男主人公吉尔伯特·奥斯蒙德也把庸俗视为维多利亚的时代精神:"在本世纪之前,我从来不知道什么是庸俗。"④同样,《博因顿珍藏品》所在的时代"糟糕透顶",因为"到处都充斥着廉价且华而不实的小玩意"。(54)其典型代表当然是沃特巴斯,不论是"热带植物枝条上系的美冠鹦鹉标本",还是"由硬塑料壳打造的干涸的喷泉",抑或是"用'社会版报纸'上的名人漫画"制作的挂画,或者是莫娜向往的"冬季花园",都给人以缺乏品位、庸俗不堪的印象。(55)

但"博因顿珍藏品"的第二次转移并不是高尚品位的胜利,因

---

① 这篇文章后被收入他著名的《评论集》(*Essays in Criticism*,1865)。非利士人在现实生活中的代表不在少数,比如约翰·布莱特(John Bright)、弗雷德里克·哈里森(Frederic Harrison)、《晨星》(*Morning Star*)和《每日电报》(*Daily Telegraph*)的编辑。Matthew Arnold, "Heinrich Heine," in *The Works of Matthew Arnold*, Vol. 3, London: Macmillan, 1903, pp.178 - 180.

② 虽说阿诺德把英国社会的三个阶层的缺点都分析了一遍——"野蛮人"(贵族)、"非利士人"(中产阶级)和"群氓"(工人阶级),但是非利士人是他着墨最多的一类人,也被视为维多利亚社会反对"美好与光明"的主要力量。马修·阿诺德,韩敏中译,《文化与无政府状态》,北京:生活·读书·新知三联书店,2002年,第74—109页。

③ Matthew Arnold, "Introduction to *On the Study of Celtic Literature*," in *Lectures and Essays in Criticism*, ed. R. H. Super and Ann Habor: University of Michigan Press, 1990, pp. 390.

④ Henry James, *The Portrait of a Lady*, Boston: Houghton Mifflin, 1956. p. 413.

为很快这一转移就被莫娜和她的家族利用了。格瑞斯夫人送还藏品的本意是将它们托付给弗雷达,却"打动"了重商重利的莫娜和她的母亲。(197)她们抓住机会,让欧文和莫娜闪电登记结婚,莫娜终于拥有了藏品。显然,藏品的转移再次成为推动情节的关键,其背后是弗雷达和莫娜不同的道德选择。对弗雷达来说,既然已经确信莫娜绝不是维护藏品的最好人选,在格瑞斯夫人催促弗雷达夺取欧文的青睐,以完成藏品从瑞克斯到博因顿的第二次转移时,她为何还在犹豫?因为在她看来,格瑞斯夫人以转移藏品为要求,间接帮助她介入莫娜和欧文的婚约,是"无法容忍的庸俗"。(104)既然欧文和莫娜定下了婚约,欧文就应该"信守诺言",就算要解除婚约,也应由莫娜先提出。(167)她甚至提出,莫娜之所以推迟婚期,也许是因为她了解藏品的"巨大价值",为了让藏品回到博因顿,愿意做出牺牲,也就是放弃"她曾怀着喜悦签订的婚约"。(142)当然,这种猜测马上被欧文否定了。事实证明,庸俗的道德观才是信奉物质至上的非利士主义者的特质。莫娜并不在乎也不了解"博因顿珍藏品"的美学价值。她以取消订婚为要挟来谋取藏品,是因为她只关心别人口中的博因顿,只在乎作为物质财富的藏品的市场价值:莫娜对欧文的感情只有"几个桌子和椅子"的程度。(105)在二人婚后的新闻报道中,博因顿被形容为"因为其独特的艺术古玩而著名"。(204)想必熟悉查尔斯·狄更斯《老古玩店》(*The Old Curiosity Shop*,1841)的维多利亚读者立马能体会古玩和藏品的差别:古玩是在商店中被公开展示、售卖的商品,其卖点是"新奇"(curious)和稀有。按照詹姆斯同时期的社会学家凡勃伦的分析,对古物的热情实质是一种"明显浪费"(conspicuous waste),是对自身阶级的社会地位的投资。①但此时古物并不仅仅在暴发户资产阶级中成为攀比的工具。工业革命的发展降低了生产商品的成本,仿古热也开始盛行于类似布瑞斯托克家族这样的中产阶级中。②正是在藏品的第二次转移之后,读者确信,莫娜所看重的并不是欧文或伟大的"博因顿珍藏品",而是"便捷"的联姻及联姻所带来的经济利益。小说结尾欧文和莫娜的婚姻也并非以爱情为基础,而是金钱和算计的产物。归根结底,"博因顿珍藏品"打动莫娜的并非其艺术价值和美好品位,只有物质财富才是她的人生目标。毕竟,非利士人"就是那种一门心思、一条道儿奔着致富的人"。③

事实上,"庸俗"在维多利亚时期从描述性的形容词变得越来越抽象化,其含义也许不在于"某人说了什么或者做了什么",而是"怎么做,在哪种情况下做"。④詹姆斯在小说中判断室内装饰的优劣并不只看某个特定物品的品位,他更看重这些物品被如何对待。而非利士人的一大特点是只讲社会效益和物质收益,对文化、品位抱有忽视甚至敌视的态度。他们将文化戏称为"当下最愚蠢的空谈",崇尚工具和效用。⑤格瑞斯夫人非常了解莫娜的这一倾向,"与其将(藏品)交给一个无知、庸俗的女人",她"宁愿用自己的双手毁掉它们"。(53)格瑞斯夫人预言,如果莫娜成了博

---

① 凡勃伦特别分析了当时印刷业的"复古"倾向,认为人们的"古风崇拜"所依据的是"明显浪费"的定律,其目的是"博取荣誉",确立阶级地位。Thorstein Veblen, *The Theory of the Leisure Class*, ed. Martha Banta, Oxford: Oxford University Press, 2007, p. 109.

② 与此同时,在1851年万国工业博览会之后,人们对物的兴趣越来越大,为物的收藏和展览而建立的博物馆也大规模出现。

③ 马修·阿诺德,韩敏中译,《文化与无政府状态》,北京:生活·读书·新知三联书店,2002年,第14页。

④ Susan David Bernstein and Elsie B. Michie, eds., *Victorian Vulgarity: Taste in Verbal and Visual Culture*, Burlington: Ashgate Publishing, 2009, p.3.

⑤ Frederic Harrison, *Order and Progress*, London: Longmans, 1875, p. 150.

因顿的女主人,这些藏品也许不会被"砸烂或者烧掉",但可能被"忽略""无视",交给"笨拙的仆人"。后来,当藏品真的被还回博因顿,这种噩梦或多或少地成了现实。莫娜和欧文成婚之后只在国内待了两三个月,其余时间都在国外旅行。既然已经得到了藏品,莫娜对是否"在那里生活完全不在意"。她不在乎的态度是一种"计划好的怠慢",因为藏品的价值在于其代表的财富和名声,并不是其本身。(208)小说结尾,在弗雷达抵达博因顿所在的火车站时,工作人员告诉她那儿着火了,猜测是因为一截"破败的烟囱"或是"便携式油灯"放错了地方,是"看管人"("笨拙的仆人")的疏忽造成的。(212)而且因为主人都不在家,也无法寻求到"及时的帮助"。(213)归根结底,"博因顿珍藏品"的毁灭不仅是庸俗品位的悲剧,更是非利士人工具主义价值观的必然。

三、第三次转移:物的意义

让我们再次回顾"博因顿珍藏品"的轨迹:格瑞斯夫人以搬空的藏品为谈判筹码,设计欧文取消和莫娜的婚约,向弗雷达表明决心。然后,格瑞斯夫人归还藏品,意为托付给弗雷达,却被莫娜有心通过联姻谋取。在格瑞斯夫人将藏品全数送还博因顿之后,很快传来了欧文和莫娜订婚的消息。至此,藏品的归属已经尘埃落定。但我们知道这并不是小说的结尾,也不是"博因顿珍藏品"命运的终结。人物之间的冲突结束于一场毁灭博因顿的大火,也是藏品的第三次转移:从落入莫娜之手到在大火中灰飞烟灭。对于藏品的神秘覆灭,批评家并没有统一意见。有读者惋惜,小说"结构上唯一真正的缺陷在于结尾的大火",因为这场大火在小说中既非"原因"又无"效果"。①如果我们如格瑞斯夫人一样,将藏品视为生命有机体的话,那大火就是其生命的终结,小说则是一场不折不扣的悲剧。②但笔者认为,更为重要的是,大火实现了某种"诗意的正义"。这种正义性已经在之前的财产之争和品位之争中显现,因为不论是藏品法律意义上的所有者欧文还是其实际意义上的掌控者莫娜都不能欣赏其真正价值。无论藏品所指向的是已婚妇女财产还是品位,作者显然想让它们就留在博因顿。

"漂亮的房屋"博因顿代表的究竟是什么? 根据考证,博因顿有现实中的原型,就是艾略特·诺顿(Charles Eliot Norton)的故居"夏迪山"。夏迪山位于离波士顿不远的剑桥,是青年詹姆斯的朝圣之处。在这座宽阔的建筑中,诺顿"精心收集了各种各样的珍藏品",这些藏品一起组成了一幅"生活图像"。③和博因顿一样,夏迪山的藏品中固然有照片、书本、绘画和勋章,但还蕴藏着更为

---

① 这一评价出自小说出版后同年 3 月发表于 *The Athenaeum* 杂志的一篇书评。Kevin J. Hayes, *Henry James: The Contemporary Reviews*, Cambridge: Cambridge University Press, 1996, p.273. 这一判断似乎过于印象化了。詹姆斯本人非常重视小说的结尾。他在《笔记》中详细说明了冲突的解决,也就是故事的结局,应当是一场具有强烈戏剧性的大火。而他对小说结尾的思考早在十年前就开始了。詹姆斯是第一位旗帜鲜明地反对维多利亚"幸福结尾"的小说家。在《小说的艺术》中,他戏谑地将其描述为:"最后分配奖品、生活费、丈夫、妻子、孩子、百万财富,补充几段话和乐观的评价。"Henry James, "The Art of Fiction," in *The Art of Criticism*, *Henry James on the Theory and the Practice of Fiction*, eds. William Veeder and Susan M. Griffin, Chicago: University of Chicago Press, 1986, p. 48.
② 她和这些没有生命的装饰品似乎具有某种亲密的联系。她带着"激情","等待它们,为它们工作,挑选它们,让它们配得起对方,配得起这个房子,看守它们,爱它们,和它们生活在一起"。
③ Henry James, "An American Art-Scholar, Charles Eliot Norton," in *Notes on Novelists: With Some Other Notes*, New York: Charles Scribner's Sons, 1914, p. 414.

珍贵的记忆、纪念物、闲人逸事。对詹姆斯来说，夏迪山的特殊魅力就在于它是文化的表征，是"年轻、红火、追逐利润的"美国商业社会所需要的。①这些描述让我们更加确信，博因顿就是詹姆斯记忆中夏迪山的化身。与之相似，藏品出自"法国、意大利这些古老的国度"，博因顿的故事由"不同颜色、样式，操着异国口音的稀有艺术家"书写。(47—48)但博因顿绝不仅仅是夏迪山的现实主义具象化，博因顿（以及夏迪山）的独特意义在于它们代表了"整个欧洲的文化遗产"。② 而这种对博因顿的理想化让其成为阿诺德式文化象征的影射，成为詹姆斯心中的一种文化理想。至少在当时，能对抗非利士人式的庸俗化的只有阿诺德的文化。我们需要文化，文化的意义在于将我们从这种"庸俗化"的势头中拯救出来，憧憬"美好与光明"。(39)詹姆斯早在1869年就指明了这一联系：以"庸俗，庸俗，庸俗"为唯一特征的美国游客，其"缺陷"在于他们"几乎忘掉了文化"，这是一种"绝对的、难以想象的欠缺"。③这里的"文化"很有可能正是阿诺德在《文化与无政府状态》中所说的"文化"——"世界上最优秀的知识和思想"。(208)毕竟文化的这一定义在维多利亚时代早已深入人心。直到1884年，詹姆斯依然对阿诺德的"文化"概念信手拈来："当我们自己思考什么是世界上最优秀的知识，对文学和生活最恰当的理解时，我

---

① Henry James, "An American Art-Scholar, Charles Eliot Norton," in *Notes on Novelists: With Some Other Notes*, New York: Charles Scribner's Sons, 1914, p. 416.

② Richard S. Lyons, "The Social Vision of *The Spoils of Poynton*," in *American Literature*, 61, No. 1 (1989), pp. 65-68.

③ 这一评价来自詹姆斯1869年10月在意大利旅行时，给他母亲写的信。"文化"一词在原文中用斜体强调。而阿诺德的《文化与无政府状态》于同年结集出版。Henry James, ed. Percy Lubbock, *The Letters of Henry James*, Vol. 1, New York: Scribner, 1920, p. 22.

们想到的是阿诺德。"①

很多批评家都注意到,詹姆斯对"博因顿珍藏品"的具体细节着墨不多,并就此提出了各种猜测。比如,之前提到的门德尔松就认为这是因为詹姆斯的博因顿来自王尔德的装饰美学理念,而王尔德此人又新近成了声名狼藉的人物(王尔德在1895年被公开起诉),因此詹姆斯采取比较聪明的叙事策略,回避了具体细节。但比尔·布朗将之归结为詹姆斯现代主义的创作观,"詹姆斯写了一部关于物的小说,书中却没有物。这显然挑战着现实主义"。②笔者认为,如果从文化定义本身来看,也许这是由阿诺德式"文化"的高度开放性和发散性决定的。在《文化与无政府状态》中,文化的内涵被有意模糊化了。文化被形象地描述为"美好与光明",其目标是通过学习、欣赏艺术作品达到一种"和谐完美",存在于"头脑和灵魂的内在"。(11)这和"博因顿珍藏品"给我们的印象一致。藏品作为文化的象征性决定了具体细节的缺失。博因顿主人高超的搭配手法被形容为一种美好"无阻碍的和谐感"。(85)"别的地方也许会更宏伟、豪华",但没有一个地方像博因顿一样有"如此完整的艺术品"。(41)而藏品的价值超越了收藏者对具体样式或艺术家本人的重视。虚无缥缈的"博因顿珍藏品"是一种整体的、美好的与和谐的理想的内化,表达了阿诺德式的文化特性。

在仅有的对"博因顿珍藏品"的描述中,我们发现"古老"一词

---

① 语出詹姆斯在1884年为杂志写的一篇关于阿诺德的书评。Carl Dawson, ed., *Matthew Arnold: The Critical Heritage*, Vol. 2, *The Poetry*, London: Routeldge, 2005, p.236.

② Bill Brown, *A Sense of Things: The Object Matter of American Literature*, Chicago: University of Chicago Press, 2003, p.228.

屡屡出现,博因顿中"每样东西都有历史",包括"古老的金子和黄铜、古老的象牙和青铜、古老而色泽鲜亮的挂毯和古老而颜色暗沉的锦缎"。(71)因为古物的特殊价值,其能超越普通"功能性"物品的原因,恰恰在于这一历史感。①而詹姆斯显然非常了解孕育美好品位需要多么漫长的历史:"要建立一点点传统,需要经历漫长的历史;而培养一分品位,却需要许多的传统。"②同时,詹姆斯在描述藏品的时候往往用物品的来源来命名。比如,"路易十五抚摸过的铜器""威尼斯天鹅绒""巨大的意大利橱柜",以及"马耳他十字架"。(48,80,82)马耳他、意大利、法国分别是欧洲恢宏文明的发源地和中心:马耳他代表古希腊,意大利的文艺复兴是希腊精神的延续,而法国则是詹姆斯心目中现代西方文化的代表。这很有可能并不是巧合。因为在19世纪中后期,人们往往把文明和文化视为同义词。③阿诺德也曾说过,文化就是两希精神,并强调希腊精神影响下的人生尤其充满了"美好与光明",

---

① 在鲍德里亚的"物体系"分析中,古物是时间的文化标志。同时,当古物成为"收藏品",不因其功能性为人所拥有,就完全成为主体的附属品。这也能够解释为何收藏家格瑞斯夫人无法认识到物的自治。Jean Baudrillard, trans. James Benedict, *The System of Objects*, New York: Verso, 1996, p.73, p.85.

② Henry James, *Collected Travel Writings: Great Britain and America, English Hours, The American Scene, Other Travels*, New York: Library of America, 1993, p.495.

③ 人类学家爱德华·博内特·泰勒(Edward Burnett Tylor)在代表作《原始文化》(*Primitive Culture*, 1871)开篇第一句话中给出了这样的定义:"文化抑或文明……作为一个复杂的整体包含知识、信仰、艺术、道德、法律、风俗和任何被作为社会一员的人所掌握的其他能力和习惯。"但随着20世纪中期文化理论的发展,文化慢慢失去了其历史感的特质。Edward Burnett Tylor, *Primitive Culture: Researches into the Development of Mythology, Philosophy, Religion, Art, and Custom*, Vol. 1, London: J. Murray, 1871, p.1. A. L. Kroeber and Clyde Kluckhohn, "Culture: A Critical Review of Concepts and Definitions," in *Papers of the Peabody Museum of American Archaeology and Ethnology*, Vol. 47, No. 1, Cambridge: Peabody Museum, 1952, p. 9.

希腊精神包含的"意识的自发性"是当下英国所缺乏的。①因此,当詹姆斯一再强调藏品的历史性,并将其置于以希腊精神为内核的文明之中时,"博因顿珍藏品"就更加契合阿诺德式文化理想。

或许作者将弗雷达作为小说意识的中心正是因为她是阿诺德意义上的文化保存者。在纽约版前言中,詹姆斯提道,为何是弗雷达,而不是其他人(尤其是格瑞斯夫人)体悟到物的自治呢? 之所以选择弗雷达这个"迷惑不安的小女人"作为意识中心,而非"哈姆雷特或弥尔顿的撒旦"之类的人物,是因为她具有一种"不可压制的欣赏"能力(书中强调,"从《博因顿珍藏品》开篇到结尾",这种能力只有弗雷达一人拥有);弗雷达之所有具有这种难能可贵的能力,归根结底是因为她拥有"自由的精神"(free spirit),这让她在处理"混乱的"生活时具有"足够的自由和自在"。(31)弗雷达的自由首先是詹姆斯式的脱离物质财富羁绊的自由。她"在这世上身无分文,家里没有一样好东西",(42)但物质生活的贫乏并非坏事。在《一位女士的画像》和《鸽之翼》(*The Wings of the Dove*,1902)中,伊莎贝尔和米莉·希尔(Milly Theale)共同证明:越富裕,越无法享受自由。实际上,弗雷达的艺术鉴赏力也许正来自她的公正无私。所谓真正能够欣赏美的人,应该放弃"法律意义上虚幻的拥有行为",转向"能体现欣赏的真正精神的行为"。②用阿诺德的文化理论考量,詹姆斯正是在弗雷达身上寄

---

① 阿诺德在重视希伯来精神的同时,更加强调希腊精神中对自由和完美的追求。并且他批评非利士人"大兴希伯来风气","迷恋工具和手段"。马修·阿诺德,韩敏中译,《文化与无政府状态》,北京:生活·读书·新知三联书店,2002 年,第 115 页、233 页。

② Venon Lee, "Art and Life," in *The Eclectic Magazine of Foreign Literature*, *Science*, *and Art*, Vol. 64, 1896, New York: Leavitt, Trow, & Company, 1896, p.169.

托了希腊精神的这一精髓:"让意识更自由地发挥作用"。[1]

与此同时,弗雷达的欣赏能力也和詹姆斯(以及阿诺德)对维多利亚时代后期文化庸俗化的担忧、对工业社会发展"复制品"的担心一脉相承。在小说中,格瑞斯夫人最害怕莫娜用某些"按照'方便'的庸俗现代理念制造的东西"替换"博因顿珍藏品",(45)比如"比当地(建筑)更加丑陋的纪念品"(37)。而把藏品和沃特巴斯的装饰物混合在一起,简直是一场噩梦。因为如果说"历史"为收藏品所用,那么"工具性"的纪念品(souvenir)就试图将"现在包裹于历史之中",纯粹成为一种替代品。[2]作为商品的纪念品用于交换和流通,属于应用艺术制品(applied arts),藏品却具有独特的自我存在,是艺术品。应用艺术制品的价值在于功能性和实用性,而藏品的价值在于其象征性和自治性。而这种代表文化的藏品显然正面临危机。不仅是将物品视为高价"家具"的欧文,还有将物品当成身份地位象征的莫娜都无法留住"博因顿珍藏品",甚至珍藏品的收藏者和守护人格瑞斯夫人也不能摆脱将物视为人的所有物和附属品的思维,不能完全理解代表纯粹文化理想的博因顿。詹姆斯借弗雷达之口轻讽道:"'物'(thing)当然是世界的全部;只不过对格瑞斯夫人来说,世界的全部就是罕见的法国家具和东方瓷器。她不费吹灰之力就能想到别人不'拥有',但是她无法想象有人居然不想要或者不需要。"(49)而詹姆斯最终要通过弗雷达展示的恰恰就是这种"不想要或者不需要"藏品的态度。因为如果说"物品"一词强调的是其"流通性"和"可解释性",

---

[1] 马修·阿诺德,韩敏中译,《文化与无政府状态》,北京:生活·读书·新知三联书店,2002年,第203页。

[2] Susan Stewart, *On Longing: Narratives of the Miniature, the Gigantic, the Souvenir, the Collection*, Durham, NC: Duke University Press, 1993, p.151.

第五章 藏品:《博因顿珍藏品》

表达为物品依附于人类的"商业和象征价值"及"知识",那么詹姆斯所选用的"物"就显然更为"孤独、直白、不言而喻",有时候甚至"朝着我们相反的方向飞离"。①这种脱离人类价值体系的性质让物获得了某种自治(autonomy),也就是新物质主义批评所强调的物的内核主体性。②正如弗雷达在欧文和莫娜结婚后认识到的那样,"它们曾经可能属于她,它们也许仍然属于她,它们也许已经是别人的——所有的这些想法对她来说都不足为道。它们不属于任何人:不像卑劣的动物和人类,它们那么骄傲,不可能简化成如此狭隘的观念"。(194)

早在"博因顿珍藏品"被烧毁之前,弗雷达已经逐渐认识到这些藏品已经超越了其物质价值,也并不从属于人的主观意愿。藏品在第三次转移前就已经获得一种形而上的存在,或者说一种"缺席的在场"(absent presence)。要知道,在格瑞斯夫人把藏品送还博因顿之后,弗雷达就并不觉得真的失去了它们:"那些旧东西又悄悄地回来了。她张开双臂问候它们;一个小时接着一个小时地想着它们。"(193)"博因顿的荣光"在她眼前复原,它们完整

---

① Jonathan Lamb, *The Things Things Say*, Princeton: Princeton University Press, 2011, p.xi.
② 布朗在书中详细分析了"物品"和"物"的对立和联系。"物的自治"用于强调物作为"自治存在"(autonomous being)的特性。在布朗看来,"物性"(thingness)既有可能有形(physical),也可能是无形的(metaphysical),来自主体(subject)和客体/物品(object)相遇互动时感知到的脱离主体定义体系的物品物性。在物品变成物的时候,在其显露物性的一刻,物品得以脱离既定语境,获得新的意义和价值。Bill Brown, *Other Things*, Chicago: University of Chicago Press, 2015, p.19 - 24. 此外,奥托(Thomas J. Otten)也提供了解读《博因顿珍藏品》的新物质主义路径,不过其关注点在于主体的人通过"触摸"感知客体的物品。详见 Thomas J. Otten, *A Superficial Reading of Henry James: Preoccupations with the Material World*, Columbus: Ohio State University Press, 2006, pp.39 - 59。

地浮现于她的脑海,她甚至"不需要清单",也能一个个将它们记起,每一件都是"完美无比"的。(194)这种特殊的记忆力在引入罗斯金对物和想象力的理论之后更加容易理解。罗斯金提出,人对某种质料物品(material object)的知识分为两种形式,一种以"语言模式"存在,是人所"知晓"但并没有"构想"的。也就是说,这些物我们"可能在(对某种东西)完全没有概念的情况下想起来"。另外一种以"可视模式"存在,以"幻象或物的意象"的形式出现在人的头脑中。后一种"可视模式"被称为"设想"(conception)。①再联系弗雷达之后对莫娜的评价:莫娜之所以想拥有"博因顿珍藏品",是因为她用"耳朵"判断而非"眼睛"。(206)两相对比不难发现,莫娜对藏品的了解属于"语言模式",也就是她听闻的别人口中的印象。而弗雷达拥有可贵的"可视模式",也就是一种视觉记忆——"既可以看到,也可以感受到……流光四溢"的物,但别人"只能感受到,但看不到"。(31)她意识到自己虽然失去了"博因顿珍藏品",但通过这种"设想",对其的"爱和记忆不减反增"。(193)不仅如此,弗雷达的"设想"还不是一种普通的想象能力,而更接近于罗斯金所提倡的艺术家"想象力"。这种想象力是一种"更高级的能力",被称为"联想性想象力"(associative imagination),其特别之处体现为"创造性",就像从万千"材料"中拣选出特定的几种重组成新的整体。②在格瑞斯夫人一无所有的

---

① 作为维多利亚中期最为著名的艺术批评家,罗斯金影响了一代作家和批评家,其中就包括詹姆斯。罗斯金对詹姆斯的影响集中展现在他出版于 1909 年的游记《意大利风情》(*Italian Hours*)中。罗斯金对想象力的论述集中于《现代画家》第二卷(*Modern Painters*, 1860)。John Ruskin, *The Works of John Ruskin*, Vol. 4, eds. E. T. Cook and Alexander Wedderburn, New York: Longmans, Green, And Co., 1903, pp. 229 - 230.

② Ibid., pp. 150 - 151.

第五章 藏品:《博因顿珍藏品》

瑞克斯,她展示了这一"联系性想象力"。虽说这里仅剩下原主人的一些细碎的收藏品(格瑞斯夫人口中"不幸的物件"),在弗雷达眼前却化身为"美丽的物品"。(202)这种感受超越了物的物质性,"不可能存在于藏品清单"之中,而是关于美的"印象",是一种"第四维空间"。(203)这种"第四维空间"近似"联系性想象力"对外部物质世界的再创造。①如詹姆斯所言,如果说生活具有"包容性和混乱性",而艺术需要"鉴别力和选择性",(23)那么,弗雷达拥有的"联系性想象力"让她不仅能在回忆里重现藏品,还能触摸其超越物质性的本质。

詹姆斯拒绝加入作为财产/所有物的"博因顿珍藏品的争夺,这一立场在"博因顿珍藏品"消失(第三次转移)时显露无遗。缺乏物质细节的藏品终于在第三次转移后消失殆尽,这不仅符合詹姆斯对物质追求的淡然态度,②更表明了他对物的自治的洞察。最后,以"马耳他十字架"为代表的"博因顿珍藏品"的消失,顺理成章地给弗雷达上了关于物的自治的最后一课。"马耳他十字架"是"一枚小而异常精美的象牙十字架",堪称藏品中的"精华"。(82)小说最终章中,欧文婚后给弗雷达写了一封信,想在"博因顿珍藏品"中选一件"最美、最珍贵"的物品送给她,作为一种"纪念",并建议了"马耳他十字架"。(208)由此,小小的一枚"马耳他

---

① 第四维空间(Fourth dimension)是维多利亚后期流行的空间理论,并且对包括詹姆斯在内的同时代作家(特别是科幻小说家)有着广泛的影响力。具体参考 Elizabeth L. Throesch, *Before Einstein: The Fourth Dimension in Fin-de-Siecle Literature and Culture*, London: Anthem Press, 2017, pp.37 - 39。

② 此外,正如米莉森特·贝尔(Millicent Bell)所说,不论詹姆斯是不是记得有关博因顿的具体装饰,最重要的是"他更愿意压制而非展开这些细节",这呼应了小说的主题——"生活中是选择卷入追求物质的漩涡还是疏远物质追求"。Millicent Bell, *Meaning in Henry James*, Cambridge, MA: Harvard University Press, 1991, p.207.

十字架"聚集了物的多重身份:它曾是格瑞斯夫人最为珍视的收藏品,后来成为欧文和莫娜的财产,此时又成为欧文感情的象征物。弗雷达心动了,她的心动自然并非出于物质占有欲,因为在欧文提出让弗雷达在"博因顿珍藏品"中任选一份作为礼物时,"马耳他十字架"已经脱离了其物质价值,转而成为二人感情的承载物。她将"拥有他赠予她的某件华美的东西"当作欧文"欲望的标志"。(209)当然,正如欧文无法真的回报弗雷达的真情一样,欧文赠送"马耳他十字架"的愿望最终落空。

当弗雷达经过一番挣扎决定去博因顿挑选一件珍品时,藏品适时在她眼前毁灭了。评论家对这一安排有两种截然相反的解读。一种看法认为,大火代表弗雷达的煎熬和牺牲,因为弗雷达由始至终都不期待得到任何物质回报;另一种看法认为大火是对弗雷达的惩罚,原因是她总归是希望得到"马耳他十字架"才去了博因顿的。[1]弗雷达确实是为获得"马耳他十字架"而去,但詹姆斯并非为了惩罚她,因为弗雷达只是远远地看到火光和烟雾,就乘七分钟后的下一班火车离开了。她问火车站服务员:"博因顿真的没了吗?"对方回答:"小姐,还能怎么形容呢? 如果它们不是真的得救了。"(213)[2]"博因顿珍藏品"在现实中灰飞烟灭,表面上是因为没有足够的人手灭火,不可挽回。但"真的"原因是什么呢? 詹姆斯告诉读者,无论是将物视为财产权益的欧文,将物看作物质和地位象征的莫娜,将物当成全部人生的收藏家格瑞斯夫人,

---

[1] Arnold Goldsmith, "The Maltese Cross as Sign in *The Spoils of Poynton*," in Renascence, Vol. 16, No. 2 (Winter 1964), pp. 73 - 77. Nina Baym, "Fleda Vetch and the plot of *The Spoils of Poynton*," in PMLA, 84 (January 1969), pp. 102 - 111.
[2] 这里初现詹姆斯后期著名的"剧场式结尾"(scenic ending)的端倪,其主要特点是作者不做评价,以主要人物间的对话结束故事。

第五章 藏品:《博因顿珍藏品》

还是此时想要将物作为情感寄托的弗雷达,都不能真的理解和拥有藏品。我们最好不要去拥有物,没有任何人、任何"个人权力"可以凌驾于"博因顿珍藏品"之上。(194)这一刻,弗雷达也许认识到了这一点,因此很快平复心情,离开现场。藏品"无法真正开口说话",但通过弗雷达的思想和行动,它们的"奇思妙想"有了表达的途径。(29)詹姆斯的读者们(尤其是热衷于收藏古物的维多利亚人)也和我们一样,终于意识到"物品的本体,物的'物性'在(他们)文化中是多么微不可见了"。①而藏品的价值不在于其功能性或象征性,而在于其内在的物性。"物品消失"之时,也是其"物性"展现之际,物获得了某种"形而上的存在"。②它们不属于任何人,自有其骄傲,"只有博因顿是它们的,它们只不过是找回了自己"。(194)只有这时,只有物品不再囿于人的意志和价值判断之时,物才能真正"发光"。(31)③在火光中,詹姆斯告诉我们,无论《已婚妇女财产法》,还是"庸俗"的审美品位,或者弗雷达的牺牲和爱情,都无法限制"博因顿珍藏品"所代表的物的自治。

---

① 萨沃伊(Eric Savoy)认为,小说中对物的"神圣性"的强调,证实了詹姆斯的现代主义写作技巧:"从描摹具体事实的现实主义转到模糊、玄奥的印象主义。"Eric Savoy, "The Jamesian Thing," in *The Henry James Review*, Vol. 22, No. 3 (Fall 2001), p. 271, p.274. 此外,布朗也强调《博因顿珍藏品》的特别之处在于物作为一种"具象的抽象化",让"人际关系成为表达物的媒介"。Bill Brown, *A Sense of Things: The Object Matter of American Literature*, Chicago: University of Chicago Press, 2003, pp.153-154. 事实上,近年来詹姆斯批评在理论上出现"转向",越来越关注他超越同时代作家的"特异性"(strangeness)。其中的例子之一就是其对物质主义和物质世界的态度,区分物品和"不可言喻的物"的差异性。Gert Buelens, "Recent Criticism (since 1985)," in *Henry James in Context*, ed. David McWhirter, Cambridge: Cambridge University Press, 2010, pp.440-441.
② Bill Brown, *Other Things*, Chicago: University of Chicago Press, 2015, p. 281.
③ 詹姆斯在前言中喜欢用 radiant, light 这些词来形容大写的物(the Things),这也许隐射了小说的结局。

第六章
礼物:《一支埃及香烟》

1900年4月,《一支埃及香烟》发表于《时尚》杂志第15卷第16期。这是凯特·肖邦在《时尚》发表的倒数第二篇短篇故事。其主人公"吸烟"的行为看似不太符合《时尚》代言纽约上层社会时髦生活的出版宗旨,但很有可能代表着其第一任主编约瑟芬·瑞丁(Josephine Redding)的个人品位。在肖邦的众多经典短篇小说中,《一支埃及香烟》的受欢迎程度无法和《德蕾西的婴孩》("Désirée's Baby", 1893)、《一小时的故事》("The Story of an Hour", 1894)、《一双丝袜》("A Pair of Silk Stockings", 1897)等相提并论;但在新女性研究的领域里,这篇"描写吸食一支含有鸦片成分的黄色香烟而进入性幻境"的故事被认为是肖邦最具代表性的"新女性"故事。肖沃特在编写新女性写作选集时就将它放在首篇。①

小说的故事非常简短,充满神秘色彩。女主人公"我"收到男性友人从埃及带回来的一盒香烟作为礼物。在吸了一支香烟之

---

① 其他入选作家包括当时非常有名的新女性小说家,比如乔治·伊格顿(George Egerton)、奥利弗·施赖纳和吉尔曼(详见 Elaine Showalter, ed., *Daughters of Decadence: Women Writers of the Fin-de-Siècle*, New Brunswick: Rutgers University Press, 1993, p.vii)。

后,"我"坠入支离破碎的梦境或幻境:在沙漠里,"我"试图挽回一位决定再次离开的爱人。梦境末尾,"他"骑着骆驼,再不回头,"我"陷入了一种濒死的痛苦之中:"尝到了人生最绝望的滋味"。[1] 十五分钟过后,主人公回到现实,恢复清醒后,扔掉了剩下的五支香烟。评论家注意到,肖邦在完成《一支埃及香烟》之后,就开始了《觉醒》(*The Awakening*)的创作,因而他们很自然地将其视为《觉醒》的练笔,或是"第一版"。[2]确实,不光是梦境中的女主人公和艾德娜都体会了为爱抛弃一切却得不到回应而陷入绝望的困境,就连梦境中"我"和艾德娜自杀时的内心感受也非常相似:当两位女主人公回顾自己的人生,都曾幻想一只鸟在空中飞翔、盘旋,并走入水中,最后感到某种平静。

但除了上述相似的意象,我们更应当注意到《一支埃及香烟》和《觉醒》的不同。首先,作为一篇短篇故事,《一支埃及香烟》的结构更加紧凑,整个故事围绕女主人公吸食一支香烟的体验展开。其次,"我"和艾德娜也非常不同。"我"虽然在故事开头主动吸食香烟(或可认为和艾德娜的"觉醒"相似),在故事结尾却放弃了抽烟这一行为。但《觉醒》所讲述的新女性故事(和大部分经典新女性小说一样)是一个自我意识苏醒的女性在现实中以悲剧收场的故事。这给新女性的解读提出了很大的挑战:"我"真的是一名离经叛道的新女性吗?文本中的细节显然对这一解读设置了不少障碍。比如,如果"我"是用吸烟反抗男权的新女性,那么,我为什么在男性友人邀请我吸烟的时候主动选择避开人群?为什么在香烟制造的幻境中,身为新女性的"我"对决定离开的爱人卑

---

[1] Kate Chopin, "An Egyptian Cigarette," in Kate Chopin, *A Vocation and a Voice: Stories*, ed. Emily Toth, New York: Penguin, 1991, p.70.

[2] Mary E. Papke, "Kate Chopin's Social Fiction," in *Kate Chopin*, ed. Harold Bloom, New York: Infobase Publishing, 2007, p.57.

微到失去自尊？为什么在恢复理智之后，"我"又决定毁掉剩下的香烟？本章从新的物质文化批评的角度出发，将关注点放在物的流动(things in motion)上，以修正对这一故事简单的新女性解读，并试图揭示香烟身上承载的更为丰富的政治文化内涵。

一、商品还是礼物？

一直以来，商品就是物质文化研究的焦点。[①]而新的物质文化研究越来越多地将关注点从商品转移到物(thing/object)身上。研究者们早已认识到，在西方传统(尤其是西美尔和马克思关于商品价值的论述)中，物通过交换获得经济价值从而成为商品，又因商品消费获得某种社会文化的象征意义这一点被夸大了。[②]我们对"物在具体的历史语境中的流通"重视不足，而物的意义恰恰

[①] 伊恩·伍德沃德(Ian Woodward)在《理解物质文化》(*Understanding Material Culture*)一书中回顾了物质文化研究的学科历史，提出现代社会学、消费行为的市场和心理学、消费研究和新的人类学都非常关注商品。Ian Woodward, *Understanding Material Culture*, Los Angeles: Sage Publications, 2007, pp.17-26. 另外，著名物质文化研究学者丹尼尔·米勒早期多是研究商品和消费，其代表作是《物质文化和大众消费》(*Material Culture and Mass Consumption*, 1987)，最近也转向了物和物质性，如《物质性》和《物的慰藉》。

[②] 人类学家阿帕杜莱编辑并撰写导论的文选《物的社会生活：文化视域下的商品》因为对商品多元属性的论述，强调物的动态流通而受到关注。当然，阿帕杜莱并没有像当代的新物质主义批评家那样旗帜鲜明地反对人类中心主义，提倡物的能动性(agency)。他的贡献在于方法论的转变。其最为广泛引用的观点是，"商品和人一样，也有社会生活"，在探究物在社会中的流动时，我们不应该再问"商品是什么"，而是要确定"怎样的交换是商品交换"。这是一个关键性的问题，因为我们尤其要注意无法用经济价值来衡量的交换行为。Arjun Appadurai, "Introduction: Commodities and the Politics of Value," in *The Social Life of Things: Commodities in Cultural Perspective*, ed. Arjun Appadurai, Cambridge: Cambridge University Press, 1988, p.3, p.5, p.9.

第六章　礼物：《一支埃及香烟》

存在于"其形式、用途和轨迹"中。[①]这种从关注人类行为如何赋予物以意义到观察"流动中的物",从物来反观人类社会事务和考量方式的研究方法其实是对片面强调物的经济价值的"商品拜物教"的反拨,是把商品从生产者和劳动者的封闭圈子中解脱出来。[②]那么,应该怎样分析"流动中的物"从生产到交换(分配)再到消费的运动"轨迹"呢？为物做传记的方法提供了一些具体的研究问题："物从何而来,由何人创造？迄今为止,物经历了怎样的生涯轨迹？""在物的'生命'中,有哪些被认可的'年龄'或阶段？这些是由哪些文化符号所表明的？""物的用途如何随着时间改变？而当其不再有用之时,又会发生什么？"[③]新的物质文化研究主张,当物在不同文化、个人之间流动时,往往会不断被重新定义。而正是在这种物的流动中,文化的逻辑压制了商品的逻辑,物的意义溢出了经济价值。

让我们试着以此勾勒出"一支埃及香烟"最初的运动轨迹。这支香烟一开始是存在于礼物交换的异国背景中的。一位开罗僧人将一盒香烟赠送给到埃及旅行的女主人公的朋友,感谢朋友"帮忙"。(68)这位朋友回国之后,将香烟转赠给女主人公。用阿帕杜莱"流动中的物"的理论来分析香烟第一阶段的生命传记,或许可以将埃及僧侣赠送给朋友的香烟形容为处于"商品

[①] Arjun Appadurai, "Introduction: Commodities and the Politics of Value," in *The Social Life of Things: Commodities in Cultural Perspective*, ed. Arjun Appadurai, Cambridge: Cambridge University Press, 1988, p.5.

[②] Ibid., p.5.

[③] 科皮托夫提出写作"物的传记"(biography of things)的办法,目的也是从全新的角度认识物的社会生活。Igor Kopytoff, "The Cultural Biography of Things: Commoditization as Process," in *The Social Life of Things: Commodities in Cultural Perspective*, ed. Arjun Appadurai, Cambridge: Cambridge University Press, 1988, p.66.

候选阶段"(the commodity candidacy),其意义在于展示物在流动中遵循的不同文化甚至不同个体的"价值体制"(Regimes of Value)。①

现代读者或许会好奇埃及人为何郑重地把香烟作为礼物,但埃及香烟确实有其特殊之处。一方面,烟草在埃及非常普及,当地人习惯将烟草制品作为礼物。无论是水烟、烟斗、烟叶还是鼻烟,赠烟和抽烟都是他们的常见活动。人们喜欢在咖啡馆和街市抽烟,在和旅行者交往的时候用烟草作为回礼,抽烟更是成为招待客人、家人、朋友或公众聚会时的某种固定"礼仪"。②另一方面,埃及有手工制作香烟的传统,制作礼物需要消耗的时间和技艺也代表朋友的情谊。从"我"对香烟细节的描述中可以看出,故事中作为赠礼的埃及香烟显示出有别于机器生产的商品的某些个性化特点。这些香烟显然是"手工制作的",卷烟纸和烟草"都是浅黄色","切得比土耳其烟或普通的埃及烟还要好"。(68)香烟的包装进一步证实了其不同于普通商品的特点:盒子上"没有标签",也"没有印记",总之"没有任何能预示其内容的东西"。(68)在开始代替其他烟草制品而流行之初,香烟在其他国家(比如印度和中国)还是专为上层阶级享用的奢侈品,加上手工制作等因素,这一切都传达出埃及僧人的真诚和周到,似增强了赠烟行为

---

① "商品候选阶段"被定义为"能够在某个社会和历史环境中决定物的交换性(象征、类型和道德方面)的种种标准和条件",而"价值体制"则用来强调不同文化和不同社会群体所决定的具体交换环境。Arjun Appadurai, "Introduction: Commodities and the Politics of Value," in *The Social Life of Things: Commodities in Cultural Perspective*, ed. Arjun Appadurai, Cambridge: Cambridge University Press, 1988, p.14.

② Relli Shechter, *Smoking, Culture and Economy in the Middle East: The Egyptian Tobacco Market 1850 - 2000*, London: I.B.Tauris, 2006, pp.21 - 36.

中"慷慨原则"(generosity)的成分。①

那么,故事中的这盒手工香烟是不是完全体现了礼物有别于商品的情感属性呢?或者说,这盒香烟是不是仅仅就是礼物,而没有商品的特征呢?答案是否定的。我们知道,此时在美国,香烟开始代替雪茄,成为人们主要的烟草消费品。卷烟机器的发明、大量移民的涌入、香烟具有竞争力的价格和逐渐成熟的市场营销手段,都促成了香烟在美国的流行。20世纪初,当香烟生产完全实现机械化以后,美国香烟市场出现了明显的两极化:国内香烟品牌售价便宜(十美分一包),属于低端市场,属于高端品牌的香烟则从埃及进口。直到1903年,这些埃及香烟依然占美国香烟市场份额的四分之一。②事实上,在19世纪下半叶,埃及香烟制造业在近东地区确立了统治地位,并在某种程度上定义了欧美的香烟品位。③在埃及还是英国保护国的背景下,香烟作为商品的成功是绝无仅有的。这应当归功于埃及手工香烟的特殊生产方式。虽然早在19世纪80年代,卷烟机就已经被发明出来,英美的烟草制造业也实现了机械化,但人们相信,手工制作的香烟比机器制造的品质更佳,埃及香烟也因此以高品质的烟草和手工制作工艺为卖点。④此时,埃及商人从"奥斯曼帝国、埃及、巴尔干半

---

① 布尔迪厄指出关于礼物有两个对立的"真理",其主观真理强调送礼行为的无私、自愿、慷慨,也就是礼物与商品的对立,但客观真理为"互惠",礼物交换的实现则有赖于双方对"客观真理的拒绝"(详见 Pierre Bourdieu, *The Logic of Practice*, trans. Richard Nice, Stanford: Stanford University Press, 1990, p.140)。

② Richard Kluger, *Ashes to Ashes: America's Hundred-Year Cigarette War, the Public Health, and the Unabashed Triumph of Philip Morris*, New York: Knopf, 1996, p.22.

③ Nan Enstad, *The Cigarettes, Inc.: An Intimate History of Corporate Imperialism*, Chicago: University of Chicago Press, 2018, p. 17.

④ 比如,1909年"大亨"香烟的广告语是"像婴儿一样被精心照料",以突出手工香烟的优点。Jarrett Rudy, *The Freedom to Smoke: Tobacco Consumption and Identity*, Montreal & Kingston: McGill Queen's University Press, 2005, p.120.

岛"进口烟叶,经过加工生产出香烟。① 将不同种类的烟草加工混合为特定口味的烟丝、手工卷烟、香烟包装这整个香烟生产过程几乎全由手工完成。②

美国旅行者不可能不了解手工制作的埃及香烟高昂的交换价值,因为埃及香烟的特殊魅力正是借由旅行者之口传播到西方的。如果"我"的朋友确实是从开罗旅行回来,他就会留意到埃及香烟专卖店中的商品:就在《一支埃及香烟》完成的后一年,"如果你去到开罗的街道上……会看到烟草店的数量比售卖其他产品的商店多得多"。③手工制作的高端埃及香烟在数十年间成为埃及的经济支柱,是其最重要的出口商品之一。因此,埃及当地人手中的香烟看似超越了经济价值体系,不具有商品的可交换性;但当作为礼物的香烟转移到美国旅行者手中之后,在商业机械化生产和商业化程度更高的美国社会,却随时可以进入商业流通。这也验证了阿帕杜莱将礼物交换作为商品流通特殊形式的提议。④在特殊的跨国交换环境中,埃及手工香烟的流动模糊了礼物和商品的界限,显露了礼物交换的背后暗含的"统一的精神",

---

① Relli Shechter, *Smoking, Culture and Economy in the Middle East: The Egyptian Tobacco Market 1850-2000*, London: I.B.Tauris, 2006, p.55.
② 只有在切烟这一步才会用到机器。Ibid., p.88.
③ Relli Shechter, "Selling Luxury: The Rise of the Egyptian Cigarette and the Transformation of the Egyptian Tobacco Market, 1850-1914," in *International Journal of Middle East Studies*, 35 (2003), p.62.
④ 阿帕杜莱把礼物视为商品流通一个特殊阶段的主张正是受到布尔迪厄对礼物的分析的启发。也正是在这一主张下,阿帕杜莱提议探讨"物的生活的各个阶段"(详见 Arjun Appadurai, "Introduction: Commodities and the Politics of Value," in *The Social Life of Things: Commodities in Cultural Perspective*, ed. Arjun Appadurai, Cambridge: Cambridge University Press, 1988, p.13)。

即"经济上的计算"。①

二、女性的香烟

故事中的香烟作为埃及友人的赠礼完成了第一阶段的流动。有趣的是,香烟紧接着又被作为礼物由朋友转赠给"我"。故事中,朋友直接表示:"你是抽烟的人;把这个带回家吧。"(67)可见,这次送礼不同于第一次表达感谢而给予的回报,表达的应是朋友对抽烟这一习惯的态度。在香烟作为礼物的第二次流动中,"慷慨原则"压制了"互惠原则"(reciprocity),物首次脱离了经济价值交换体系的逻辑。

事实上,关于礼物交换逻辑有异于商品交换逻辑的研究也是早期礼物研究最有价值的地方。马塞尔·莫斯(Marcel Mauss)在研究原始社会的社会关系时,提出礼物交换对于维护社会的和平和秩序具有重要作用。他认为,人们送礼和收礼的交换行为意味着一种认可,并"神秘地建立起收礼者和送礼者在宗教、道德和司法上的联系"。②后世的理论家也尤其重视收礼和赠礼行为所蕴含的自由意志和慷慨精神,并将其和商品对立起来。比如,格里戈里(C. A. Gregory)指出:"商品交换建立起的是交换的客体之间可量化的关系,而礼物交换建立的是交换主体之间个人的质性

---

① Pierre Bourdieu, *Outline of A Theory of Practice*, trans. Richard Nice, Cambridge: Cambridge University Press, 1977, p. 177.
② 莫斯实际上并未放弃礼物交换所包含的经济行为(详见 Marcel Mauss, "Gift, Gift", trans. Koen Decoster, repr. in Alan D. Schrift, *Logic of the Gift: Toward an Ethic of Generosity*, New York and London: Roudedge, 1997, p.28)。

的关系。"① 作为友人给"我"的赠礼,香烟是特意挑选出来的礼物,这种挑选是一种个人意志支配下的对物的"单一化"(singularization),让其从商业化的链条中摆脱出来。②

朋友为何选择埃及香烟作为礼物送给"我"？首先,相比雪茄,香烟更让人联想到女性。这一性别内涵是和其物理形态相关的。香烟更小巧,也更易碎。而从"香烟"一词的词源来看,ette在法语中是表示阴性的后缀,意为"女性的"。法国的象征主义诗人朱尔·拉弗格(Jules Laforgue)在1881年发表了一首歌颂香烟的诗歌("La Cigarette"),把香烟直接比喻为漂亮而危险的女人。③可以确认的是,在19世纪末,香烟获得了某种确切的"女性化"含义:"香烟变得越来越流行,这对于那些吸烟斗和雪茄的更为'男人'的吸烟者来说是难以理解的。"④拥有一半法国血统的肖邦对香烟和雪茄的性别内涵差异也很清楚。⑤在《觉醒》中,艾德娜的丈夫彭迪烈先生感到心烦意乱的时候,都会点上一支雪茄。雪

---

① C. A. Gregory, *Gifts and Commodities: Exchange and Western Capitalism Since 1700*, London: Academic Press, 1982, p. 41.

② 科皮托夫在分析对抗商业化的因素时提出了"单一化"理论,认为某些情况下,一些物通过这一过程(暂时)获得了区别于经济价值的文化价值。虽然他并没有将礼物列入其中,但笔者认为故事中对香烟特殊性的描述符合他的这一概念(详见 Igor Kopytoff, "The Cultural Biography of Things: Commoditization as Process," in *The Social Life of Things: Commodities in Cultural Perspective*, ed. Arjun Appadurai, Cambridge: Cambridge University Press, 1988, pp. 73 - 75)。

③ 详见理查德·克莱恩,《香烟:一个人类痼疾的文化研究》,乐晓飞译,北京:中国社会科学出版社,1993年,第28页。

④ Matthew Hilton, *Smoking in British Popular Culture 1800 -2000*, Manchester: Manchester University Press, 2000, p.28. 从19世纪末香烟在美国流行开始,香烟就与"女性和邪恶"联系起来。参见 Cassandra Tate, *Cigarette Wars: The Triumph of "the Little White Slaver"*, New York: Oxford University Press, 1998, p.23。

⑤ 详见 Emily Toth, *Unveiling Kate Chopin*, Jackson: University Press of Mississippi, p.212。

茄是彭迪烈上层社会身份和男性气质的象征。但艾德娜更为年轻的仰慕者罗伯特吸的却是香烟，而罗伯特恰恰是一个有点女性化的年轻人，他同富家夫人交往，和艾德娜的相处模式更像她的同性伙伴。

故事中朋友的赠送是不是因为香烟有助于增添"我"的女性魅力呢？现代读者或许会联想到手持香烟、穿着性感、留着波波头、参加聚会的第二代新女性——时髦女郎（flapper）。但故事并不是发生在女性获得选举权之后的20世纪20年代。与之相反，朋友应当清楚女性吸烟在当时所面临的社会困境，因为在19世纪最后十年，女性吸烟是非常有争议的行为。[1]其实，在19世纪之前，欧美社会对女性消费烟草并无偏见。但随着维多利亚社会的发展，"烟斗、雪茄和烟叶"越来越成为男性气质的一部分。[2]吸烟和喝酒一样，成为男性独享的放松方式。王尔德在《道林·格雷的画像》（*The Picture of Dorian Gray*, 1891）中借亨利勋爵之口说："你必须吸一支香烟。香烟是一种完美享乐的完美代表。"[3]专为吸烟准备的吸烟室只对男性开放，它不仅是对"两分领域"理念的绝佳诠释，更是男性社交的重要场合。而与之相对，1900年的《哈珀周刊》（*Harper's Weekly*）这样总结美国社会对女性吸烟的看法："当今受人尊敬、举止优雅的美国女性很少吸

---

[1] 伴随19世纪烟草史上最重要的"烟草消费的性别基础"变化，香烟渐渐从标志男性气质，变为新女性实现自由独立的手段，进而成为优雅女性魅力的一部分，并得到社会大众认可（详见 Jordan Goodman, *Tobacco in History: the Cultures of Dependence*, London: Routledge, 1993, p.104）。

[2] 据统计，直到1924年，女性吸烟者也只占全美吸烟者的5%。五年后，这一比例增加到20%。在"二战"之后，女性吸烟者数量剧增（详见 ibid., pp.104-105）。

[3] Oscar Wilde, *The Picture of Dorian Gray and Three Stories*, New York: Signet Classics, 2007, p.80.

烟……我们女性普遍认为,女人吸烟是粗俗的行为。"①优雅的淑女是不能吸烟的,"吸烟和受人尊敬本身就自相矛盾"。②当时的医学也表明,吸烟对女性的生育器官有害。在维多利亚社会崇尚节俭、自律的道德观的衬托下,吸烟逐渐和享乐主义、游手好闲等印象联系在一起,女性吸烟者更是被贴上道德堕落的标签,在公共场合吸烟的女性甚至有可能被逮捕。③总之,普遍的看法是,吸烟的女性很有可能是只顾享乐的"坏女人",她们生活随意,不负责任,不顾家庭,是社会稳定和道德的威胁。因此,19世纪的女性吸烟者非常少见,女性吸烟的场合也局限于小范围的聚会或个人空间。

这一次,香烟作为礼物,以非商品的形式、不求回报的姿态转移到"我"手中,远离了其商品性,完全成为朋友美好情谊的载体。用爱默生的话来说,这盒香烟是传达"赞美和爱"的礼物,包含着送礼者的精神性,以及他的品位和好恶。④ 在世纪之交女性吸烟素有争议的背景中,朋友赠送香烟的举动告诉读者,他不仅了解"我"的喜好,也认可"我""可能的"新女性身份。因为在19世纪90年代,吸烟确实是激进的新女性才敢于尝试的行为。她们认为"'解放'在主流文化看来意味着拥有像男性一样的行为(吸烟)的

---

① 转引自 Kerry Segrave, *Women and Smoking in America*, 1880-1950, Jefferson: Mc-Farland and Company, 2005, p.27。

② Matthew Hilton, *Smoking in British Popular Culture 1800-2000*, Manchester: Manchester University Press, 2000, p.141.

③ 1895年,华盛顿特区的某个警察局以妨碍"城市安宁、平静和秩序"为由,逮捕了一名在街上吸烟的女性。Kerry Segrave, *Women and Smoking in America*, 1880-1950, Jefferson: Mc-Farland and Company, 2005, p.33。

④ Ralph Waldo Emerson, "The Gift," in Ralph Waldo Emerson, *Nature and Other Essays*, New York: Dover Publications, 2009, p.120.

能力和机会"。[①] 吸烟的女性不再是顺从、柔弱的房中天使,而是获得了男性吸烟者所有的一些特征,比如"智性、活跃的性欲和体格的力量"。[②] 在新女性代表作家维达(Ouida)的畅销书《两面旗帜下》(*Under Two Flags*, 1867)中,女主人公干脆就名叫"香烟"。她是军队中的假小子,爱吸烟爱喝酒,但也有能力和体力,被男人视为同僚。维达表明,吸烟是女主人公"香烟"反抗社会传统的途径。正是因为吸烟是男性享受的特权,"香烟"特别渴望在公共场合打破这一禁忌,"藐视身为女性的厄运……用烟气把这一命运一把烧掉"。[③]新女性"香烟"的这一宣言和《一支埃及香烟》中的"我"从幻境中挣扎苏醒后的感受有异曲同工之意:"几个世纪的重担好像要窒息我的心灵,我的心挣扎着想要逃脱,想要自由和呼吸。"(70)

三、艺术家的香烟

正是这样,香烟从埃及僧侣表示感激的特殊谢礼成为朋友认可"我"的身份和追求的含蓄表达,完成了其社会生活的第二阶段。随后,香烟成为"我"的所有物,探究其消费方式和使用价值

[①] Lorraine Greaves, "Smoke Screen: The Cultural Meaning of Women's Smoking," in *High Culture: Reflections on Addiction and Modernity*, eds. Anna Alexander and Mark S. Roberts, Albany: State University of New York Press, 2003, p. 267.

[②] Penny Tinkler, "Sapphic Smokers and English Modernities," in *Sapphic Modernities: Sexuality, Women and National Culture*, eds. Laura Doan and Jane Garrity, London: Palgrave Macmillan, 2006, p. 79.

[③] Ouida, *Under Two Flags: A Story of the Household and the Desert*, Vol. 2, London: Chapman and Hall, 1867, p.157.

是追寻香烟流动轨迹的下一步。故事中,当朋友邀请"我"马上点上一支烟时,"我"却毫不犹豫地拒绝了,理由是"这里的有些女人讨厌香烟的味道"。(68)接着,"我"请求使用朋友的吸烟室。吸烟行为发生的地点为书写香烟"传记"提供了关键线索。

新女性评论家瑞奇(Charlotte Rich)认为故事发生在妇女俱乐部,以此佐证"我"是典型的新女性。[1]但"这里"可能并不是肖邦熟悉的妇女俱乐部。因为"我"很快请求单独使用"建筑师"隐蔽的吸烟室。在那里,"我"感到非常舒服,庆幸自己得以"逃脱女人们喋喋不休的唠叨"。(68)通过"我"收到香烟后的一系列反应,肖邦隐晦地透露了"我"的顾虑。"我"应该清楚女性吸烟是极具争议性的行为,甚至在女性运动中,对之都存在反对意见。从1892年开始,基督教妇女禁酒联合会就组织了数次全国范围内的反吸烟请愿活动,目标是从立法层面禁烟。而就在《时尚》杂志刊登《一支埃及香烟》的同一版面上,编辑介绍了由主妇和母亲主导的禁酒运动的细节。据此可以推断,这些反对吸烟的女性代表了故事中"我"所顾忌的"讨厌香烟的味道"的女人们。

的确,在19世纪末,美国社会反对香烟(尤其是女性吸烟)的呼声高涨。除了众所周知的原因,比如烟草中的尼古丁有害健康,或者是吸烟助长享乐主义态度、危害社会道德等,对19世纪末美国社会影响力巨大的社会达尔文思想也让禁烟运动走入了公众视野。社会达尔文学者普遍认为,烟草(和酒精一样)是会引起基因改变的"种族毒药",会造成不育。[2]因为香烟对身体柔弱的

---

[1] Charlotte Rich, "Kate Chopin," in *A Companion to the American Short Story*, eds. Alfred Bendixen and James Nagel, Malden: Wiley-Blackwell, 2010, p.166.

[2] Cassandra Tate, *Cigarette Wars: The Triumph of "The Little White Slaver"*, New York: Oxford University Press, 1998, p.21.

女性伤害巨大，作为进步时代的健康改革领导者之一的凯洛格（John Harvey Kellogg）医师甚至特别提出，"在文明国家，女性从不像男性那样喜欢吸烟"。[1]熟读赫伯特·斯宾塞和赫胥黎著作的肖邦不可能不了解这些情况。[2]另外，在1898年春天，肖邦的四儿子弗雷德里克（Frederick Chopin）参加了美西战争。战争之后，不少美国媒体总结了西班牙战败的教训，将香烟作为主要原因之一。其大致观点是，西班牙人对香烟的普遍喜爱导致了"他们现在的衰退"，如果西班牙实行全面禁烟，他们也不会败得这么惨。[3]

在美国社会各种针对香烟的反对声音的约束之下，"我"选择独自点燃一支香烟。但"我"的吸烟行为很可能不是为了公开表明新女性的政治诉求，反而是出于对香烟的由衷喜爱。如前所述，新女性抽烟主要是以一种仪式性来建构自己反叛或浪漫的形象，香烟是她们自由的"许可证"，象征着"不受限制地生活的权利"。[4]因此香烟和灯笼裤、自行车一样，在很大程度上都代表着新女性自由表达女性情感和欲望、打破"两分领域"的态度。新女性是否喜欢抽烟反而并不重要。但故事中的"我"和肖邦一样，都很

---

[1] John Harvey Kellogg, *Tobaccoism, or How Tobacco Kills*, Battle Creek: The Modern Publishing Co., 1922, p.120.

[2] 肖邦非常熟悉达尔文的进化论和物竞天择之说。关于《觉醒》中体现出来的达尔文对肖邦的影响，参见 Bert Bender, "The Teeth of Desire: *The Awakening* and *The Descent of Man*," in *American Literature*, Vol. 63, No. 3 (September 1991), pp. 459–473。关于肖邦阅读的进化论著作，详见 Per Seyersted, *Kate Chopin: A Critical Biography*, Baton Rouge: Louisiana State University Press, 1969, p.85。

[3] Cassandra Tate, *Cigarette Wars: The Triumph of "The Little White Slaver"*, New York: Oxford University Press, 1998, p.20.

[4] Lillian W. Betts, "The New Woman," in *The American New Woman Revisited: A Reader 1894–1930*, Martha H. Patterson, New Brunswick: Rutgers University Press, 2008, p.135.

享受吸烟的乐趣:肖邦二十多岁时就学会了抽烟,还喜欢自己用烟纸手工制作香烟,并在紧张或难过的时候用吸烟排解压力。她了解美国社会对女性吸烟者的反对意见,小心翼翼地将这一习惯维持在某一范围内:在访谈中对抽烟概不评论;有不抽烟的朋友来拜访,也从不当面展现这一爱好。①

此外,"我"主动要求单独去朋友的吸烟室这一举动也有悖于新女性的身份。因为在"一战"之前,女性当众吸烟释放的公开反叛信号是最强烈的。那些敢于用吸烟的行为打破性别规定、走出封闭领域的更为激进的新女性在吸食香烟的时候并不会选择回避人群。要解决香烟对"我"的意义这一谜题,我们可以转向肖邦本人对吸烟的评价。在《一支埃及香烟》出版的前一年,她曾经解释过为什么拒绝公开回答"你是否抽烟"这一问题(其本质同故事中的"我"拒绝公开吸烟类似):如果本人抽烟,在"聚会"上"公开宣布"却是不合适的;如果声称本人不抽烟,又会让人考量其"艺术的操守",因为拒绝吸烟的态度会招来艺术家同行对她的"藐视"。②的确,敢于在公开场合吸烟的新女性确实寥寥无几,但手持一支香烟在当时几乎成为作家的标配。因此,与其将"我"作为新女性的典型,不如将"我"抽吸香烟的行为与肖邦作为作家的艺术观和艺术追求联系起来。③

---

① Emily Toth, *Unveiling Kate Chopin*, Jackson: University Press of Mississippi, 1999, p.72, p.163.
② 肖邦用的是"行会"(guild)一词,暗示吸烟是作为艺术家的必备素质。Per Seyersted and Emily Toth, eds., *A Kate Chopin Miscellany*, Natchitoches: Northwestern State University Press, 1979, p.320.
③ 帕普克(Mary E. Papke)在评论《觉醒》和《一支埃及香烟》的时候也提道,故事中的"我"和"女性作家"肖邦相似,并且同她一样具有强大的"自制力"。Mary E. Papke, "Kate Chopin's Social Fiction," in *Kate Chopin*, ed. Harold Bloom, New York: Infobase Publishing, 2007, p.57。

第六章 礼物:《一支埃及香烟》

对"我"来说,香烟的价值并非体现在其象征意义上,而在于使用和消费,点燃香烟是期待获得某种"灵感"和"幻觉"。(71)虽说故事并未透露"我"的职业,但其第一人称的视角本身就暗示了"我"的作家身份。这个故事只能是"我"写成的,而"我"在香烟的影响下希望如实记录下的梦境也可被视为某种文学想象和创作。从强调个性和情感的浪漫主义开始,烟草因为成分中含具有镇定功效的尼古丁,就受到了作家的青睐。在19世纪中期,香烟的魔力经过不断的放大和解读,逐渐被认为是艺术灵感的重要来源。香烟所蕴含的创造力在《一支埃及香烟》中也很明显:"我深深地吸了一口埃及香烟。"(68)这里,肖邦没有用更加中立的inhalation一词表达吸烟,而是用了inspiration,后者常用的意思便是"启发灵感"。在"我"吸了一口烟之后,"灰绿色的烟雾形成小而饱满的圆柱形烟圈上升、扩散,好像充满了整个房间",于是我又吸了一口。(68)这个"我"的形象几乎和马奈(Edouard Manet)画笔下的诗人马拉美(Stephane Mallarme)重合。① 在《斯特凡·马拉美画像》中,马拉美一手插在口袋里,另外一只手拿着香烟,香烟下面是摊开的笔记本,房间烟雾缭绕,好似"烟雾上升的云圈"(而不是诗人的笔——诗人手中也并没有笔)"'写了'一首诗,带来灵感"。②

这支埃及香烟给"我"带来的影响非常强烈,似乎远远超过了普通香烟的功能——如果叙述者没有夸张的话。在吸了一口香烟之后,叙述者马上感受到"一股微妙、令人不安的暗流冲刷过我

---

① 画像完成于1876年,名为《斯特凡·马拉美画像》。
② Benno Tempel, "Symbol and Image: Smoking in Art since the Seventeenth Century," in *Smoke: A Global History of Smoking*, eds. Sander L. Gilman and Zhou Xun, London: Reaktion, 2004, p.210.

的整个身体",然后"涌入我的脑中"。(68)然后,"我"的意识显然开始模糊了。肖邦特意用对枫树叶子的细节描写来暗示读者。之前,"我"在进入吸烟室时,注意到窗外的"枫树叶子在午后的阳光下闪闪发光";但此时,枫树叶子变得模糊了,"就像被朦胧的月光罩住了一样"。正是因为这些细节,不少评论家都认为这支来自埃及的香烟含有某种毒药(鸦片或大麻)。[①]不过,无论这支香烟是普通烟草还是含有麻醉成分,都对艺术家具有莫大的吸引力。从浪漫主义诗人柯勒律治到"鸦片服用者"德·昆西,从每天喝五十杯咖啡的巴尔扎克,再到歌颂"烟斗"的象征主义诗人波德莱尔,作家们公开展示包括香烟在内的麻醉药物的魔力。德里达甚至断言,16、17世纪的现代文学的发展过程与欧洲"药物(主要是'咖啡、烟草')上瘾史"是"同步的":吸烟对艺术家来说,就是"激发灵感的方法"、召唤"幽灵"的技术。[②]当时的人们相信,香烟拥有某种特别的神秘主义的能量,能够启发艺术无意识,最大限度地解放作家们的创造力。香烟在本质上与艺术创作这种"(非真实的)的行为"之间有着特殊的联系。

[①] 肖沃特在介绍《一支埃及香烟》时,将香烟形容为"黄色的鸦片香烟"。参见 Elaine Showalter, ed., *Daughters of Decadence: Women Writers of the Fin-de-Siècle*, New Brunswick: Rutgers University Press, 1993, p.xi. 笔者认为,无论是其形成的有别于普通香烟的"灰绿色的烟雾"(大麻具有标志性的绿色),还是故事中描述的醉酒的感觉,都和大麻进入血液系统后的反应一致。另外,埃及,作为大麻治疗精神疾病的药用价值首先得到证实的地方,正是大麻进入西方社会的两大主要渠道之一(另外一个是英国的殖民地印度)。*Marijuana Decriminalization: Hearing Before the Subcommittee to Investigate Juvenile Delinquency of the Committee on the Judiciary*, Vol. 2, U.S. Senate, Washington, DC: GPO, 1977, p.515.

[②] Jacques Derrida, "The Rhetoric of Drugs," trans. Michael Israel Alexander, in *High Culture: Reflections on Addiction and Modernity*, eds. Anna Alexander and Mark S. Roberts, Albany: State University of New York Press, 2003, p. 27.

第六章 礼物:《一支埃及香烟》

19世纪最有名的女性吸烟者乔治·桑(恰恰也是肖邦所崇拜的作家)印证了香烟的这一特殊能力。乔治·桑毫不避讳自己对烟草(无论是雪茄还是香烟)的依赖:"当她的双唇间没有香烟的时候",她似乎失去了"智力"。①甚至她的文学创作也是在"她的自我之外"进行的,是香烟所激发的"灵感",而非她的意识支配着"她写出崇高的篇章"。②肖邦的看法与乔治·桑相似。她认为,写作是"某些印象的自然表达",要寻找这些印象的来源"就像将一朵花撕成碎片一样毫无意义"。③写作不是一门需要反复淬炼的技艺,而是来自缪斯的神秘馈赠。而故事中的香烟确实如期激发了"我"奇幻的想象和诗情。"我"在香烟催动下生成幻境的情景也符合肖邦对"某些故事似乎自己就写成了"的说法,作为艺术家的"我"就像肖邦所形容的一样,"完全处于无意识的支配之下"。④香烟的味道"就像令人不安的酒的气味",此时"我"的个体似乎消融了,在点燃香烟那一刻,"我"不光失去了对自己头脑的控制,也失去了对梦中自己命运的控制。(68)在从梦境中清醒之后,"我"甚至还期待另外几支香烟会带来另外一些幻境,比如"天国的宁静""愿望成真""品尝到狂喜的滋味",等等。(71)

---

① Ann Jefferson, *Genius in France: An Idea and Its Uses*, Princeton: Princeton University Press, 2015, p. 122.
② 详见理查德·克莱恩,《香烟:一个人类痼疾的文化研究》,乐晓飞译,北京:中国社会科学出版社,1993年,第74页。
③ 肖邦还认为应该维持作品"简陋的完整性",任何对其作品的修改最后都"被证明是灾难性的"。Kate Chopin, "My Writing Method," in *Great Writers on the Art of Fiction: From Mark Twain to Joyce Carol Oates*, ed. James Daley, Mineola, New York: Dover Publications, 2007, p.44.
④ Ibid.

四、香烟广告中的东方想象

这位期待获得创作灵感的女性艺术家在香烟催发的诗意灵感中到底得到了怎样的启示呢?"我"的梦并没有给读者提供完整的故事,"我"的感受也是支离破碎的。当"我"清醒过来重新审视这几支香烟时,对它们可能带来的其他幻境(很有可能是美好的)感到好奇。但"我"最后的决定是"把香烟放入手掌中压碎",把烟末扔到窗外,让它们随风飘走,完全放弃了继续吸食香烟的尝试。(71)这似乎代表着香烟社会生活的终结。

因为"我"扔掉香烟的决定,有评论家认定,肖邦对于女主人公"'不合妇道的'实验"的态度是"保守的",因为吸烟带给她的不是快乐而是痛苦。①可是,这一分析在某种程度上并没有足够的说服力。究竟因为什么,"我"会在一次虚幻的梦境后决定放弃朋友馈赠的埃及香烟? 原因似乎隐藏在"我"的幻境中。梦中的"我"和敢于尝试香烟的"我"并不相同,梦即自我无意识的投射这一理论在这里似乎行不通。叙述者"我"是勇于尝试香烟的女性艺术家,"我"和男性友人"建筑师"之间是平等的关系;但梦中的"我"反复追逐着一个男人的脚步,而"他"一次又一次地离开、回归,并且终于告知"我"他决心不再回头:"我厌倦了枷锁、亲吻和你。"(69)幻境中的男人厌倦的到底是什么? 如果说"亲吻"指的是情爱,那么"枷锁"很有可能指的是婚姻。在幻境前面部分,"我"曾

---

① Charlotte Rich, "Kate Chopin," in *A Companion to the American Short Story*, eds. Alfred Berdixeu and James Nagel, Malden:Wiley-Blackwell, 2010, p.166.

经这样形容"枷锁":"我用百合花装扮自己,把花朵编成花环,在脆弱、甜蜜的枷锁中抱紧他。"(69)这句话很有可能描述的是结婚仪式,因为象征纯洁的百合常常是婚礼用花。幻境中的"我"简直难以承受传统婚姻失败对身心的双重折磨。她像艾德娜一样试图一死求得解脱:"在生之狂喜后,我将展开双臂迎接死亡,水将拥抱我。"(70)肖邦将幻境中的"我"塑造为一位在婚姻中处于绝对顺从的地位、在被丈夫抛弃后就绝望自杀的女性,和她笔下大多数向往独立和自由的女性形象决然不同。这位在"埃及香烟"幻境中出现的"我"到底来自何方? 小说中,身为女性艺术家的"我"又缘何会在尼古丁的作用下梦到一个传统婚恋故事?

也许还是得回到"埃及香烟"本身寻找答案。正如第一节所展示的香烟的运动轨迹那样,这支"埃及香烟"具有双重属性:礼物和商品。如果用阿帕杜莱关于物的社会生活的理论来解读,商品代表着物的"生涯的某一阶段和某种特殊环境"。[1]在世纪之交消费社会形成之初的美国,这种特定的阶段和环境就是"东方的商业化":通过广告重现具有异域风情的东方场景和意象,以促进商品的消费。在故事中,肖邦不仅在标题和开头点名了这些香烟的东方来源,还有意为"我"设置了颇具异域风情的吸烟室:家具"完全是东方式的",座椅是源自中东的"沙发床"。(69)当然,幻境中故事发生的地点也具有典型的中东特色:"沙子灼伤了""我"的"脸颊"和"整个身体";天气炎热,"阳光"对"我"简直是一种折磨,只有远处一棵棵"棕榈树"下有些阴凉;而他骑上了他的"骆驼"离开了我。(69)"沙发床""沙漠""棕榈树"和"骆驼",以

---

[1] Arjun Appadurai, "Introduction: Commodities and the Politics of Value," in *The Social Life of Things: Commodities in Cultural Perspective*, ed. Arjun Appadurai, Cambridge: Cambridge University Press, 1988, p.16.

及后来出现的"古神殿"和"蓝色的百合花"等意象组成一幅图画，出现在当时有名的香烟广告上，其目的很简单：将承载西方想象的东方出售给好奇的美国人。

实际上，当时这种东方想象集中出现在具有东方血统的高档香烟广告中。1889年，美国最为出名的东方烟草商人S. 阿纳吉罗斯(S. Anargyros)开始从埃及进口"埃及众神牌香烟"(Egyptian Deities Cigarette)，其最大的卖点是手工卷烟。后来又推出主打埃及元素的"大亨牌埃及香烟"(Mogul Egyptian Cigarette)。在商业化运作的体系中，人们渐渐模糊了"埃及香烟"的个性，往往统称为"东方香烟"。[1]而此时女性和香烟的互动关系因为消费文化的催动变得越来越复杂，大多数烟草广告透露出的信息和新女性的追求背道而驰。[2]在1885年至1905年的烟草海报、广告、香烟盒上，烟草广告的主角多是具有异域风情的女性。尤其是在东方香烟广告中，女性总是"留着长发、非常美貌"，她们半梦半醒地"躺在或者睡在地板、地毯或矮垫子上"，其"唯一功能"是取悦"对她拥有绝对控制权的主人"。[3] 这些充斥着东方和女性意象的香烟广告帮助消费者跨越了时空的限制，暗示他们通过购买一支

---

[1] 还有一个原因是生产这些香烟的烟草多数产于土耳其，对于19世纪的西方人来说，埃及和土耳其所在的近东代表着整个东方。

[2] 吸烟当然是新女性反抗传统两性观的手段，在利润驱动下的烟草公司也不遗余力地把新女性和香烟联系起来。诸如"美占牌香烟能让你变成一名新女性"这样的广告迎合了新女性摆脱传统女性气质、把吸烟纳入新的女性角色和定位的雄心。但是在19世纪末，占据香烟消费主流市场的毕竟还是男性。专门针对女性客户设计的香烟广告要在20世纪20年代才会出现。Penny Tinkler, "Sapphic Smokers and English Modernities," in *Sapphic Modernities: Sexuality, Women and National Culture*, eds. Laura Doan and Jane Garrity, London: Palgrave Macmillan, 2006, p.78.

[3] Dolores Mitchell, "Images of Exotic Women in Turn-of-the-Century Tobacco Art," in *Feminist Studies*, Vol. 18, No. 2 (Summer 1992), pp.331–332.

"埃及香烟"便可以去到"后宫"(harem)旅行,享受后宫主人的生活——正如"大亨牌埃及香烟"的销售口号"就像身在开罗"承诺的一样。[1]这种"旅行消费"(touristic consumption)让脱离既定轨道的物重新回到商品交换的体系中。作为旅行艺术品(纪念品)的埃及香烟抵达世纪之交的美国后,必然被"品位、市场和更大规模经济体系的观念"所改变。[2]

这些广告之所以以"后宫"中的东方女性为主题,也许是因为在19世纪的东方主义绘画中,"后宫"和吸烟关系密切。在著名法国画家安格尔的名画《土耳其宫女与女奴》中,前景中的水烟袋(hookah)暗示着吸烟能带来"某种额外的欢乐",而观众则自动代入男性客人的视角,幻想自己被邀请,"顺利无比地进入后宫,将受到宫女的热情接待"。[3]也就是说,香烟广告"东方的商业化"倾向是更为普遍的东方主义的缩影。这种存在于西方想象中的东方主义最著名的解说者,就是肖邦所熟悉的法国作家福楼拜。[4]后来萨义德用他笔下的埃及妓女形象地解释了东方是如何被想象出来的:福楼拜不仅提供了某种"东方妇女"的模型——"她从不

---

[1] Relli Shechter, *Smoking, Culture and Economy in the Middle East: The Egyptian Tobacco Market 1850 - 2000*, London: I.B.Tauris, 2006, p.58.

[2] Arjun Appadurai, "Introduction: Commodities and the Politics of Value," in *The Social Life of Things: Commodities in Cultural Perspective*, ed. Arjun Appadurai, Cambridge: Cambridge University Press, 1988, p.26.

[3] Ivan Davidson Kalmar, "The Houkah in the Harem: On Smoking and Orientalist Art," in *Smoke: A Global History of Smoking*, eds. Sander L. Gilman and Zhou Xun, London: Reaktion, 2004, pp.219 - 220.

[4] 福楼拜于1849—1850年访问埃及,为19世纪后半期的西方读者提供了不少记录埃及风貌人情的游记、日记和信件。有评论者认为肖邦的《觉醒》是对包法利夫人的重写和改写。关于福楼拜和肖邦的联系,详见 Stephen Heath, "Chopin's Parrot," in *Textual Practice*, Vol. 8, No. 1(1994), pp.11 - 12。

谈论自己,她从不表现自己的情感、存在或是历史。是他为她说话,表现她",更为重要的是,作为一名"相对富裕的外国男性",他和这位埃及女性的关系演示了主动/被动、表现/被表现、统治/被统治的西方/东方权力悬殊。[1]"东方的商业化"中的东方是西方文化的"他者",也是"她者"。因此,在幻境之外,"我"选择了香烟所代表的自由和灵感,但是在幻境之内,香烟却幻化出广告中被"女性化"的那个承载男性欲望和消费欲望的东方。

故事中,"我"隐晦地描述了和"他"之间的关系:"巴珈是我的神。"(69)正是因为"我"把男性完全神化,才无论如何都要追随他:不论是走得"飞快",还是"踉踉跄跄",或是"手脚并用地爬行"。只有被奴役者的心态才能解释"我"的主动臣服:不管受到何种伤害都对他"强烈的怒火"和"尖锐的言辞"甘之若饴,并屡次原谅他的离开和不忠。(69)在等到他决定抛弃自己的最后通牒之后,"我"想到的不是获得自由,而是身心饱受折磨:"身体像是坏掉了一样,痛苦不堪,浑身伤痕。"(70)

"我"的白日梦(艺术创作)不就是对广告所售卖的东方风情的忠实记录吗?虽然说香烟这一阶段的社会生活以幻境的形式出现,但其中真实无比的两性关系让我们窥见了在"东方的商业化"中被西方消费文化所定义的香烟。这种两性关系让"我"感到不安。"我"的态度也影射了早期女性主义运动对"后宫"所代表的女性境遇的批评。无论对早期女性主义者玛丽·沃斯通克拉夫特(Mary Wollstonecraft)还是伊丽莎白·卡迪·斯坦顿(Elizabeth Cady Stanton)来说,"后宫"都代表着被禁锢和压迫的东方女

---

[1] Edward W. Said, *Orientalism: Western Conceptions of the Orient*, London: Penguin, 2003, p.6.

性，作为西方女性命运的同类或对照，她们都是需要解救的对象，因而"对后宫的摒弃成为妇女解放论点的重要部分"。[①]因此，虽然我们从支离破碎的幻境中窥见了"我"和"他"的故事：两人重复着萨义德著名的关于男性的西方和女性的东方权力悬殊的模式，但肖邦笔下的东方不再充满香烟广告中慵懒、性感、诱惑的异国魅力，反而表达了某种深切的走向死亡的无助和绝望。

这也许正是肖邦作为一位对女性命运极其同情和敏感的艺术家的可贵。她以女性视角重新展示香烟广告中的东方她者，并赋予女性以声音。"我"不但被随意抛弃，直到被水淹没的最后一刻还幻想着获得男性的救赎："巴珈和音乐一起来了"，"我"邀请他去"国王的花园"，观赏埃及特有的"蓝色百合花"。（70）也是在此时，叙述者"我"苏醒了，时间仅仅过去了十五分钟。"我"拿起剩下的香烟，"用双手把它们压碎"，然后"走到窗户边，张大双掌"，观察金色的烟丝被微风吹远。（71）当"我"的朋友问我感觉如何时，"我"说："对于一场梦来说，有点太糟糕了。"（71）这句回复和"我"压碎香烟的行为一起暗示出，她所畏惧的并不只是一场梦，而是在消费主义驱动下人们对东方文化的猎奇，以及这种东方对于现实中女性命运的危险暗示。她选择终结香烟的社会生命，正是个体对商业化的反抗。这种反抗当然无法改变"东方的商业化"潮流，却提醒我们在赞美香烟力量和价值的同时，不要忘记隐蔽在商业广告幻象中的危险。

[①] 霍尔泽（Kellie Holzer）主要论述了英国维多利亚社会烟草广告中"后宫"的意义如何被消费文化所操纵和改变。Kellie Holzer, "Lady Montagu's Smokers' Pastils and The Graphic: Advertising the Harem in the Home," in *The Objects and Textures of Everyday Life in Imperial Britain* eds. Janet C. Myers and Deirdre H. McMahon, Aldershot: Ashgate Publishing, 2016, p. 220。

虽然由于《觉醒》出版之后备受争议，肖邦去世之前再无重要作品面世，但实际上她并未停止写作。[1]她的最后一部短篇集《使命和声音》(A Vocation and A Voice)出版于1991年，《一支埃及香烟》就是其中之一。与其说肖邦是一个新女性或女权主义者，不如说她更愿意做一名"纯粹"的作家。[2]至少表面上，肖邦对社会改革、普选权等议题敬而远之。她最小的儿子菲利克斯（Felix Chopin）这样评价母亲的政治立场："她对争取选择权的运动不感兴趣，但她是自由主义者，大概可归入深粉色知识分子之列，这些人信仰知识自由，常常通过穿戴稀奇古怪的服装来表达其独立性。"[3]这些知识分子包括参加她文学沙龙"星期四"的作家、音乐家、编辑和记者，许多都对肖邦怀有崇敬之情。对于女权主义活动，肖邦也并非毫无经验。她曾在1890年加入南方著名的妇女俱乐部圣路易斯"星期三俱乐部"，作为特许会员结交当地知名女权主义者，包括诗人艾略特的母亲夏洛特·钱普·斯特恩（Charlotte Champe Stearns）。但在1892年底，因为不喜欢强调等级、结构，以奉献精神为主旨，致力于社会改革的妇女俱乐部，肖邦最

---

[1] 评论界对《觉醒》褒贬不一，确实给肖邦的文学生涯带来了影响，她的第三部短篇故事集被出版社拒绝，但此后仍然有两篇故事面世。Emily Toth, *Unveiling Kate Chopin*, Jackson: University Press of Mississippi, 1999.

[2] 根据传记家托斯（Emily Toth）的记录，肖邦曾经在日记中表明，"不说教"是她的第十一诫。Ibid., p.295. 新女性文学学者夏洛特·瑞奇在介绍肖邦的文章中介绍了数个短篇小说中的新女性主题（主要是婚姻、性欲、社会改革），并提出肖邦对新女性的态度具有两面性、模糊性，认为肖邦并不愿意把女性自我实现的途径局限在新女性模式中。Charlotte Rich, "Kate Chopin," in *A Companion to the American Short Story*, eds. Alfred Bendixen and James Nagel, Malden: Wiley-Blackwell, 2010.

[3] Kate Chopin, *A Kate Chopin Miscellany*, eds. Per Seyersted and Emily Toth, Oslo: University of Oslo, 1979, p.167.

终决定退出,"做一个独行者"。①

《一支埃及香烟》中的"我"就是这样一名独立的女性艺术家。她手中的埃及香烟并未真的作为商品在市场中流动,但其内涵随着物的跨国旅行而不断被重新界定。如果说香烟历时的流动背后是个体的欲望和故事,那么其制造的梦境则为我们开启了共时的视野,因而也同样可贵。从埃及商人礼尚往来的赠予中出发,香烟通过新女性、艺术家和烟草商人获得了社会生命,并以独特的方式展示了人类社会复杂的欲望与需求。诚如克莱恩所说,香烟在许多方面都是"二元对立的不断重复","既能镇定又能令人兴奋","既可恨又可口","是一个残酷而美艳的情妇,也是忠诚的伴侣"。②从物的社会生命来看,既然物游走于不同文化之间,那个人和群体的差异必然赋予其不同意义。在肖邦笔下,埃及香烟不仅是一个新女性的隐喻,还照亮了物之中交织的社会关系:香烟是世纪之交的女性对抗男性的方式,也是制造艺术灵感的媒介;它以与文学创作相似的方式制造幻象,神奇地再现了商业化东方的魔力,充满了东方主义的刻板印象,最终在短时间内化为灰烬。

---

① 在两篇妇女俱乐部题材的短篇小说《洛卡》("Loka",1892)和《麦克恩德斯小姐》("Miss McEnders",1897)中,她对女权主义社会改革者多有讽刺。Emily Toth, *Unveiling Kate Chopin*, Jackson: University Press of Mississippi, pp.207-209.
② 理查德·克莱恩,《香烟:一个人类痼疾的文化研究》,乐晓飞译,北京:中国社会科学出版社,1993年,第33页。

第七章

恋物:《麦克提格》

1899年,时年29岁的弗兰克·诺里斯发表了处女作《麦克提格:一则旧金山的故事》,并凭借这部小说很快成为自然主义文学的代表人物。正如薇拉·凯瑟所言,《麦克提格》是"一本新的、伟大的书","深具洞察力,富于前景,而且写得很好",但"完全没有魅力,令人不快",就像所有伟大的作品那样。[1]凯瑟的评价还是非常中肯的。《麦克提格》的确是一部伟大的自然主义小说,也确实包含许多令人不安的因素:谋杀、自杀、背叛、家庭暴力、斗殴、妄想症及病态的吝啬。

原因之一可能是小说的取材。《麦克提格》的故事来源于1893年发生在旧金山当地的一起臭名昭著的谋杀案:女工萨拉·柯林斯(Sarah Collins)因为经济纠纷,被其劳工丈夫帕崔克·柯林斯(Patrick Collins)持刀杀害,伤口多达三十五处。诺里斯的小说进一步强化了这一案件的戏剧性。麦克提格本是一名普通的矿区工人,在母亲的安排下,师从一名江湖游医,学到了粗浅的医术。在离开矿区后,麦克提格在旧金山波克街住宅区开设了一间

---

[1] Willa Cather, "Frank Norris," in *Willa Cather: Stories, Poems, & Other Writings*, New York: Library of America, 1992, p.925.

牙科诊所,勉强过上了中产阶级的生活。很快,他遇到并爱上了好友马库斯·舒勒的表妹特里娜·西普。在麦克特格的追求和马库斯的主动退让下,特里娜接受了前者的求婚。不过自然主义故事中的人物总是无法逃脱命运的捉弄(即使表面上以受命运眷顾的姿态出现):特里娜中了五千美元的彩票奖金。这笔意外之财渐渐激发了特里娜吝啬的本能,也令马库斯和麦克提格反目成仇。麦克提格被马库斯举报无证行医,被迫放弃了他的牙科诊所。从此之后,麦克提格夫妇的生活每况愈下。失去工作的丈夫开始酗酒、家暴妻子。妻子则变得越来越吝啬、冷漠,沉迷于获得更多金币。故事高潮,穷困潦倒的麦克提格闯入特里娜工作的幼儿园谋杀了她,拿走了她的金币。小说在炽热的荒漠——"死亡谷"结尾:逃犯麦克提格在决斗中杀了马库斯,但也被铐在后者尸体上,缺水而亡。

大量关于《麦克提格》的文学批评围绕其自然主义主题和特征展开。论题主要集中于溯源达尔文主义对诺里斯的影响、人的动物性、生理决定论(酗酒、犯罪行为和性欲)、"镀金时代"被剥夺了劳动和阶级身份的底层人民、自然主义和乡土文学的关系等。[1]其中,很多批评家注意到,麦克提格和小说中其他人物都显示出

---

[1] David Guest, "Frank Norris's *McTeague*: Darwin and Police Power," in *Sentenced to Death: The American Novel and Capital Punishment*, Jackson: University Press of Mississippi, 1997. Donald Pizer, "Frank Norris's *McTeague*: Naturalism as Popular Myth," in *ANQ: A Quarterly Journal of Short Articles, Notes and Reviews*, Vol. 13, No. 4(2000), pp.21 - 26. Donald Pizer, "The Biological Determinism of *McTeague* in Our Time," in *American Literary Realism, 1870 - 1910*, Vol. 29, No. 2, University of Illinois Press, 1997, pp. 27 - 32. Kiara Kharpertian, "Naturalism's Handiwork: Labor, Class, and Space in *McTeague: A Story of San Francisco*," in *Studies in American Naturalism*, Vol. 9, No. 2(2014), pp. 147 - 172. Donna M. Campbell, "Frank Norris' 'Drama of a Broken Teacup': The Old Grannis-Miss Baker Plot in *McTeague*," in *American Literary Realism*, 26(1993), pp.40 - 49.

比较强烈的族裔特征:爱尔兰裔的麦克提格、瑞士-德国裔的特里娜、波兰犹太裔的泽尔科、墨西哥裔的玛丽亚和盎格鲁-撒克逊人代表贝克小姐和老格兰尼斯。①从这一角度出发,麦克提格被解读为"一个关于遗传的自然主义的典型例子"。②麦克提格之所以经常被"不可分析的本能所控制",是因为他的"返祖性",他的行为本能源自世代传承的种族遗传。③在麦克提格第一次逾矩侵犯了特里娜时,诺里斯解释道,"在麦克提格善良的外表下,流淌着世世代代的邪恶暗流","他的血管里流淌着整个种族的罪恶"。(25)正是由于其对族裔刻板印象批判性不够,诺里斯深受评论界诟病。④

近来,批评家从消费主义和物的角度探讨了《麦克提格》中的族裔问题,认为诺里斯通过"压制(如果不是否认)民族性","支持同质的美国身份",表达了一种帝国主义倾向。⑤通过分析小说中代表人物身份的"过量的物",萨拉·奎(Sara E. Quay)指出,族

---

① 麦克提格的身体特征(身材高大、肌肉发达、金黄的头发、棱角分明的脸)、心理(简单、感性、冲动的性格)、行为范式(酗酒、对音乐的偏爱)都展示了爱尔兰裔的族裔特征。Hugh J. Dawson, "McTeague as Ethnic Stereotype," in *American Literary Realism*, 20.1(1987), pp. 34 - 44.

② 罗塞蒂认为麦克提格的"原始主义"意味着"回归丛林的进化论"。Gina M. Rossetti, "Out of the Gene Pool: Primitivism and Ethnicity in Frank Norris' *McTeague*," in *CLA Journal* Vol.48, No.1(2004), p.54, p.57.

③ Donald Pizer, *The Novels of Frank Norris*, Bloomington: Indiana University Press, 1966, p.62.

④ Jeanne Campbell Reesman, "Race and Naturalism in the Short Fiction of Norris, Crane, and London," in *The Oxford Handbook of American Literary Naturalism*, ed. Keith Newlin, New York: Oxford University Press, 2011, pp.274 - 290.

⑤ Sara E. Quay, "American Imperialism and the Excess of Objects in *McTeague*," in *American Literary Realism*, Vol. 33, No. 3(Spring 2001), p.212.

裔性本身成为"可以占有的物"。①如果说奎论述了身份如何被物和物的消费所定义,那么杜瓦尔(J. Michael Duvall)则是从"二手经济和垃圾的物质现象"入手,思考"获取物品之后的物的状态"与整个价值结构的关系。②在这样的解读框架下,包括特里娜、玛丽亚、泽尔科和他们的孩子在内的移民都成为"不可救药的、不可同化的社会垃圾"。③显然,奎和杜瓦尔的解读仍然延续了批评界对诺里斯作品中的族裔问题的关注。但和之前的解读有两个重要差别。首先,两位批评家并未将族裔问题纳入"生物决定论"的范畴,而是将族裔放入历史、社会、经济背景中分析。其次,他们不约而同地将视线投向小说中的物质世界。的确,《麦克提格》中的人物都为各种形式的物和物质而疯狂。甚至可以说,要深入理解小说人物的行为,就不得不将视线投向物质世界。物是揭示《麦克提格》主题和意义的关键所在。④

本章延续奎和杜瓦尔的研究思路,但将聚焦《麦克提格》中一种特定的物(金子)及其衍生物:奖金、金币、金盘子、金牙、镀金鸟笼、金矿。小说中的人物不分族裔、阶级和性别,都陷入对金子的狂热追求中。换言之,《麦克提格》是一部关于对黄金的(病态)迷恋、贪念的小说,蕴含着诺里斯对物的潜在颠覆性的探索。但问

---

① Sara E. Quay, "American Imperialism and the Excess of Objects in *McTeague*," in *American Literary Realism*, Vol. 33, No. 3(Spring 2001), p.213.

② J. Michael Duvall, "One Man's Junk: Material and Social Waste in Frank Norris's *McTeague*," in *Studies in American Naturalism*, Vol. 4 No. 2(2009), p.134.

③ 杜瓦尔关注的并非垃圾的物质性,而是作为"一种社会现象"的垃圾,"是沿着效用和赎回、污染和消除的对立路线形成的"。杜瓦尔指出,《麦克提格》中消除污物的必要性"来自一种废物感,它与身体消费、消化和消除的方式有关,而不是与物体本身的物质状态有关"。Ibid., p.133,p.143,p.146.

④ Sara E. Quay, "American Imperialism and the Excess of Objects in *McTeague*," in *American Literary Realism*, Vol. 33, No. 3(Spring 2001), p.214.

题是,金子是如何获得其魔力的?这要从诺里斯的自然主义文学观说起。

一、诺里斯的自然主义美学和物

在豪威尔斯(William Dean Howells)看来,《麦克提格》的故事之所以"令人不快",除了取材,还有一个更重要的原因,那就是诺里斯的文学观:"他对生活的真实描述是不真实的,因为忽略了美。生活是肮脏的、残酷的、卑鄙的、可憎的,但同时也是高贵的、温柔的、纯洁的、可爱的。"[1]诺里斯并不关心"美",因为小说对他来说是一种社会工具,应该真实地表现人民的生活,成为"现代生活的伟大表达"。[2]此外,诺里斯对"人民的生活"的理解也有其特殊之处。他对豪威尔斯所推崇的中产阶级美国人的生活不感兴趣,"自然主义者不关注普通人,普通人的意思是他们的兴趣、生活,以及发生在他们身上的事情是普通的、平凡的。自然主

---

[1] 豪威尔斯的评价有其合理性,但忽视了其中的一条支线情节,那就是贝克小姐和老格兰尼斯之间的黄昏恋情。两位老人的故事为《麦克提格》被悲观决定论统治的宇宙提供了乐观主义的音符。如卡苏托(Leonard Cassuto)所言,老格兰尼斯"没有被本能的牵引所打破,没有被金钱的诱惑所影响",他的慷慨和勇气值得钦佩。老年人的爱情故事为小说提供了"另一种声音,一种浪漫、个性、自我主张、可能性的声音"。William Dean Howells, "Frank Norris," in *Selected Literary Criticism*, Vol. 30, Bloomington: Indiana University Press, 1993, p.12. Leonard Cassuto, "'Keeping Company' with the Old Folks: Unravelling the Edges of McTeague's Deterministic Fabric," in *American Literary Realism*, 1870 - 1910, Vol. 25, No. 2, Champaign: University of Illinois Press, 1993, pp. 46 - 55: 51.

[2] Frank Norris, "Responsibilities of the Novelist," in *Novels and Essays*, New York: The Library of America, 1986, p.1206.

故事中的人物必须经历可怕的事情。他们必须在平凡中被扭曲，从平静无奇的日常生活中被拉出来，并被推入一场巨大而可怕的戏剧性的阵痛中，在释放的激情、鲜血和突然的死亡中发挥自己的作用"。[1]作为公认的自然主义代表作家，诺里斯戏剧性地创造了一个进化论的宇宙，其核心主题就是"屈服于兽性的人的堕落"，因为"自然界不可摧毁的能量是人类无法控制的，无论这种力量是表现在生存的斗争中，或是表现在出生、死亡和重生的生命循环中，还是在供应和需求的规律中"。[2]

诺里斯的自然主义有其特殊性。通常来说，自然主义被认为是现实主义的分支/延续。或者说自然主义是"小说、故事和戏剧中一种更刻意的现实主义"。[3]两者皆致力于展示客观现实，与以瑰丽的想象、澎湃的情感见长的浪漫主义截然不同。正如豪威尔斯所说，"我们必须先问自己：它是真实的吗？——真实地反映出塑造实际男女生活的动机、冲动和原则"。[4]真实性是自然主义和现实主义作家共同追求的目标。但诺里斯有意识地拒绝为自己的小说贴上简单的"客观性""真实性"的标签。在《小说家的责任》("Responsibilities of the Novelist"，1903)一文中，诺里斯骄傲地宣称："今天是小说的时代。没有任何其他方式和载体能如此充分地表达当代生活；22 世纪的批评家们在回顾我们的时代，努

---

[1] Frank Norris, "Zola as a Romantic Writer," in *Novels and Essays*, New York: The Library of America, 1986, p.1107.

[2] Donald Pizer, *The Novels of Frank Norris*, Bloomington: Indiana University Press, 1966, p.21.

[3] Chris Baldick, *The Concise Oxford Dictionary of Literary Terms*, Oxford: Oxford University Press, 2001, p.167.

[4] William Dean Howells, *Criticism and Fiction*, New York: Harper and Brothers, 1891, p.99.

力重建我们的文明时,不会看向画家,不会看向建筑师,也不会看向戏剧家,而是去小说家那里寻找我们的特异性。"[1]所谓我们时代的"特异性"与诺里斯对浪漫主义所体现的经验和情感的深度有关。在《为浪漫主义小说一辩》("A Plea for Romantic Fiction", 1901)一文中,诺里斯写道:

> 浪漫主义——我认为——是那种认识到与正常生活类型的差异的小说。现实主义是那种将自己限制在正常生活类型中的小说。……为什么人们对浪漫主义有如此多的要求,而对现实主义有如此尖锐的争论,原因在于现实主义使自己僵化。它只注意到事物的表面。……但是,浪漫主义属于广阔的世界,属于人类内心未曾触及的深处,属于性的神秘,属于生活的问题,属于人类灵魂黑色的、未曾触及的深渊。[2]

可见,诺里斯的"自然主义"并不等于传统意义上作为现实主义反面的"浪漫主义"。在塑造自然主义文学的道路上,他拒绝的并非现实主义对当代生活的刻画,而是其对平凡生活的关注。诺里斯始终寻觅着日常生活中的"浪漫主义"因素,青睐"非凡的、富有想象力的,甚至怪诞的"现实,这来自他对19世纪、20世纪之交社会生活高度不稳定性的认识。[3]正如巴古利(David Baguley)所

---

[1] Frank Norris, "Responsibilities of the Novelist," in *Novels and Essays*, New York: The Library of America, 1986, p.1207.

[2] Frank Norris, "A Plea for Romantic Fiction," in *Novels and Essays*, New York: The Library of America, 1986, p.1166.

[3] Frank Norris, "Zola as a Romantic Writer," in *Novels and Essays*, New York: The Library of America, 1986, p.1107.

表明的那样,自然主义小说似乎不可避免地被"死亡、瓦解和耗散"所吸引。①在诺里斯自然主义的宇宙中,"人的局限性比传统意义上承认的更大"。②

而因为对"不确定的能动性的悲喜剧"的探索,③以诺里斯为代表的自然主义文学在反思人类中心主义的当下学界深受关注。在《石头的语言:自然主义和新物质主义中无生命体的能动性》一文中,特朗普特指出,文学自然主义作品的当代价值在于"强调物质诱惑的黑暗面——事物所体现和促成的诱惑和成瘾",这为转向无生命世界魅力的新物质主义理论提供了丰富的资源。④其中一个最突出的修辞手法是"拉图尔式连祷"(Latourian litany),意在"描述而不是解释,增加而不是减少叙述中的行动者的数量"。⑤而在《麦克提格》的第一章,诺里斯就不厌其烦地描述了麦克提格牙医诊所所在公寓中的物,从他的午餐(浓汤、煎肉、蔬菜、重油布丁、生啤)到他房间的摆设(手术椅、钻牙机、二手椅、名人版画、广告日历、杂志、温度计、哈巴狗、书架和书、手风琴、金丝雀),再到街上的商店(药店橱窗的大罐子、文具店的周刊图片、理发店的雪

---

① 巴古利认为,自然主义小说的突出要素是它对"熵"的阐述,这和现实主义小说中对道德法则的阐述不同。在自然主义文学中,随着虚构世界的陷落,倒退、混乱、怪诞和兽性成为主旋律。David Baguley, *Naturalist Fiction: The Entropic Vision*, Cambridge: Cambridge University Press, 1990, pp.94, 222.

② 皮泽尔表明,这正是"美国自然主义的意识形态核心"。Donald Pizer, *Twentieth-Century American Literary Naturalism: An Interpretation*, Carbondale: Southern Illinois University Press, 1982, p.6.

③ Mark Seltzer, *Bodies and Machines*, New York: Routledge, 1992, p.21.

④ Kevin Trumpeter, "The Language of the Stones: The Agency of the Inanimate in Literary Naturalism and the New Materialism," in *American Literature*, Vol.87, No.2 (2015), p.249.

⑤ Ibid., 238.

茄架,以及廉价餐馆橱窗内的牡蛎、猪肉、白肉)。拉尔森(Erik Larsen)则把麦克提格视为一个重要的"后人类"人物,认为小说反映了一种"世界末日论的后人类主义"(恰好是斯宾塞人类中心主义的宇宙进化论的绝对对立),反思了人类行动的源泉和能动性。[1]

诺里斯强调,在小说家的世界里,"男人和女人本身并不那么重要",人物"与物的漩涡的关系"才是关键。[2]那么,在《麦克提格》中,如果说主人公身处原始、混乱和冲动的困境,那物又是以怎样的方式和位置存在呢? 透过作为"恋物"(Fetish)的金子,诺里斯演绎了一个典型的"悲观物质决定论"的自然主义故事,其中蕴含着非理性的激情和幻想的恋物,标志着主体性的危机时刻。Fetish 一词是一个跨学科的概念,源自人类学家对 16、17 世纪西非部落的研究,指涉超自然特性的物符咒。但到了 19 世纪,随着现代社会生活的极大丰富,恋物在经济学、精神分析学界获得了广泛的关注。在中文语境中,fetishism 根据学科差异有不同的译法:人类学的"物神崇拜"、马克思主义的"拜物教"和精神分析派的"恋物癖"。[3]本章将统称为"恋物",意在表达一种客体对主体的魅惑,一种现实的虚构。

正如威廉·皮茨(William Pietz)的恋物谱系所示:其一,物是恋物概念的关注点,恋物具有"未超越的物质性";其二,恋物本质

---

[1] Erik Larsen, "Entropy in the Circuits: *McTeague*'s Apocalyptic Posthumanism," in *Nineteenth-Century Literature*, Vol. 69, No. 4(2015), Oakland: University of California Press, 2015, pp. 509 - 38: 512.

[2] Frank Norris, "Story-Tellers vs. Novelists," in *Novels and Essays*, New York: The Library of America, 1986, p.1193.

[3] 参见肖炜静,《Fetishism:幻象的替代性占有与无止境追寻 ——"拜物教""恋物癖"学理关系考》,载《湖北大学学报(哲学社会科学版)》,第 45 卷第 6 期,2008 年 11 月,

上"受人的意志之外的力量指挥",因此"代表了对自主决定自我理想的颠覆"。[1]当物被赋予某种神秘的意义和力量时,物就成了"恋物"。从人类学的研究来看,恋物对主客体的关系的描述存在某种模糊性,"对于是物体本身以某种神秘的方式影响物质变化,还是某种精神力量代表或位于(但独立于)这些物体中,往往存在一种内在的矛盾心理"。[2]值得关注的是,这种主体的投射行为有其特殊之处,"即该事物既包含了这些意义和力量,又为恋物者放射出这些意义和力量"。[3]恋物的现象使人类的理性能力和道德的可能性变得复杂化,展示了物具有影响主体的力量,让个人被获得物的欲望、贪婪所控制。在《嘉莉妹妹》的第七章,德莱塞绘声绘色地展示了恋物的魔力。嘉莉似乎听到了衣服的话语:"亲爱的……你戴上我显得多美啊。不要抛弃我。……啊,多么小巧玲珑的脚……穿上我,这脚多可爱啊。要是没有我,多可惜呀。"[4]这些物与人物心理的相似之处显露出积极的能动性。恋物让物似乎有了生命、思想,有了"内在性,因此,有类似于主体性的结构"。[5]如果我们聚焦拥有了"魔力"的恋物和看似被物迷惑了的小说人物,又会对《麦克提格》有哪些新的认识呢?

---

[1] William Pietz, "The Problem of the Fetish II: The Origin of the Fetish," in *RES: Anthropology and Aesthetics*, 13(Spring 1987), p.23.

[2] Roy Ellen, "Fetishism," in *Man*, Vol. 23, No. 2(1988), pp. 213-235.

[3] Hartmut Böhme, *Fetishism and Culture: A Different Theory of Modernity*, trans. Anna Galt, Berlin and Boston: Walter de Gruyter, 2014, p.4.

[4] Theodore Dreiser, *Sister Carrie: An Authoritative Text, Backgrounds and Sources Criticism*, ed. Donald Pizer, New York: W. W. Norton & Company, 1991, p. 72.

[5] Bill Brown, *A Sense of Things: The Object Matter of American Literature*, Chicago: University of Chicago Press, 2003, p. 15.

二、金子和商品拜物教

据豪威尔斯所言,诺里斯最初将小说起名为《金牙》(*The Golden Tooth*),因为这个名字"更能体现这位不正规的牙医在故事中的至高地位,以及激励他的理想"。[①] 在小说中,麦克提格梦想得到一颗带着尖角的巨大镀金臼齿,挂在诊所门外作为招牌。显然,"金牙"是一种象征,象征着麦克提格的事业奋斗目标和生活理想。但"金牙"并非只是一种成功的象征。麦克提格也清楚,金牙(尤其是他想要的法国镀金的金牙)非常昂贵,绝非他现阶段能负担得起的。

向往金钱的不止麦克提格。小说中的几乎所有人物都被追求金钱的欲望所推动:中了巨额彩票的特里娜、妄想在淤泥和废墟中获得财富的泽尔科、收集垃圾卖钱的玛丽亚、觊觎五千元奖金的马库斯、为寻找商机远走南加州和新西兰的西佩一家、用装订专利卖了一大笔钱的老格兰尼斯。归根结底,对金钱的追逐是资本主义经济的必然。马克思在《资本论》第一卷描述商品拜物教的著名段落中,试图揭开劳动能力的凝结和商品化的面纱:"商品形式的神秘性在于……商品反映了人们自身劳动的社会特征,作为劳动产品本身的客观特征。……人与人之间明确的社会关系在他们眼中呈现出一种梦幻般的物之间的关系形式。"[②]马克思

[①] W. D. Howells, "Frank Norris," in *The North American Review*, Vol. 175, No. 6 (December 1902).

[②] Karl Marx, *Capital*, *Volume I: A Critique of Political Economy*, New York: Vintage Books, 1977, p.164.

认为这种现象如此特异,也许只有在宗教的语境中才能被理解:商品"作为自主的形象出现,被赋予了它们自己的生命,它们彼此之间,以及与人类之间都联系起来"。①这种对商品拜物教的理解使人们对货币的追逐不再神秘。

马克思明确指出,商品拜物教有两大危害。其中之一在于人类成为剥夺了"实用物品"的"感性变化的客观性"的人。②劳动和劳动者被"客体化"(objectified),人和人的关系以金钱为衡量标准。值得注意的是,奎和杜瓦尔都强调消费对小说的重要性。杜瓦尔更是指出:"麦克提格把读者的注意力集中在消费过程上,特别是那些二手性质的消费过程上,把消费的辩证伙伴——生产,转移到舞台之外。"③但特里娜制作的挪亚方舟动物是例外。她用水手刀在软木上雕刻出动物的形状,再刷上油漆。靠着这些手工活,特里娜一个月可以挣三四美元。她曾经为自己的作品感到自豪,但渐渐地对商品化和消费提出了自己的疑问:"所有的玩具都到哪里去了?……我做的成千上万个挪亚方舟——马、鸡和大象——似乎总是不够用。对我来说,孩子们弄坏他们的东西是件好事,他们都要过生日和圣诞节。"(270)金钱使劳动物质化,但同时又否认了劳动,让劳动从价值等式中消失。执着于攒钱的特里娜让读者认识到,价值正是来自"凝结"在物中的活的劳动,但商品掩盖了这一事实。

而彩票更是演绎了商品拜物教神秘的力量。当价值一美元

---

① Karl Marx, *Capital*, *Volume I: A Critique of Political Economy*, New York: Vintage Books, 1977, p.165.
② Ibid., p.166.
③ J. Michael Duvall, "One Man's Junk: Material and Social Waste in Frank Norris's *McTeague*," in *Studies in American Naturalism*, Vol. 4 No. 2(2009), p.134.

的彩票换来了五千美元奖金,就制造了"钱能生钱"的幻觉。在彩票代理商的口中,彩票成了一项慈善事业,能抹平"等级、财富或地位"的差异。(90)但实际上,人们都很清楚,彩票在 19 世纪末美国许多州都是非法的。其实质不过是用交换价值完全取代了使用价值。正如马克思所说:"这种实物,即粗制滥造的黄金或白银,从地底出来后,立即成为所有人类劳动的直接化身。因此货币有了魔力……因此,金钱拜物之谜就是商品拜物之谜。"①诺里斯用特里娜的心理变化生动地描述了这一现象:"对特里娜来说,要动用那宝贵的五千块钱,简直心如刀割。她顽强地紧紧攥着这笔钱,简直让人吃惊;对她来说,这笔钱已经成为一种神奇的东西,一种来自机器的神灵,从天而降,出现在她平凡无奇的生活中。她把它视为几乎是神圣的、不可侵犯的东西。"(121—122)值得注意的是,"神奇的""来自机器的神灵""神圣的"和"不可侵犯的"这些用词,说明特里娜认可了金钱的不可解释性,将其纳入形而上学的玄妙中。自从中了彩票,特里娜"就越来越像个守财奴,越来越吝啬了",而且逐渐控制不住自己。(165)叙述者也证实,这并不是她的幻觉:"特里娜一直是个节约的小家伙,但在彩票中了一大笔钱后,她才变得特别贪钱。"(148)

  正是对金钱拜物教的信仰让特里娜变得贪婪,她想要得到更多的金钱。那么,在这个阶段,特里娜到底是病态的吝啬鬼,还是精明的资本主义者呢?对这一现象,马克思评论道:"更敏锐的资本家通过不断把钱重新投入流通,而达到交换价值永无止境的增

---

① Karl Marx, *Capital*, *Volume I: A Critique of Political Economy*, New York: Vintage Books, 1977, p.187.

长",而"守财奴想方设法把钱从流通中拿出",囤积起来。[1]特里娜告诉麦克提格,不能把钱全花了,只有用来投资,产生利息,才是最明智的做法。最后,在和家人经过一番激烈的讨论和比较之后,她决定将五千元投入奥尔柏曼叔叔的玩具店,获得比银行获利还要高的回报。显然,特里娜进入了一个金钱、投机和投资的市场。在小说早期,特里娜对金钱的追求是由商品拜物教驱动的。

当金钱的价值成为一切价值的基础,人的价值也被物质化、客体化。马库斯的经历就展示了对金钱无止境的贪婪欲望如何使他和亲密的朋友麦克提格疏远,进而导致人际冲突和暴力。在特里娜获得五千元奖金之后,马库斯也被金钱的欲望所支配。他妒忌麦克提格,并不是因为真的喜爱特里娜,而是因为如果他"不放弃特里娜",那笔钱就是他的了:"你本来可以拥有特里娜和这笔钱,而这一切都是为了什么?因为我们是朋友。哦,'朋友'是好的,但五千美元被他玩弄于股掌之间。"(102)当马库斯将人(特里娜)和钱("这笔钱")相提并论,人和金钱的抽象关系就取代了人和人之间的友谊和温情。后来为了报复,他不仅诉诸暴力,还向市政府举报麦克提格无证行医,直接导致了麦克提格牙医诊所关门。

与此同时,商品拜物教破坏了"实用物品"的"感性变化的客观性",使物"同质化"。[2]如西美尔哀叹的那样:"货币挖空了物的核心,挖空了物的特性、特有的价值和特点,毫无挽回的余地。"[3]小

---

[1] Karl Marx, *Capital, Volume I: A Critique of Political Economy*, New York: Vintage Books, 1977, p.171.

[2] Jane Bennett, *The Enchantment of Modern Life: Attachments, Crossings, and Ethics*, Princeton: Princeton University Press, 2016, p.116.

[3] Georg Simmel, *The Philosophy of Money*, ed. David Frisby, trans. Tom Bottomore and David Frisby, New York: Routledge, 1990, p.xix.

说中的许多情节都涉及类似的内容。第三章描述了玛丽亚找住客收集垃圾的场景。她在公寓里一间一间地搜寻,每两个月不装满一次脏布袋誓不罢休。或许玛丽亚称得上一位有天赋的"垃圾阅读者",[1]但其他人并不欣赏这样的能力。为了得到废品,她把公寓搞得天翻地覆,毫不顾忌房客们的情感和隐私。她从老格兰尼斯的壁橱中搜出一个旧的黄水罐。这件旧物没有了"使用价值",因为"他现在从来不用它",但它寄托了老格兰尼斯的情感,"他保留了很长时间,不知为何,他对它念念不忘,就像老人对他们拥有多年的琐碎、不值一提的东西念念不忘一样"。(28)。而当贝克小姐明确拒绝玛丽亚的请求后,她居然打开了后者的衣柜,拿出一双筒靴。这双鞋贝克小姐根本不打算扔。但玛丽亚利用了两位老人的窘迫心情,毫无顾忌、半强迫地拿走这些旧物。玛丽亚的目的很简单,把废品卖给收购站的泽尔科,再用钱去购买衬衫和丝带。当物的使用价值完全被交换价值所替代,不论是凝结着老格兰尼斯情感寄托的水罐,还是贝克小姐还在穿的鞋子,在她眼中都不过是可以换成钱的"废品"。物所承载的人的情感、记忆被无情地忽视了。

三、金子和恋物癖

在麦克提格的诊所,玛丽亚不仅半强迫地拿走了很多"值钱的"旧牙科工具,还偷偷带走了"三张海绵金的'垫子'"——"她经

---

[1] J. Michael Duvall, "One Man's Junk: Material and Social Waste in Frank Norris's *McTeague*," in *Studies in American Naturalism*, Vol. 4, No. 2(2009), p.135.

常偷麦克提格的金子,几乎就在他眼皮底下"。(33)对玛丽亚来说,黄金的特殊力量来自其作为"一般等价物"的价值表达,而非作为金属物品所具有的某种神秘、令人着迷的力量。但泽尔科显然并不这样认为。诺里斯强调,这些黄金具有非同一般的吸引力,让玛丽亚的废品卖到了一个好价钱。当三颗金粒在他眼前闪过时,泽尔科深吸了一口气:"就在那里,在玛丽亚手上,纯净的金属,无瑕、纯粹的矿石,握着他的梦想,他强烈的欲望。他的手指抽搐着,紧紧抓住自己的手掌,他的薄唇紧闭,贴在牙齿上。"(35)这展示了"恋物"的第二层含义,那就是"恋物癖"对物的情色化,一种主体对客体的过度或不健康的依恋。实际上,从弗洛伊德恋物癖的角度来解读小说人物对金子的迷恋是很有说服力的。《弗兰克·诺里斯的〈麦克提格〉》("Frank Norris's *McTeague*")一文概述了恋物的几种表现形式,指出"诺里斯对特里娜的痴迷描述符合恋物癖的经典概念",其本质在于"对有缺陷的人体的替代物的寻找受挫"。[①]但是,为什么废品收集站的泽尔科对金子也有近乎狂热的激情?为什么用成千上万的废品包围自己?

小说中的金子既是一种交换媒介,也是满足欲望的重要手段。在弗洛伊德的精神分析中,恋物是欲望的凝结,目的是缓解主体的阉割焦虑。在《恋物癖》("Fetishism",1927)一文中,弗洛伊德强调恋物代表着缺席的女性器官:"恋物是女人(母亲)的阴

[①] 这篇文章只论述了特里娜对金子的迷恋,认为特里娜对黄金的神秘力量的感知混淆了人类学文献中记载的对黄金的物质性需求和马克思主义对拜物教的解释。笔者认为,对特里娜的问题应该分阶段看。Deanna K. Kreisel, "Frank Norris's *McTeague*," in *American Writers: Classics*, *Volume II*, ed. Jay Parini, New York: Scribner, p.194, p.196.

茎的替代品,小男孩曾经相信并出于我们熟悉的原因不想放弃它。"①恋物的物质性与商品世界中的使用价值无关。鉴于这种将恋物视为主体对替代品的病态迷恋的概念,泽尔科对金子的态度就可以理解了。玛丽亚和泽尔科之间的交流体现了后者对黄金的痴迷。玛丽亚说在她小时候,她的家族"曾经拥有一百多件金餐具,每一样都是纯金打造",(36)沉甸甸的、闪闪发光的、泛着红色的纯金,"咬上一口,上面就会留下牙印"(37)。这个故事让泽尔科欣喜若狂。因为"这些财富曾经的拥有者离他这么近,这堆金子曾经的见证人就在他眼前,他也似乎离它们很近",但"如此接近,却知道它已经无可挽回地失去了,这是多么令人气愤、多么痛苦的折磨啊!"(37)玛丽亚成为金子的替代,而金子是一种歇斯底里的遐想。这两个欲望对象重叠在一起,使它们不仅无法区分,而且还可以交换。因此,玛丽亚和泽尔科的结合是必然的:"他让玛丽亚一遍又一遍地给他讲那金盘子的故事,玛丽亚也乐在其中,因为他是唯一相信的人。现在他要娶她,就是为了每时每刻都能听到这个故事。"(169)

小说中,"黄金取代了女性身体,成为男性性欲的对象"②。果然,婚后泽尔科强迫玛丽亚无休止地重复金器的故事,将对黄金的渴求投射到玛丽亚身上。在他"癫狂的头脑"中,这种妄想逐渐恶化,他进而"不可动摇地相信,玛丽亚或玛丽亚的家人曾经拥有这一百个金盘子",而玛丽亚肯定知道这些金器现在在哪里。

---

① Sigmund Freud, "Fetishism," in *The Complete Psychological Works of Sigmund Freud*, Vol. XXI, trans. J. Strachey, London: Hogarth and the Institute of Psychoanalysis, 1966, pp.152 - 153.

② Philip Acree Cavalier, "Mining and Rape in Frank Norris's *McTeague*," in *ATQ*, Vol. 14, No.2 (June 2000), p.127.

(189)后来,当玛丽亚忘记了金盘子的故事,拒绝满足泽尔科的欲望时,他开始半夜在房间里挖金子,并自言自语道:"有一百多件金餐具,每一件都是纯金打造的……我会找到它们的,我会找到它们的。它们就在这里的某个地方,藏在这所房子的某个地方。"(192)消失的金盘子(的故事)和拒绝成为欲望对象的玛丽亚让泽尔科生活在精神错乱的边缘。终于,他谋杀了玛丽亚,自己也淹死了。为他陪葬的是一麻袋旧金属:"生锈的旧锅、锡盘(足有一百个)、锡罐和铁刀、铁叉,全是从某个垃圾堆里收集来的。"(253)无非是金子的又一替代物。

诺里斯将这一情节与特里娜在小说后半部分的故事相对照。当然,特里娜的恋物问题更加复杂。在沃尔特·本·迈克尔的新历史主义解读中,特里娜对黄金的迷信源于 19 世纪末关于金本位制的争论。当时的人们担心,由于黄金数量固定且稀少,货币体系很有可能会崩溃。[①]因此,守财奴特里娜囤积金币的行为可以被视为规避金融风险的理智策略。但这一解读无法很好地解释小说关于特里娜迷恋金子的细节描写。当麦克提格失去工作,开始酗酒,特里娜对金子的依赖逐渐增加。金子是她生活中唯一的快乐来源,她常常几个小时什么都不干,对金币爱不释手:"把它们堆起来,再堆起来,或者把它们全部聚成一堆,然后站到房间最远的角落,歪着头欣赏";特里娜像对待情人一样照顾金子——"她用肥皂和灰烬的混合物给金币抛光,在围裙上仔细擦拭,直到

---

① 迈克尔还指出,垃圾和黄金有共同之处,这合理解释了泽尔科和特里娜的吝啬:"如果说垃圾因为失去了'用处'而变成了垃圾,那么在守财奴手中,黄金也变成了垃圾,因为被剥夺了交换的价值而失去了对我们的价值。"Walter Benn Michaels, "The Gold Standard and the Logic of Naturalism," in *Representations*, No. 9, Oakland: University of California Press, 1985, pp. 105 - 32: 115.

它们闪闪发亮";她寻求与金子的身体接触——"把脸埋在里面,贪婪地闻着金子的气味,享受光滑、冰凉的金属在她脸颊上的感觉";最具有情色意味的画面是"她甚至把较小的金币放进嘴里,让它们在里面叮叮当当地响"。她喃喃自语,向金子表白:"啊,可爱的钱,可爱的钱……我是如此爱你!"(243)特里娜的恋物行为提供了女性恋物的有力证明,[①]将金子和身体愉悦之间的联系推向了高潮,明确了对金子的强烈关注中所隐含的情欲。金子作为完全不合适的性对象,代表着欲望的逾越。收集金币和迷恋金币的特里娜无法从"物"中分离出来,无法处理和丢弃它们,因为"正是损失、分离或对即将到来的阉割的恐惧使积累物成为一种必要"。[②] 囤积和恋物一样,是某种潜在的阉割恐惧的重演,一种变态的主客体关系,其目的是保护主体免受不可接受的心理现实的影响。不仅如此,特里娜的恋物还和受虐狂的症候密切联系。诺里斯写道:麦克提格的虐待"在她身上激起了一种病态的、不健康的、臣服的爱",最后她只剩下两种感情,即"她对金钱的热情和她对丈夫施虐时变态的爱"。(244)

然后,特里娜和麦克提格搬到了玛丽亚被谋杀的屋子,特里娜似乎重复了泽尔科的经历。随着麦克提格偷走特里娜的四百元存款并离开,特里娜的恋物癖进一步恶化。她对麦克提格受虐

[①] 弗洛伊德认为恋物是一种完全属于男性的变态行为。伯梅(Hartmut Böhme)指出,恋物癖研究的这种局限性性别差异可能是"因为当时科学家的视野有限",也有可能是"女性恋物癖确实是在 20 世纪初才出现"。Hartmut Böhme, *Fetishism and Culture: A Different Theory of Modernity*, trans. Anna Galt, Berlin and Boston: Walter de Gruyter, 2014, p.11. 现在,女性主义者对女性恋物癖的研究早已成果丰硕。参见 Emily Apter, *Feminizing the Fetish: Psychoanalysis and Narrative Obsession in Turn-of-the Century France*, Cornell: Cornell University Press, 1991。

[②] Nassim Agdari-Moghadam, *Hoarding Disorder: A Practical Guide to an Interdisciplinary Treatment*, Cham: Springer Nature, 2021, p.12.

狂般的爱恋转移了,金币成为她唯一的热爱和欲望对象。但失去的金币让特里娜如此恐惧,这种缺乏、空虚感让她无法自控。装满麂皮口袋的欲望控制着特里娜,[①]让她一点一点地从奥尔柏曼叔叔那里取出五千元积蓄,把支票全部换成金币。这显然违背了金钱拜物教的逻辑,因为当黄金不再流通,也就失去了其交换价值。因此,在小说的后半段,特里娜和金子的关系产生了变化。金币成为一种特殊的"消费品",但其功能和该物品的典型效用无关。恋物统治着不再具有理智的主体,于是有了小说中最奇怪的一幕:"一天晚上,她甚至把所有的金币铺在床单上,然后躺上去,把衣服脱光,在钱上睡了一夜",经历"奇怪而狂热的愉悦"。(283)无生命的金币成为特里娜兴奋的来源,掩盖着她生活中潜在的痛苦。

四、麦克提格的金子

在大多数关于《麦克提格》的讨论中,麦克提格最受青睐。评论家们关注的问题包括麦克提格的种族、职业地位和动物性。那么,麦克提格对金子或者说物又有着怎样的态度? 如前所述,麦克提格的梦想是得到一颗镀金大牙。后来,特里娜买下这颗金牙,送给了他。在得到金牙后,麦克提格欣喜若狂:"牙医围着那个金色的奇迹转了一圈,高兴地喘着粗气,怔怔地看着它,用手轻轻地触摸它,就像它是什么神圣的东西一样。"(116)整整一个小

[①] 特里娜的麂皮口袋和泽尔科的袋子相似,是一个充满性欲的形象,具有多种象征意义。参见 Rebecca Nisetich, "The Nature of the Beast: Scientific Theories of Race and Sexuality in *McTeague*," in *Studies in American Naturalism*, Vol. 4, No. 1 (Summer 2009), pp. 1-21.

时,他就那么盯着这颗精美绝伦的金牙,感到它改变了周围的一切。对他而言,金牙除了金钱价值之外,还有一种"物性"。而这正是现代主义文学一种难得的能力,"唤起我们对物的关注",某种所谓的"物质性的物性"(material thingness)。[1]在这一刻,金牙不再被各种社会经济关系所定义,只是固执地在"房间的一个角落里,紧挨着窗户,畸形,扭曲,辉煌,闪耀着自己的光芒"。(118)这颗金牙点亮了麦克提格的房间,也塑造着他的精神。麦克提格"被改变了",[2]他不再计较马库斯和他的争吵:"这颗牙齿改变了一切。他不再像刚走出酒馆那么怒气冲冲了。他有了特里娜的爱。马库斯有多憎恨他算得了什么?现在他有了这颗牙,还在乎那个摔碎的烟斗做什么?让他去吧。"(117)这种态度似乎源于原始文化对物某些迷信或未开化的崇拜。

从小说开始,麦克提格就展示出一些原始主义的特征。不过大多数评论都将原始主义和动物性联系起来,认为麦克提格的缺点说明了"人的返祖天性"。[3]诺里斯用了很多和动物有关的词来描述麦克提格的外表和性格:"他的手很大、很红,上面长着一圈

---

[1] Bill Brown, *A Sense of Things: The Object Matter of American Literature*, Chicago: University of Chicago Press, 2003, p.72, p.78.

[2] 胡勒(Hildegard Hoeller)从礼物的角度分析了金牙的意义,指出麦克提格的转变源于"礼物的力量和丰富性"。Hildegard Hoeller, *From Gift to Commodity: Capitalism and Sacrifice in Nineteenth-Century American Fiction*, Durham, NH: University of New Hampshire Press, 2012, p.216.

[3] 而这些返祖的特点与其家族和种族密切相关。Donald Pizer, *The Novels of Frank Norris*, Bloomington: Indiana University Press, 1966, p.62. 另外一篇论及原始性的文章将原始主义和移民问题结合起来。罗塞蒂指出,通过刻画"作为移民的原始人"麦克提格,诺里斯"提供了将移民角色概念化为疾病,甚至犯罪行为的方法"。Gina M. Rossetti, "Out of the Gene Pool: Primitivism and Ethnicity in Frank Norris, *McTeague*," in *CLA Journal*, Vol.48, No.1(2004), p.51.

硬硬的黄毛","他的头是方形的,有棱有角;下巴很突出,像某种食肉动物","脑子和身体一样,沉重、缓慢、迟钝";总的来说,"他就像一匹驮马,非常强壮、愚蠢、温顺、听话"。(3)诺里斯将麦克提格的许多关键抉择都表现为原始冲动和文明教化之间的冲突。比如,面对被乙醚迷昏的特里娜,麦克提格内心挣扎:"这是一场古老的战斗,从世界存在之初就存在——动物突然豹跃,张开大嘴,亮出獠牙一闪",同时唤醒了"那个更好的自我,喊着'趴下、趴下'"。(24)后来,特里娜一度用中产阶级的生活成功地"改善"了野蛮的麦克提格,改变了他"粗俗和原始的本性"。(287)

不过,麦克提格对物的执着始终不变。无论是马克思的拜物还是弗洛伊德的恋物癖,都源于原始宗教中对物的物神崇拜。古老社会中的物一直都是"活的",具有魔力和活力。事实上,在19世纪的语境中,恋物的概念被用来形容全世界所有形式的"原始文化"。[1]而原始性刻板印象被表现为"文化的对立面"。[2] 物在麦克提格的个性塑造中占据重要地位。除了金牙,手风琴、金丝雀和石头哈巴狗都定义着他的日常生活。在麦克提格失去收入来源后,他和特里娜不得不搬出公寓,拍卖家具。特里娜被资本主义拜物教的逻辑洗脑,放弃了自己所拥有的所有物品。一切都被转换为金钱,失去了物作为实用对象本身的物质性。但麦克提格的态度和特里娜截然不同,物在他身上行使一种不同于商品的力量。他一直秉承做矿工时"钱易得易散"的想法,(104)从不为花多少钱计较,但"为每一样东西据理力争":"小铁炉、床头柜、大理石桌子、角落里的小东西、装订成册的《艾伦实用牙医手册》、步枪

---

[1] Hartmut Böhme, *Fetishism and Culture: A Different Theory of Modernity*, trans. Anna Galt, Berlin and Boston: Walter de Gruyter, 2014, p.6.

[2] Peter Melville Logan, *Victorian Fetishism: Intellectuals and Primitives*, Albany: State University of New York Press, 2009, p.2.

制造商日历,以及排得整整齐齐的椅子"。(216)在麦克提格的坚持下,留下了金丝雀和镀金笼子、手风琴和镀金大牙。

小说的后半段记录了麦克提格的"退化"。钱挥霍一空之后,他在冲动之下杀害了特里娜,抢走她的金币,走上了逃亡之路。在最后三章,诺里斯将这个"旧金山的故事"移到陡峭的山谷和荒芜的碱地,让麦克提格回到了他熟悉的矿区。凯瑟尤其称赞《麦克提格》中的环境描写,认为其展示了作家的"力量、想象力和文学技巧","它是一种积极的、主动的力量,刺激着读者的想象力",是小说的伟大之处。① 在北斗七星矿区,像麦克特格一样的矿工和"巨大的、不可估量的生命力"对抗着,这是一种"海洋般深邃、寂静、巨大"的原始力量。(298)在自然的领地,物的活力最为活跃。麦克提格在自己身上感觉到了这种力量,"静止的、巨大的山脉……反映了他自己的本性"。(304)也许正因为此,他的"第六感"让他一次一次地逃脱了追踪。

就在马库斯发现他之前,麦克提格用动物般的警觉发现了"某种东西":"他身后有东西:有东西跟着他……有一个黑黑的东西在地上爬行,一个模糊的灰色身影,是人还是畜生,他不知道……在追赶他,向他逼近,在他的手边,在他的脚边——在他的喉咙边。"(335)这种东西"比任何人类代理人——甚至是畸形的麦克提格——都更暴力和不可预测"。②这种恐怖的"东西"现身了,那是始终追逐着麦克提格的宿敌马库斯。尽管马库斯抓住了他的

---

① Willa Cather, "Frank Norris," in *Willa Cather: Stories, Poems, & Other Writings*, New York: Library of America, 1992, p.922.
② 约翰逊(Meghan Taylor Johnson)认为,小说的主题是人成为"无生命的物的受害者",体现了消费文化和城市化背景下人们的焦虑,批评了由令人窒息的物质主义支配的新现实。Meghan Taylor Johnson, *Poor Things: Objects, Ownership, and the Underclasses in American Literature, 1868–1935*, Diss. University of North Texas, May 2019, p.79.

第七章 恋物：《麦克提格》

仇人，但身处死亡谷的二人面临新的生存危机：缺水。合作是麦克提格和马库斯唯一的生存机会。如前所述，马库斯是商品拜物教的信仰者。在那一刻，他们不可自控被金钱至上的资本主义逻辑统治。此时，作为背景的金子又一次移到了前景。北斗七星矿区的工人为开采金矿奋力劳作，而麦克提格和同伴找到了一个新的金矿。金币在死亡谷中一文不值，成为废物，但为了骡子背上的金币，麦克提格和马库斯仍旧进行了最后一次决斗。① 最后，麦克提格杀死了马库斯，马库斯把麦克提格拷在了自己的尸体上。小说以金丝雀的意象结束，"奄奄一息的金丝雀在它小小的镀金监狱里无力地啼叫着"。（347）

在某种程度上，镀金笼中的金丝雀拥有了简·贝内特所形容的物力（thing power），"不仅阻碍或阻挡人类的意志和设计，而且作为准代理人或力量，具有它们自己的轨迹、倾向性或趋势"。② 正如麦克格林（David McGlynn）所说，麦克提格对金丝雀有着强烈的执着，"他带着金丝雀从旧金山的一个公寓到另一个公寓，到普雷塞尔县的矿区，到内华达山脉的遥远的金矿区，最后在死亡谷的碱地上死去"。③ 因此，把麦克提格在死亡谷的最后一幕作为小说自然主义的物质观的一个参考点来阅读，就会发现，金丝雀不仅仅是麦克提格与动物世界的关系或者他被城市所禁锢的中

---

① 在这些场景中，黄金更多是作为"贪婪和骄傲"的代表，而非经济价值。参见 Kiara Kharpertian, "Naturalism's Handiwork: Labor, Class, and Space in *McTeague: A Story of San Francisco*," in *Studies in American Naturalism*, Vol. 9, No. 2(2014), University of Nebraska Press, pp. 147 - 172.

② Jane Bennett, *Vibrant Matter, A Political Ecology of Things*, Durham, NC: Duke University Press, 2010, p. viii.

③ David McGlynn, "McTeague's Gilded Prison," in *Rocky Mountain Review*, Vol. 62, No. 1(Spring 2008), p.25.

产阶级生活的象征。①作为物的金丝雀为理解麦克提格的最后命运提供了线索。虽说麦克提格死于马库斯之手,但警察是靠着在荒野里带着镀金鸟笼和金丝雀发现了麦克提格的行踪。

从恋物的角度来审视《麦克提格》,我们认为,小说中的悲剧是由更基本的物的力量催化的:玛丽亚、特里娜和马库斯对金钱的崇拜,特里娜和泽尔科对金币病态的追求,麦克提格对以金丝雀为代表的物的偏执。对金子的狂热依恋依次吞噬了每一个人,物质世界的非个人力量一次又一次地显露。在诺里斯这本有争议的小说文本中,物是积极的参与者,现实地评估人类为自己的目的塑造世界的能力。作为自然主义文学的代表作,《麦克提格》让我们对真正塑造主体的行为和命运的物有了更加深入的认识。

---

① David McGlynn, "McTeague's Gilded Prison," in *Rocky Mountain Review*, Vol. 62, No. 1(Spring 2008), p.25.

第八章

遗物:《阿斯彭文稿》

《阿斯彭文稿》于1888年首载于《大西洋月刊》,和《螺丝在拧紧》(The Turn of the Screw, 1898)齐名,被誉为亨利·詹姆斯最知名、最重要的中篇小说。故事的主人公兼叙述者"我"是一位美国文学编辑、批评家,其最新研究计划为著名已故诗人杰弗里·阿斯彭的生平和作品。在故事开头,叙述者意外发现阿斯彭年轻时的情人朱莉安娜·博格罗仍然活着,并和侄女蒂娜·博格罗一起住在意大利威尼斯。在友人普雷斯特夫人的帮助下,叙述者化身外国游客,以高额租金成为朱莉安娜的房客。整个故事就围绕着他获取阿斯彭秘密文稿的种种计划展开。在小说结尾,朱莉安娜去世,文稿被蒂娜烧毁,叙述者带着阿斯彭的画像遗憾地离开了威尼斯。

和詹姆斯的许多作品一样,这个故事的灵感来自作者偶然听闻的一桩奇闻逸事。其中有两个鼎鼎大名的主人公,那就是英国浪漫主义诗人拜伦和雪莱。1887年,詹姆斯在笔记中有如下记录:

汉密尔顿(V.L.的弟弟)告诉我一件关于波士顿艺术评

论家和雪莱崇拜者西尔斯比上尉的奇事……克莱蒙小姐、拜伦的情妇(阿莱格拉的母亲)直到最近还住在佛罗伦萨,她年纪很大了,八十岁左右,和她一起住的还有她的侄女,一位年轻的克莱蒙小姐(大约五十岁)。西尔斯比知道她们拥有一些有趣的文件(雪莱和拜伦的信件)。他早已得知此事,并一直想要得到这些信件。为此,他定下了去克莱蒙小姐家住的计划。鉴于老太太年事已高,身体衰弱,他希望在她去世的时候在场。这样就可以染指她生前看得很紧的文件。①

詹姆斯对这一逸事引人注意的改动有二。一是对人物的虚构。《阿斯彭文稿》塑造了美国文学萌芽期的诗人阿斯彭和客居欧洲的朱莉安娜·博格罗。二是对"雪莱和拜伦的信件"的虚化。詹姆斯对其具体构成避而不谈,统称为"阿斯彭文稿"。

在某种程度上,这两点也正是评论界关注的焦点。一方面,不少批评家试图解读小说中的美国原型及其背后的深意。比如,著名的詹姆斯研究专家莱昂·埃德尔(Leon Edel)指出,朱莉安娜的原型是詹姆斯祖母的姐姐"韦科夫祖姑母"。②沙恩霍斯特(Gary Scharnhorst)则认为阿斯彭指涉的是暮年的霍桑,攫取"阿斯彭文稿"情节的背后是詹姆斯对自己霍桑研究的反思,以及对霍桑之子朱利安的传记《纳撒尼尔·霍桑和他的妻子》

---

① 此事的后续是,"他实施了这个计划。事情果然如他所料。老妇人确实死了,然后他向年轻的那个五十岁的老妇人表达了他的愿望。后者的回答是:'如果你愿意娶我,我就把所有的信都给你!'"Henry James, *The Notebooks of Henry James*, eds Francis Otto Matthiessen and Kenneth Ballard Murdock, New York: Oxford University Press, 1961, p.71.

② Leon Edel, "*The Aspern Papers*: Great-Aunt Wyckoff and Juliana Bordereau," in *Modern Language Notes*, Vol. 67, No. 6 (1952), p. 393.

(*Nathaniel Hawthorne and His Wife*，1884)的批评。[1]另一方面,更多评论则围绕阿斯彭文稿展开。有文章认为,文稿很可能根本不存在,也有人怀疑蒂娜是阿斯彭和朱莉安娜的私生女,文稿根本就是蒂娜的合法继承物。[2]近年来,越来越多的评论家转向关注文稿的物质性。例如,罗森博格(Joseph E. Rosenberg)——列举了小说中的信件、名片、画像等间接指向"阿斯彭文稿"的"有形物品",并指出阿斯彭的名字发音预示了文稿被烧毁是其"唯一可能的命运"。[3]

值得注意的是,萨伏伊(Eric Savoy)、修伊什(Andrew Hewish)和辛普吉(Theodora Tsimpouki)都将文稿视为"档案",用德里达"档案热"(Archive Fever)的概念来解读小说,[4]认为叙述者对信件的信仰体现了德里达对档案热的描述,它是"不安、渴望和欲望的复杂交织"。[5]在这一解读框架下,小说主人公(叙述

---

[1] Gary Scharnhorst, "James, *The Aspern Papers*, and the Ethics of Literary Biography," in *Modern Fiction Studies*, 36 (1990), p. 211. 另有研究者认为阿斯彭的原型是惠特曼。见 Jeremy Tambling, "Henry James's American Byron," in *The Henry James Review*, Vol. 20(Winter 1999), pp.43-50。

[2] Jacob Korg, "What Aspern Papers? A Hypothesis," in *College English*, 23 (1962), pp.378-381. Diane G. Scholl, "Secret Paternity in James's *The Aspern Papers*, Whose Letters?," in *Modern Philology*, Vol. 111, No. 1 (August 2013), pp.72-87.

[3] Joseph E. Rosenberg, "Tangible Objects: Grasping *The Aspern Papers*," in *Henry James Review*, 27 (2006), pp.256-263.

[4] Eric Savoy, "Aspern's Archive," in *The Henry James Review*, Vol. 31, No. 1(2010), pp. 61-67; Andrew Hewish, "Cryptic Relations in Henry James's *The Aspern Papers*," in *The Henry James Review*, Vol. 37 No. 3(2016), pp. 254-260.

[5] Theodora Tsimpouki, "Henry James's *The Aspern Papers*: Between the Narrative of an Archive and the Archive of Narrative," in *The Henry James Review*, Vol.39, No.2 (2018), p.173.

者)是德里达笔下缺乏主体意识的"现代主体",①其扭曲的欲望被恋物对象——文稿主导,②档案的销毁是必然的,但"也是创造新作品的必要催化剂"。③ 由于德里达的档案理论深受弗洛伊德的影响,从档案的概念化入手,文本的意义必然脱离其客体地位,向主体的心灵和内部不断推进。④其优势是对主人公行为和欲望的解读深入独到,但局限性也在于过于关注个体的心理状态,略过了小说中和文稿有关的其他内容,也没有将"档案"这一概念放入具体的历史语境中考虑。鉴于此,本章试图脱离德里达对档案的解读框架,转向关注文稿在文本内外内涵的波动,探究处于个人记忆和历史记忆之间的"遗物"(relics),以弥补上述缺陷。

一、档案还是遗物:阿斯彭文稿的命名

不难发现,主人公"我"并非唯一和阿斯彭文稿发生联系的人物。朱莉安娜是文稿的拥有者,蒂娜是文稿的继承人,她们对待

---

① Andrew Hewish, "Cryptic Relations in Henry James's *The Aspern Papers*", in *The Henry James Review*, Vol. 37, No. 3(2016), p.254.
② Eric Savoy, "Aspern's Archive," in *The Henry James Review*, Vol. 31, No. 1(2010), p.66.
③ Theodora Tsimpouki, "Henry James's *The Aspern Papers*: Between the Narrative of an Archive and the Archive of Narrative," in *The Henry James Review*, Vol. 39, No.2 (2018), p.168.
④ 《档案热:弗洛伊德印象》一书源自德里达在弗洛伊德纪念馆的演讲,在某种程度上是对弗洛伊德档案观的回应。德里达一方面批评弗洛伊德对物质化的档案的否定,肯定主体性之外的档案和档案化的价值。另一方面,德里达用弗洛伊德死亡驱力的悖论来定义"档案热",揭示档案的悖论:以牺牲一种记忆为代价来维持另一种记忆,寻找档案的人同时维持和埋葬了记忆。Jacques Derrida, trans. Eric Prenowitz, *Archive Fever: A Freudian Impression*, Chicago: University of Chicago Press, 1996.

文稿的态度和"我"截然不同。而德里达对档案的定义似乎也与小说中的文稿有出入。在《档案热》的第一页,他提醒读者注意,"档案"的词源包括时间性和空间性双重含义,它是一个"开始",也是给予"命令"或"秩序"的地方,因此"档案"和保存档案的建筑密不可分。①德里达的档案概念从所涉及的机构和权力来看,在某种程度上是对福柯档案观的继承。在德里达的解读框架下,"档案"通常指的是"保存在该建筑中的文件集——通常是书面文件",档案化则是一种公共行为:"将一定数量的文件转化为被判断为值得保存的项目,并保存在一个公共场所,在那里可以根据既定的程序和规定查阅。"②因此,档案是一个关于选择的问题,有司法控制的作用,是公共机构的象征。③

这些解释显然同小说中作为私人信件(朱莉安娜)和研究材料(叙述者)的阿斯彭文稿相去甚远。更重要的是,詹姆斯从未将阿斯彭文稿直呼为"档案"。对比1888年和1908年的纽约版文本就会知道,詹姆斯很重视阿斯彭文稿的命名问题。在纽约版中,除了之前的"文稿"(paper)和"文件"(document),作者还加入

---

① Jacques Derrida, trans. Eric Prenowitz, *Archive Fever: A Freudian Impression*, Chicago: University of Chicago Press, 1996, pp.1-2.
② Achille Mbembe, "The Power of the Archive and Its Limits," in *Refiguring the Archive*, ed. Hamilton et al., Dordrecht: Kluwer Academic Publishers, 2002, p.19.
③ 而从文化记忆的研究角度来看,档案作为文化遗存物的地位也岌岌可危。阿斯曼(Aleida Assmann)对档案有如下定义:所谓档案,其位置处于"经典和遗忘"的中间,是一种"被动形式的文化记忆"。作为"参考性的文化记忆",历史档案是"经典"(也即"工作中的文化记忆")的反面,其价值在于提供了在新语境构建记忆的机会。可见,从文化记忆的机制来看,"档案"处于忘却和记忆的边界,是对过去的一种提醒。Aleida Assmann, "Canon and Archive," in *Cultural Memory Studies: An International and Interdisciplinary Handbook*, eds. Astrid Erll and Ansgar Nünning, Berlin: Walter de Gruyter, pp.102-103.

了"遗物""文学遗产"(literary remains)、"纪念品"(token, mementoes)等词。这些指代文稿的词汇有着与"档案"不同的历史、文化内涵。简单地说,遗物包括文学遗产和纪念品。而本章借由《阿斯彭文稿》所要讨论的核心问题是:在19世纪的西方社会,遗物在构成记忆中的作用是什么?

在转向文本分析之前,有必要简单厘清"遗物"一词的含义。总结起来,遗物大致包括三类:"圣物、名人文物、普通人的纪念品"。①第一层含义在文艺复兴之前占主导地位。首先,从词源来看,遗物一词最早来自拉丁语,对应的英文含义是"遗骸"(remains)。在古希腊和古罗马,遗物主要是指构成神话或远古伟大事件的遗迹,与神或英雄接触过的物,甚至可能是其身体的一部分。后来,在基督教的语境中,遗物成为显露神迹的圣物,"遗物被装在圣物箱中,在宗教仪式上向信徒展示,并在游行中被携带。由于接触使遗物的神奇力量更加有效,信徒们并不满足于看,而是要触摸,亲吻它们的每一寸肌肤"。②这种神圣性在《阿斯彭文稿》中也有体现。阿斯彭是叙述者的"神","我"是阿斯彭的信徒:"他高悬在我们文学的天空,让整个世界敬仰;他是点亮我们旅程的光明的一部分。"③这种对文学人物的神化,以及对其遗物的迷恋在19世纪初的英美社会并不少见,尤其是赋予詹姆斯灵感的

---

① 遗物的这三种类别在文艺复兴之后已经出现,虽然其分类有重合之处,但是文物和纪念品之间的差别越来越大。到了20世纪,随着商品社会的出现和消费文化的发展,纪念品越来越脱离真实经验的范畴,成为可购买的商品。Deborah Lutz, "The Death Still Among Us: Victorian Secular Relics, Hair Jewelry, and Death Culture," in *Victorian Literature and Culture*, Vol. 39, No. 1(2011), p. 128.
② Krzysztof Pomian, "The Collection: Between the Visible and the Invisible," in *Interpreting Objects and Collections*, ed. Susan Pearce, London: Routledge, 2005 p.167.
③ Henry James, *The Aspern Papers and Other Stories*, Oxford: Oxford University Press, 2009, p. 2.

一些浪漫主义诗人,比如纽约公共图书馆收藏有雪莱的头骨碎片(据说由雪莱的朋友从他焚烧的遗体中救出)、罗马济慈-雪莱纪念馆展出的济慈的褐色头发,以及拜伦蜜月床上的一块红色天鹅绒布料。到了19世纪后期,随着教育、科技的发展,遗物的宗教意味开始淡化,"书写的文本"(比如信件、日记等)"开始成为一种特别的遗物"。[1]信件的物质性,比如信纸和墨水的种类、特定的字迹和签名,都让信件成为个人经历真实而独特的记录。类似的"遗物"越来越多地进入个人领域。最终,用本雅明的话来说,纪念品成了"世俗化的遗物"。[2]

在小说中,"文稿"只指涉后两类遗物:与个人生活史相关的纪念品,以及文学遗产(大致等同于名人文物)。接下来,笔者拟通过19世纪上半叶的纪念品和信件的历史文化考察,探究朱莉安娜对文稿的态度及其原因。然后,透过"我"对阿斯彭文稿的描述,思考物是如何在叙事层面上构建叙述者的记忆的。换句话说,第一个问题是文稿对亲历者可能意味着什么,第二个问题问的是它对后世代表着什么。最后,鉴于对待文稿截然不同的态度,转向考察文本中一些重要冲突和情节:科莱奥尼的雕像、文稿的毁灭和画像的保留,以厘清物作用于记忆的机制。

二、纪念品:信件中的个人记忆

如果说记忆机制包括记住和忘却之间的不断转移,忘却是考

---

[1] Deborah Lutz, *Relics of Death in Victorian Literature and Culture*, Cambridge: Cambridge University Press, 2015, p.5.

[2] Walter Benjamin, *Selected Writings*, Vol. 4(1938–1940), Cambridge, MA: Harvard University Press, 2003, p. 182.

察记忆概念的开始,那么物就有不断唤起记忆的魔力。正如施文格尔(Peter Schwenger)所言,"(物)与我们的长期联系似乎使它们成为我们记忆的托管人"。①如"纪念品"一词本身就指向物品和记忆之间的联系:物是保存记忆的某种容器。而正因为这一特性,物为我们提供了回到遥远过去的重要回路。在《美国景象》(*The American Scene*, 1907)中,詹姆斯通过"费城的独立厅"表达了相似的看法:"在这里,时间的流逝,特别是在效果上没有出现任何漏洞;它仍然是如此强大,以至于所有的东西都重新活了过来,间隔消失了,我们打成一片。"②物体或场所可以直接传达出对过去的感觉,跨越宏大的时间鸿沟,召回被遗忘的事物和情感。而詹姆斯在《阿斯彭文稿》中孜孜以求的正是这种"有形的、可想象的、可重访的过去",他把这种感觉形容为清晰得就像"伸长手臂,在桌子的另一端够着一个物品"一样。(xxxi)"文稿"就是此处"有形的过去"的具象化。

小说中,"有形的"一词出现在第一章。主人公的同事约翰·卡姆纳给朱莉安娜写了两封信,恭恭敬敬地询问有关阿斯彭文稿的事情。蒂娜在回信中语气严厉地拒绝了这一要求:"她们并没有什么阿斯彭先生的'文学遗产',而且即使她们有,做梦也不会想到为任何理由把它们给任何人看。"(7)叙述者兴奋地表示,蒂娜对阿斯彭的称呼——"阿斯彭先生",可以证明文稿的确存在:"它证明了熟悉,而熟悉意味着拥有纪念品,有形的物品。我无法告诉你'先生'是如何影响我的——它如何跨越时间的鸿沟,把我们的英雄带到我身边——也无法告诉你它如何让我见朱

---

① Peter Schwenger, *The Tears of Things: Melancholy and Physical Objects*, Minneapolis: University of Minnesota Press, 2006, p. 3.
② Henry James, *The American Scene*, London: Chapman and Hall, 1907, p.293.

莉安娜的愿望变得迫切。你不会说莎士比亚'先生'吧。"(7)显然,这里叙述者验证了詹姆斯在前言中的比喻,如果说过去终究是一件"过时的、失去的和消失的"东西,"坚定的和连续的"文稿(物),就给了我们越过"时间的鸿沟",重访过去的机会。(xxxi)

与之相对,朱莉安娜并不情愿谈论这些文稿。对她来说,文稿并非"档案",而是"遗物和纪念品"。(6)显然,叙述者这里把"遗物和纪念品"等同起来。如前所述,遗物的概念涵盖纪念品。从后面的用法判断,他所说的遗物实际上指的是阿斯彭的"文学遗产"。虽说二者最重要的功能都是保存记忆,但从历史语境来看,这两个概念所指向的记忆行为有差异。简单地说,在维多利亚时期,如果说纪念品属于个人领域,那么文学遗产(也即詹姆斯所用的"遗物")更多的是一种公共概念。[①]很明显,对朱莉安娜来说,文稿是个人的纪念品,而非作为集体历史话语一部分的遗物,因为这些东西是"私人的、微妙的、亲密的"物品。(6)詹姆斯借普雷斯特夫人之口告诉读者这些纪念品的主要构成:"一箱他的信件",以及这些信具化的亲密人际关系:"他曾经是你(朱莉安娜)的情人。"(7)纪念品作为一种特定的文化形式有其独特的意识,正如斯图尔特(Susan Stewart)所说:纪念品将关注点转移到过去,但并非"不协调地存在于现在的属于过去的东西","它的功能是将现在包围在过去之中",也就是说,"纪念品的意义可能是记忆,或者至少是记忆的发明"。[②]作为逝去之人的最后纪念品,朱莉安娜保留信件的理由在于其能唤起早已消失的场景。它在这

[①] Teresa Barnett, *Sacred Relics: Pieces of the Past in Nineteenth-Century America*, Chicago: University of Chicago Press, 2013, p.74.

[②] Susan Stewart, *On Longing: Narratives of the Miniature, the Gigantic, the Souvenir, the Collection*, Durham, NC: Duke University Press, 1993.

方面的能力被蒂娜所证实。根据蒂娜的描述,朱莉安娜非常"喜欢它们","过去常常"把这些信件拿出来读。(55)

毫无疑问,信件在19世纪西方社会生活中占据独特的地位。这一点从维多利亚小说中反复出现的作为纪念品的信件中可以看出,无论是《维莱特》(Villette,1853)中的露西·斯诺所珍藏的约翰·布雷顿的信件,还是与《阿斯彭文稿》更为相似的 A. S. 拜厄特小说《占有》(Possession,1990)中鲁道夫·亨利·艾什和克里斯塔贝尔·拉蒙特的手稿信件,这些纪念品背后都是一段秘密的爱情(暗恋)关系。这是因为一方面书信交流不可避免地与隐私性有关,"一旦有可能在可以折回的纸片上写字……一旦有可能将手写和折叠的纸片插入信封,密封并邮寄,内部性和隐私的技术条件就到位了"。①另一方面,个人书信的写作对象往往是亲密友人或爱人,"这种亲密关系通常假定存在某种保密性"。②在小说中,纪念品的这种私密性、亲密性是理解朱莉安娜态度的关键。对她来说,文稿存在的首要意义是纪念一段情感、一段交往。后来,蒂娜隐晦地证实了朱莉安娜和阿斯彭的关系:"他早先总是来拜访她,陪她出去","他非常喜欢她"。(42)阿斯彭把朱莉安娜写进他"最精美、最有名的抒情诗歌"里。(14)既然纪念品的价值属于内在和个人世界,那就超脱了交换价值。小说中,朱莉安娜和侄女蒂娜隐居在一栋宏伟而黯淡的大宅中,生活穷困而清苦,"几乎没有什么收入可以仰仗着生活"。(13)朱莉安娜感到大限将至,希望给侄女留下一笔钱,要求叙述者支付大额房租,却从未透

---

① Mark Seltzer, "The Postal Unconscious," in *Henry James Review*, 21 (2000), pp.197-206.

② William Merrill Decker, *Epistolary Practices: Letter Writing in America before Telecommunications*, Chapel Hill: University of North Carolina Press, 1998, p.5.

露出利用文稿牟利的意思。为了回避叙述者的要求,她把他的房间和其他房间隔开,刻意避免会面,自始至终没有承认和阿斯彭的关系。

当然,作为纪念品,文稿除了直接参与过去,唤起人们的回忆,其物质性也至关重要。透过叙述者的眼睛,我们看到朱莉安娜的房间堆满了东西,包括衣服、包袱,"还有堆在一起的各种各样的纸板箱,破烂不堪,鼓鼓囊囊,变了颜色,可能已经有五十年的历史了"。(70)而文稿一直是作为有形的物品而存在的。朱莉安娜先是把它放在一个带锁的"又小又扁"的"浅绿色箱子"里,把箱子藏在起居室的沙发下面,后来又把它放到卧室的床垫里。(70)作为纪念品的信件的决定性特征是"它曾与一个心爱的人有过直接的身体接触",或者说纪念物是"物质世界的一点重现"。①这一特性源于翁贝托·埃科的"同质性"(homomaterial)理论,遗物"由于曾经与某些人物或事件有接触",这些事件的痕迹"就会成为遗物无可争议的属性"。②因此,叙述者深信,文稿让朱莉安娜有机会重温过去,她"每晚都会把阿斯彭的文稿从头到尾读上一遍",或者"至少是让它紧贴她枯萎的嘴唇",迷失在它释放的记忆中。(22)通过与信件的近距离接触,细细阅读、抚摸,朱莉安娜继续和不再存在的阿斯彭互动,一次次地将他纳入内心深处。在此过程中,文稿发挥了积极的作用,召唤朱莉安娜承认它们的存在,并叙述她对过去的回忆。

最后,通过朱莉安娜对承载个人记忆的纪念品的态度,詹姆斯表达了对个体隐私的关注。詹姆斯非常重视隐私。他将小说

---

① Teresa Barnett, *Sacred Relics: Pieces of the Past in Nineteenth-Century America*, Chicago: University of Chicago Press, 2013, p.60.

② Ibid., p.25.

定义为"生活的个人印象",以细致入微的心理刻画扬名文坛。终其一生怀着做一名纯然的艺术家的理想,小心保护着个人隐私,不愿公众干扰其个人生活。这种对隐私的重视在创作《阿斯彭文稿》的19世纪80年代,尤其是经历了戏剧舞台的光荣失败后到达顶峰。詹姆斯曾对一位编辑表示:"……我自己在过去这些年里所制定的法律……即不把个人和私人文件留给任何意外,甚至是我的遗嘱执行人摆布!我多年来保留了几乎所有的信件——直到我的容器不再能容纳它们;然后我用一场巨大的篝火把它们烧掉,从那时起,我精神上就更加轻松了——除了某些必须保留的残余。"①这段话对"个人"和"私人"的强调表明了詹姆斯的态度:"私人文本的出版是对作者本人的侵犯。文学文本及其物理容器保留了散发艺术家个性的能力,甚至在艺术家死后也是如此。"②而小说中,朱莉安娜也明确区分了私人和公共领域。除了确保她们和叙述者的房间是完全隔开的,她还断然拒绝寻求阿斯彭文稿的来信,并给蒂娜立下一道命令,"即遗赠的物品应保持隐蔽",尤其要"杜绝四处探问私事的人的眼光"。(57)在和朱莉安娜的两次交锋中,叙述者逐渐意识到,她从未真的想要公布阿斯彭文稿。

---

① Henry James, *Henry James Letters*, ed. Leon Edel, Vol. 4, Cambridge, MA: Harvard University Piess, 1984, p. 541

② 或者说,文学遗产"是作者和文本之间的有机关系,文本语料库是作者身体的剩余延伸"。Richard Salmon, *Henry James and the Culture of Publicity*, Cambridge: Cambridge University Press, 1997, p. 84.

第八章　遗物:《阿斯彭文稿》

三、文学遗产:遗物中的历史记忆

叙述者把朱莉安娜拒绝承认拥有阿斯彭文稿的态度归因于时代的变化:"她不懂现在这个时代。"(6)他接着说:"19世纪下半叶是报纸、电报、照片和采访者的时代。"(6)这一时代特征究竟意味着什么?詹姆斯在笔记中进一步阐述:"如果不触及……报纸和采访者对隐私的入侵和厚颜无耻,对生活的吞噬性宣传,公共和私人领域之间所有意识的消亡,就不能完美地勾勒出自己的时代。"①显然,詹姆斯所担心的是现代社会对私人生活领域的入侵。事实上,在同时期的中篇小说《在笼中》(*In the Cage*, 1898)中,詹姆斯已经通过电报女郎利用科技对他人情感生活的窥探,提醒人们现代社会个人生活消失的危机。在《阿斯彭文稿》中,在某种程度上,这一信息是通过叙述者"我"的双重身份传递的。据"我"自己介绍,"我"是"批评家""评论家","或许还称得上历史学家"。(59)在朱莉安娜看来,他是"出版界的恶棍",(79)不惜"弄虚作假、表里不一",(7)不顾私人生活隐私,只为满足读者的好奇心。实际上,在抹去公共领域和私人领域的界限方面,学术界和大众媒体的诉求并没有什么不同。无论是作为学者还是编辑,叙述者的目的都是阅读文稿,获得信息,收集信件,公开发表。

沙恩霍斯特和萨蒙(Richard Salmon)都强调,詹姆斯的故事表达了对传记、对隐私权入侵的焦虑。《阿斯彭文稿》的故事确实

---

① Henry James, *The Complete Notebooks of Henry James*, eds. Leon Edel and Lyall H. Powers, New York: Oxford University Press, 1987, 40.

表达了抵御"对传记知识的贪婪追求",捍卫"作者的'隐私权'"的困难性和复杂性。①但是,作为一种特定文化形式的遗物,阿斯彭文稿还涉及对文学名声,乃至历史记忆更有建设性的思考。因为如果说作为纪念品的遗物被朱莉安娜用来召唤失去的爱人,那么它同样被叙述者用来创造跨越历史时间的连接。

对阿斯彭这样的浪漫主义作家来说,写作是为了实现"不朽,死后的生活,死后的生命"。② 同时代的浪漫主义诗人如华兹华斯、雪莱、济慈,不仅自己收藏圣徒或英雄人物的遗物,而且意识到自己"作为国家英雄,也可能成为收藏家的藏品"。③因此,作为阿斯彭研究的一流专家("全世界都认可杰弗里·阿斯彭的成就,但坎姆诺和我却对他最为钦佩"),叙述者也自豪地宣布,纪念阿斯彭最重要的方式就是让人了解"他的一生","我们为他所做的纪念工作比任何人都要多"。(3)不论批评家如何质疑阿斯彭文稿的真实性,叙述者对"神圣的遗物"的存在深信不疑。(28)当然,这里的"神圣"并非指宗教意义上的遗迹。在19世纪,"'神圣'一词常常被理解为感性记忆的一个属性,以至于这个纯粹的形容词只用来形容用于纪念,而不是任何其他目的的物品"。④因此,当叙述者用"神圣的遗物"来形容阿斯彭文稿时,指的不是因货币或美学价值而受到重视的财产,也不是有趣的奇物,其价值

---

① Richard Salmon, *Henry James and the Culture of Publicity*, Cambridge: Cambridge University Press, 1997, p.91.
② Andrew Bennett, *Romantic Poets and the Culture of Posterity*, Cambridge: Cambridge University Press, 2004, p.16.
③ Deborah Lutz, *Relics of Death in Victorian Literature and Culture*, Cambridge: Cambridge University Press, 2015, p.25.
④ Teresa Barnett, *Sacred Relics: Pieces of the Past in Nineteenth-Century America*, Chicago: University of Chicago Press, 2013, p.57.

完全在于其跨越历史时空、唤起珍贵记忆的特性。同时,他确信,作为批评家,其使命是为"过去的伟大哲学家和诗人,那些已经去世的、不能为自己说话的人"说话。(59)而在当时,"'文学遗产'所促成的与读者的'交流'不是纯粹的语言和非个人的,而是传记的、精神的、情感的"。[①]叙述者因此感到自己得以超越时空的限制,和阿斯彭结成"一种神秘的同伴关系,一种精神上的友爱关系"。(28)可见,对叙述者来说,重要的不是纪念品在私人生活中的用途,而是如何将其作用延伸到公共领域,如何用叙述的方式来重现过去的一些事件。换言之,"我"所关注的并非铭刻在个人载体上的个人经验,而是存在于集体模式中的历史记忆。

这一点在叙述者对待朱莉安娜和蒂娜的态度上表露无遗。在他看来,遗物非但不是个人的纪念品,甚至朱莉安娜本人也是阿斯彭文学遗产的一部分。他这样描述初次见到朱莉安娜的心情:"但当她坐在我面前时,我的心跳得很快,仿佛因为我,竟然出现了复活的奇迹。她的存在似乎在某种程度上包含和代表了他的存在,在看到她的那一刹那,我感到比以前或以后的任何时候都更接近他。"(14)这里值得注意的是,叙述者将朱莉安娜本人称为"遗物"("未亡人"),也就是记忆的媒介或技术。她并非真实存在的人物,而是将不再存在的阿斯彭带入当下时空的工具。遗物使她的生命"在某种程度上与它们在另一端触及的杰出的生命连在一起"。(28)因此,叙述者渴望"注视他注视过的一双眼睛",碰到他曾接触过的手,就像有一种"传递的触感"一样。(2)从这个角度来看,朱莉安娜之所以将眼睛隐藏在一个绿色的眼罩后

[①] Samantha Matthews, *Poetical Remains: Poets' Graves, Bodies, and Books in the Nineteenth Century*, Oxford: Oxford University Press, 2004, p.3.

面,拒绝与叙述者握手,并不是因为她是"失去的父亲、阿斯彭和逻各斯"的欲望投射,[1]而是因为她已经觉察到了叙述者的意图,拒绝成为"龇牙咧嘴的骷髅"。(14)如果说朱莉安娜不过是阿斯彭文学遗产的一部分,那么蒂娜则是因为"曾经看到并接触过文稿",而成了"深奥的知识"的代表。(29)在第一次长谈中,在叙述者的引导下,蒂娜吐露了许多威尼斯的社交往事,换来的却是对方一次次对阿斯彭遗物的试探和推测。后来,在唯一一次共同出游时,叙述者故意以殷勤的态度对待蒂娜,作为"使她以某种方式背叛她姑妈的贿赂",最终目的是要求她"防止她(朱莉安娜)把文稿毁掉"。(54,56)

历史记忆构建的是一个社会共同体的共同过去,是集体身份和文化身份的根基。叙述者将这种记忆描述得美好而光荣,赋予个人一种超脱之感。如他所说,每当想起阿斯彭的文学成就,"我那古怪的私人差事就成为总的浪漫和荣耀的一部分"。(28)可见寻求阿斯彭文稿不光是为了纪念阿斯彭本人,更是为了传承艺术的"浪漫和荣耀"。阿斯彭的文化遗产属于历史记忆的一部分,讲述是美国文学初创时期,第一代作家创建具有民族色彩的文学的故事:"在我们本国的文化还很贫瘠、粗糙和偏僻的时候,在人们甚至还没有意识到它缺乏所谓的'氛围'的时候,在那里的文学孤单落寞,艺术和体裁几乎是不可能的时候,他却像一个开路先锋,找到了生活和写作的方法;自由,慷慨,无所畏惧;感受,理解,勇于表达。"(33)正是从集体的维度出发,叙述者将文稿视为美国人的记忆遗产,怀抱挖掘和守护美国文化的信念。他告诉蒂娜,

---

[1] Andrew Hewish, "Cryptic Relations in Henry James's *The Aspern Papers*," in *The Henry James Review*, Vol. 37, No. 3(2016), p. 258.

第八章 遗物:《阿斯彭文稿》

自己寻求文稿并非想要占有,而是为了公众的利益:"你可以让我看看这些文稿,翻阅一遍。这不是为了我自己;我的愿望中没有个人的狂热。这只是因为它们对公众来说极其重要,作为对杰弗里·阿斯彭生平历史的贡献,具有不可估量的价值。"(55)

但在理解纪念品与文学遗产的区别时至关重要的一点是,文学遗产不是不变的记忆的储存器(叙述者并不在乎朱莉安娜和蒂娜的意愿和回忆),而是可以被具体地操纵以重塑记忆的价值和意义的东西。因为历史记忆不一定是对过去真实、全面的记录,而是有选择性的重塑。或者说,"记忆不是在档案中找到或收集的东西,而是被创造且不断被创造出来的东西"。①既然历史记忆可能被持续修订,那么在发生时未受关注的事件,回想时可能会被认为是一个重大事件。从这个角度看,叙述者对阿斯彭文稿的追寻就不仅是为了"创造'成功'或'完整'的档案"那么简单,②而是重塑,甚至改写历史记忆。在以往关于阿斯彭的研究中,朱莉安娜的部分往往被一笔带过。叙述者关心的是,阿斯彭和朱莉安娜的浪漫关系在历史记忆中有什么作用? 首先,朱莉安娜似乎是阿斯彭的缪斯。她是阿斯彭最美好的诗歌的女主人公,"在阿斯彭本人第二次离开美国的时候,他作了好几首诗献给她";在那时,二十岁的朱莉安娜已经旅居欧洲,阿斯彭在诗中公开暗示:"他是为了她回来的。"(31)他们之间难以捉摸的爱情仿佛为阿斯彭的诗名增加了浪漫色彩。其次是阿斯彭对待女性的名声问

---

① Terry Cook and Joan M. Schwartz, "Archives, Records, and Power: From (Postmodern) Theory to (Archival) Performance," in *Archival Science*, Vol. 2 (September 2002), p. 172.

② Ryan Barnett and Serena Trowbridge, "Remembering and Mourning the Victorian Archive," in *Acts of Memory: The Victorians and Beyond*, eds. Ryan Barnett and Serena Trowbridge, Newcastle upon Tyne: Cambridge Scholars Publishing, p. 13.

题。以往的研究表明,阿斯彭从来不是"妇女的诗人",他"曾经'对她不好'",但叙述者倾向于认为他并非"粗鄙无礼",并暗示朱莉安娜"不是一般体面正派的年轻人"。(3,31)文稿有可能进一步证明了这一点。后来,叙述者果然试探地问过蒂娜,信件中是否有"不宜泄露出去"的内容,或者包含"痛苦的回忆"。(54)

更为重要的是,朱莉安娜和阿斯彭的传奇经历既是早期美国文化的缩影,又巩固了阿斯彭作为第一代美国民族诗人的地位。对于叙述者来说,阿斯彭的文稿讲述了一个故事:"美国人在1820年到海外去,具有一些浪漫的,几乎是英雄式的意味。"(32)叙述者的任务是将阿斯彭生活的公开记录(可以有不同解读的文本)变成"官方传记",一个"标准的19世纪诗人的传记式肖像"。[1]阿斯彭的"文学遗产"有望解答以下关键问题:长期旅居欧洲的经历,对朱莉安娜的感情生活和性格有何影响? 当阿斯彭抵达欧洲,古老的文化和秩序又是如何打动他的呢? 他身上是如何体现欧洲文明和美国文化的冲突与融合的呢? 最终,阿斯彭摆脱了早期欧洲的影响(同时离开了朱莉安娜),成为同时代最具盛誉的美国诗人。这正是叙述者希望通过文稿所建构的历史记忆。

四、纪念碑和画像:记忆的留存法

《阿斯彭文稿》的后半部分就是建立在"遗物"作为记忆之物双重内涵的冲突上的。这一冲突在叙述者和朱莉安娜的对话

---

[1] Arnold E. Davidson, "Transformations of Text in Henry James's *The Aspern Papers*," in *ESC: English Studies in Canada*, Vol. 14, No. 1(March 1988), p. 43.

中得到了最充分和直白的表达。在表明自己作为文学批评家的身份之后,叙述者这样解释自己为伟大的哲学家和作家所做的工作:"他们已经逝去了,不能为自己说话了,可怜的天之骄子们!"朱莉安娜质疑这样做的正当性:"你认为挖开过去是对的吗?"对此,叙述者回答:"除非我们挖一挖,否则我们怎么能得到它?"朱莉安娜显然不认同这样的方式,因为批评家发现的东西"往往是谎言","真相属于上帝",其他人没有资格来评判。(60)可见,信件被珍藏起来(或者成为收藏的目标),有两个相互矛盾的原因:要么将纪念品埋藏在亲历之人的内心深处,要么撰写传记,公开其文学遗产。换句话说,收集信件要么是为了防止误读,保护个人记忆和真相,要么是为了扩大读者的圈子,建构历史记忆。

当然,故事最后,阿斯彭的信件消失在蒂娜亲手点燃的火焰中。那么,阿斯彭文稿为何又从被珍藏到被销毁呢?朱莉安娜销毁文稿的理由恰恰和收藏它的理由一致:因为文稿对个人生命和记忆的独特意义。如苏珊·斯图尔特在《论渴望》(*On Longing*, 1993)中所说:"由于纪念品与传记的联系,以及它在构成个人生命概念中的地位,纪念物成为该生命价值的象征,也是自我生成价值能力的象征。"[1]因此,叙述者担心朱莉安娜"在感到自己末日来临的那一天销毁她的文件"。(22)而朱莉安娜临终之时果然指示蒂娜"烧掉它们"。(86)背后的意图恰恰是让阿斯彭的信件与她自己的肉体一起埋葬。

直到朱莉安娜去世,叙述者(或者说詹姆斯)特意撇开了个人

---

[1] Susan Stewart, *On Longing: Narratives of the Miniature, the Gigantic, the Souvenir, the Collection*, Durham, NC: Duke University Press, 1993, p.139.

对阿斯彭文学遗产的主观体验。但无论他如何述说自己的大公无私,作为文稿的寻访者和使用者,在特定的时刻,叙述者必然面临文稿的拥有权,及其被展示的方式、条件等问题。因此,蒂娜一开始并没有执行朱莉安娜的遗愿,而是在个人情感的驱使下保留了文稿,并暗示叙述者,如果两人能够成为"亲戚"(和她"不是外人"),那么他就可以拥有这些文稿。(89)这是故事的第二重高潮。[1]叙述者一开始断然拒绝:"我如何能为一捆破烂的文稿,娶一个可笑、可怜又土气的老女人。"(92)从"神圣的遗物"到"破烂的文稿",叙述者态度的改变源自个人经验和遗物的直接关联:究竟要不要为了阿斯彭文稿的公开出版而让渡自己个人的感情生活?不过很快,他改变了主意:文稿现在显得"比以往任何时候都要珍贵","蒂娜小姐对该行为附加的条件也不再是值得考虑的障碍了"。(93)从坚决拒绝到欣然接受,叙述者只花了短短一个下午的时间。

詹姆斯却没有明确告诉我们叙述者态度转变的原因。唯一的线索是当天下午在威尼斯漫无目的地游荡时,他在著名将领巴托洛梅奥·科莱奥尼的骑马雕像前驻足沉思。詹姆斯写道:"我只发觉自己目不转睛地望着那位功成名就的大将,仿佛他嘴里说出了什么神谕。"(91)这段话看似闲笔,却是理解叙述者抉择的关键。仅有的两篇相关评论都认为科莱奥尼的雕像"强调阳刚之气的定型印象",叙述者从他那里获得的启发是"他在与人打交道时

---

[1] 故事的第一个高潮是朱莉安娜发现叙述者站在她起居室的书桌前,想要打开看看时,痛骂他"好一个出版界的恶棍",并倒地昏厥。这可视为两种对遗物截然不同的处理方式的矛盾冲突高潮。

应该采取什么最佳策略"。①这样的解读有些牵强。因为在最后一次和蒂娜小姐会面时,是叙述者的心态而不是策略完全转变了,他非但没有用自己的男子气概征服对方,而是被蒂娜外表的变化所蛊惑,觉得她变美了,"变年轻了,不再是可笑的老妇人",真心实意地准备接受她的求婚。(95)那么,科莱奥尼的雕像到底告诉了叙述者什么道理呢?

也许我们仍然可以从遗物的历史演变入手。到 19 世纪末,随着传播技术、教育改革的发展,大众社会初见端倪。纯粹、稀缺的遗物不再能满足存留历史记忆的需要,人们需要新的形式来表达集体身份,建立社会认同。建国英雄人物因此通过画像和纪念碑被带到公共生活的中心,比如圣约翰和圣保罗教堂前的科莱奥尼雕像。科莱奥尼生活在 15 世纪文艺复兴时期,曾带领威尼斯战胜周围的城邦,成功捍卫了共和国的主权。而"在西方从遗物到纪念碑的转变中,最重要的当然是在城市中心位置出现了显示王子骑马的雕塑",因为代表民族胜利解放者的纪念碑代表着政权崛起、民族统一的历史记忆。②因此,民族英雄科莱奥尼的雕塑和文化英雄阿斯彭的文稿重叠了起来。如果我们认可历史的建构性,是"一部关于英雄成就的编年史,并非一系列混乱的争端和未解决的结果",那么公共纪念碑就代表着集体记忆,"将历史塑

---

① Barbara Currier Bell, "Beyond Irony in Henry James: *The Aspern Papers* ," in *Studies in the Novel*, Vol. 13, No. 3 (Fall 1981), p. 289. Leonardo Buonomo, "Echoes of the Heart: Henry James's Evocation of Edgar Allan Poe in *The Aspern Papers* ," in *Humanities*, 10.1(2021), p.55.

② Bernhard Giesen and Kay Junge, "Historical Memory," in *Handbook of Historical Sociology*, eds. Gerard Delanty and Engin F. Isin, London: Sage Publications, 2003, p.330.

造成其正确模式的冲动"。①正是在凝望科莱奥尼的纪念碑之时，叙述者想象着阿斯彭遗物所构建和追求的历史记忆的来源和机制。科莱奥尼作为历史遗迹的能力并非具体的"战役和谋略"，而是"他曾看到过那么多次红日西沉"中蕴含的超越时间的物质性。这种物质性是精神力的通道，和文稿复活阿斯彭的神奇力量如出一辙："这种精神永远陪伴着我，并似乎从这位伟大的诗人复活的不朽面孔中向我望来，他的所有天才都在其中闪耀。"(28)

不过，蒂娜并没有让叙述者如愿获得阿斯彭的全部遗产。如前所述，文稿被烧毁了。这一结局一直是之前大多数解读的唯一关注点。在这些解读中，很多评论家从德里达档案理论出发，将阿斯彭文稿的毁灭归因于文档本身难以回避的"死亡驱力"。如德里达所言，"档案总是先验地与自己作对"，②档案不是"保存过去、历史和记忆"的场所，而是其不可避免的损失，③比如修伊什指出：作为档案，它将永远寻求自己的毁灭，而"档案中的这把火是对自我和叙述者能动性、对他的行动和存在的结构化逻辑不可避免的抹杀/阉割"。④但实际上，文稿并不是阿斯彭遗物的全部，而遗物也没有完全毁灭。朱莉安娜和叙述者第二次见面时，展示了她拥有的另外一件遗物："用皱巴巴的白纸包裹的……一张小小的椭圆形的肖像画。"(62)这罕见的画像是阿斯彭年轻的时候画

---

① Beverly Haviland, "Taking Liberties with the Past: Monuments, Memorials, and Memory," in *The Henry James Review*, Vol. 38, No. 3(2017), pp. 267–279.

② Jacques Derrida, trans. Eric Prenowitz, *Archive Fever: A Freudian Impression*, Chicago: University of Chicago Press, 1996, p.12.

③ Jonathan Boulter, *Melancholy and the Archive: Trauma, History, and Memory in the Contemporary Novel*, New York: Bloomsbury Publishing, 2011, p.7.

④ Andrew Hewish, "Cryptic Relations in Henry James's *The Aspern Papers*," in *The Henry James Review*, Vol. 37, No. 3(2016), p. 259.

成的,画家是朱莉安娜的父亲。在小说结尾,蒂娜烧毁了阿斯彭的信件,但把画像赠送给了叙述者,后者将其挂在办公桌的上方。显然,画像的留存及其与文稿的关系还值得我们继续探究。

其一,画像的存在挑战了关于档案毁灭的传统解读。如果没有画像,信件的毁灭或许可以用"档案热"来解释。作为阿斯彭文学遗产的一部分,画像让我们重新考虑记录、保存个人经验的意义。或者说,画像揭示了詹姆斯对个人和历史记忆更为复杂的态度。如果说信件的烧毁是詹姆斯对记忆和隐私边界的提醒,那么画像的存留则让我们思考公众人物的经验应当如何被记录、保存,如何影响后世。

其二,画像作为视觉记忆承载物的特殊性质。正如韦德(William R. Veeder)所说,叙述者和朱莉安娜对肖像画的态度有所区别:肖像画"似乎为(叙述者)提供了……各个层面欲望的满足",但对朱莉安娜来说,它不过是一个"弃物"而已。[①]的确,画像首先作为对叙述者的试探出场(朱莉安娜让他给画像估价),后来被蒂娜直接送给了他。詹姆斯这样描写这幅画:"这是一件精细但并不那么高明的艺术品,比普通的小型画要大,画的是一个身穿绿色高领大衣和浅黄色马甲的年轻人,面容非常英俊。"(63)且不论画像如何作为欲望的表征,只看其作为遗物的价值,也和信件不尽相同。其中最重要的就是视觉和文字的差别,"代表着理想化的、没有身体的男性诗人的视觉呈现的肖像画"和"文稿——

[①] 韦德认为《阿斯彭文稿》的核心主题是"欲望"。而毁灭信件、得到画像正是叙述者的深层次欲望所在。William R. Veeder, "The Aspern Portrait," in *The Henry James Review*, Vol. 20, No. 1(1999), pp.31 - 32.

或字面的、事实的——相对立"。①视觉经验的记忆制造能力与信件的记录不同,关键取决于接收和解释图像的社会和文化背景。除了知道画家是朱莉安娜的父亲,其他围绕画像前世今生的背景信息都丢失了。画像的观赏者永远不知道是什么让阿斯彭爱上朱莉安娜,又是什么让他们产生分歧,这些经历最终又如何影响了阿斯彭的文学创作。这也许是詹姆斯放心让画像存留于世的原因。

与此同时,跟文字中记录的记忆相比,画像足以吸引人,提供一种联想,或者是一种引发叙事的努力。用叶泽尔(Ruth Bernard Yeazell)对詹姆斯的"肖像妒忌"理论来理解,阿斯彭的肖像画比文稿更优越。因为"一幅伟大的肖像画可以提供(生活的)幻觉",画家的艺术"具有小说家的艺术所不具备的即时性"。②小说的最后一句话是这样的:"每当我望着那幅画像时,我就几乎无法忍受我遭受的损失——我指的是那批珍贵的文稿。"(99)③无论这里的"损失"指的到底是文稿、蒂娜和失去的爱情,还是金钱,④摧毁

---

① 但这篇文章并没有具体阐述文本中视觉和文本的对立,其主要论点是詹姆斯描述阿斯彭的肖像"是为了让他的当代读者回忆起珀西·雪莱的画像"。Diane Hoeveler, "Romancing Venice: The Courtship of Percy Shelley in James's *The Aspern Papers*," in *Tracing Henry James*, eds. Melanie H. Ross and Greg W. Zacharias, Newcastle: Cambridge Scholars Publishing, 2008, p. 127.

② 叶泽尔指出,詹姆斯对肖像画存在一种妒忌心理。对詹姆斯来说,"画家的艺术不仅比小说更容易被确立为美学理论的主题,而且更容易免于道德化的冲动,在他看来,这些冲动扭曲了小说的写作"。Ruth Bernard Yeazell, "Henry James's Portrait-Envy," in *New Literary History*, Vol.48, No. 2(Spring 2017), p. 314, p.317.

③ 评论家们对最后一句话的探讨由来已久。因为詹姆斯1888年的版本是:"当我看到它时,我几乎无法忍受文稿丢失的懊恼。"Philip Horne, *Henry James and Revision: The New York Edition*, Oxford: Oxford University Press, 1990, p. 274.

④ Joseph Church, "Writing and the Dispossession of Woman in *The Aspern Papers*," in *American Imago*, 47(1990), p.24.

的信件和其中的记忆因为已经永远被过去埋葬,反而给各种想象和思想提供了空间。文稿应该或者说注定被销毁,因为个人记忆伴随着朱莉安娜的死亡已经消失了,但是关于文稿的故事留了下来。当叙述者看着诗人的眼睛,"如此年轻,神采奕奕,如此聪明,充满远见",他知道他想写关于他的故事,关于《阿斯彭文稿》的故事。(88)

终　章

房屋前的草坪上站立着一只铸铁雕塑成的老鹰,被油漆成白色,伸展双翅,显眼又高傲。一个小女孩喜欢在他翅膀的阴影下乘凉,逐渐喜欢上了这只白鹰,常常抚摸它的头和翅膀。女孩长大后独身一人,寄居在不同的地方,为了生活操劳。老鹰始终伴随她,静静地待在后院的苹果树下或拥挤公寓房间的一角。当走到生命最后一刻,女人仿佛听到了老鹰的悲鸣。在剩下四分之一的篇幅中,叙述者告诉我们,女人过世之后没留下多少东西,一位亲戚把老鹰放在她的坟墓前。

这是肖邦在短篇小说《白鹰》("The White Eagle",1900)中讲述的一个简短、动人的故事。这个故事的特别之处在于老鹰虽然没有开口说话,但叙述者从老鹰的角度以冷静克制的口吻完成了这个故事。这种叙述方式敦促我们将注意力集中到"白鹰"身上,重新认识在常规使用中被遮蔽和忽略的物的品质。白鹰原本只是装饰草坪的一尊普通雕塑,但故事中作为实物的老鹰显然脱离了人类价值定义的体例。老鹰陪伴女人走过童年、少女时代、老年,直至死亡,经过时间的推移,获得了引人注目的品质。

人们赋予物以意义,故事中的白鹰代表着一位女性的悲苦一生。评论家们指出,老鹰是其"痛苦"和"不断减少的人生可能性"的标志,[1]或者说是她空白的感情生活中"另一个自我"。[2]的确,一个人使用的东西在很大程度上可以被视为自我的一部分。威廉·詹姆斯(William James)就将"自我意识"形容为一个人"可以称之为自己的一切的总和,不仅是他的身体和精神力量,还有他的衣服和房子……他的土地和马,以及游艇和银行账户"。[3]在这一解读中,肖邦透过一件无生命的物讲述了一位女性的人生。如果说我们拥有和珍爱的东西比较准确地反映了主人的个性,那么在老鹰身上,我们看到了一名孤独而骄傲的女性的影子。

但《白鹰》更是关于人类世界和物质世界密切关系的隐喻,物身上凝结了人类情感的因素:保护、陪伴、忠诚和纪念。故事并没有随着女主人公的死亡结束,而是以老鹰的形象结尾:"于是白鹰最后一次被抬上山去老墓地,像一块墓碑一样放在她坟墓的头上。他已经站在那里多年了。花干枯腐烂,按时落成碎片。白鹰随着下沉的坟墓向前倾斜,好像要起飞了。他凝视着广袤的平原,他的神情在人类身上会被认为是智慧的。"[4]很明显,老鹰对其"主人"有实质性的影响。女人在世时,她坚持带着"没有任何实用价值"的白鹰,即使其他人都不理解她对老鹰的喜爱和投入。[5]在她去世的那一刻,对世界的最后印象是老鹰的"眼睛眨了又

---

[1] Allen F. Stein, *Women and Autonomy in Kate Chopin's Short Fiction*, New York: Peter Lang, 2005, p.144.

[2] Per Seyersted, *Kate Chopin: A Critical Biography*, Baton Rouge: Louisiana State University Press, 1969, p.184.

[3] William James, *The Principles of Psychology*, Vol. 1, New York: Cosimo, 2007, p.291.

[4] Kate Chopin, "The White Eagle," in *Vogue*, July 12, 1900.

[5] Ibid.

眨",扑在她的身上,"啄击她的胸膛"。①在她去世之后,老鹰继续守护着她。可见,物是女人人生的积极参与者和见证者,创造意义并影响人类。

《白鹰》中呈现的这种人与物的动态互动所定义的世界正是本书的主题。在19世纪、20世纪之交的美国小说中,物已经不仅仅是关于人和人类世界的信息载体,还成为虚构作品主题书写和象征系统的核心。从詹姆斯的《阿斯彭文稿》《博因顿珍藏品》,到诺里斯的《麦克提格》和德莱塞的《嘉莉妹妹》,再到肖邦的《不可预料》、凯瑟的《汤米:务实的女人》和华顿的《欢乐之家》和《国家风俗》,物在文本中繁殖、扩散、消亡,它们被人向往、追逐和珍藏,很多时候甚至对抗、主导着人的意志。我们通过分析现实世界中广泛存在的物和文学文本中大量的物,不囿于物的货币或商品价值,而是试图在更广泛的历史和社会学背景下探索、想象物的可能性。如前所述,以往的研究多从消费文化和商品文化的角度,聚焦购物、展示和商品化中的物,强调物的商品属性,而忽视了物的其他属性。新物质主义则聚焦物如何调解社会关系、表达人类情感、承载文化记忆,甚至拒绝服从人类的认知模式,聚集、吸引其他种类的物。与此同时,这绝不意味完全回避物的商品性。事实上,在美国消费社会的形成期,经济价值仍然是物的重要属性,当时的文学作品中也生动地再现了物的生产、交换和使用。但物、商品和符号之间的分界是不稳定的,我们需要更多地关注运动中的物(Things in Motion),或者说物质属性的改变。

通过这样的研究思路,本书试图说明以下几个重要观点。首先,关于物的书写是美国现实主义文学和自然主义小说的重要组

---

① Kate Chopin, "The White Eagle," in *Vogue*, July 12, 1900.

成部分。物提供了关于人物和环境的基本信息，塑造了小说的社会背景。这符合现实主义的美学思想："由于现实主义想把世界的事物纳入其描述性话语中，它发展了对细节的偏好。"①事实上，从内战后出现的乡土文学或区域文学开始，到威廉·迪恩·豪威尔斯、亨利·詹姆斯和马克·吐温的现实主义高峰期，再到19世纪、20世纪之交的自然主义文学，以客观表现现实为目标的文学流派总是会花很多笔墨去体现细节的真实。就连詹姆斯这样跨越现实主义和现代主义的作家也非常重视建立一个充满现实感的背景。在《小说的艺术》("The Art of Fiction"，1885)中，詹姆斯提出了"详述的可靠性"(solidity of specification)概念，也适用于对背景详细而准确的记录，包括对人物服饰风格、情感的记录，对街道、房屋、时代、年份的描述，对窗帘、挂毯、地毯、精雕细琢的家具、吊灯、各种瓷器和瓷片的摹写。对物细致入微的描写不仅是现实主义、自然主义再现客观、真实生活的共同艺术追求，对物的选择还与时代精神和审美理想息息相关。小说人物反思和批判身边的物，作家则以不同的方式还原虚构之物背后被遗忘和压迫的深层叙事。

值得指出的是，相较于现实主义而言，自然主义文学中的物表现出更强大的能动性和生命力。用马克·赛尔泽(Mark Seltzer)的话来讲，自然主义文学演绎着"不确定能动性的悲喜剧"，反复审问人类主体性。②《麦克提格》和《嘉莉妹妹》的主人公们从默默无闻的矿工、女工、城市贫民起步，跻身中产阶级，获得财富和名望。而在这一过程中，物质和物成为其命运故事不可或

---

① Sara Danius, *The Prose of the World: Flaubert and the Art of Making Things Visible*, Uppsala: Acta Universitatis Upsaliensis, 2006, p.27.
② Mark Seltzer, *Bodies and Machines*, New York: Routledge, 1992, p.21.

缺的参与者。嘉莉的衣服、麦克提格的金牙、特里娜的金子激励着他们,定义着他们的自我,到最后变得致命、失控。对自然主义小说中物的检视让我们深入人类内心未曾触及的地方。自然主义小说中的能动性问题"与其说是人类和非人类的物质性问题,不如说是(物)力的问题",因为"(物)力是所有事物的物质形式和互动的基础"。①

通过新物质主义的视角,我们看到物以多种方式塑造人类主体,物不仅可以"阻碍或阻挡人类的意志和设计,而且还能够作为准代理人,或具有轨迹、倾向性的力量,或其自身的倾向"。②首先,物定义、塑造着人类性别身份。在威拉德、肖邦、凯瑟的新女性叙事中,作为物的自行车影响了性别的建构和体验,塑造了充满力量和智慧的新女性。"博因顿珍藏品"之争中关于藏品的所有权问题则反映了围绕《已婚妇女财产法》的论争。而在肖邦的短篇小说《一支埃及香烟》中,作为礼物的香烟代表"我"的朋友对新女性打破性别壁垒、表达女性独立意识诉求的认可。同时,在世纪之交香烟逐渐主导美国烟草市场的背景下,肖邦也影射了香烟的舶来身份和香烟广告中东方的商业化,并通过香烟创造的梦境对其所隐喻的两性关系做出了示警。

同时,物成为由物质财富形成的个人身份的一部分,传达了社会价值的变迁。在华顿的两部小说《欢乐之家》和《国家风俗》中,女主人公莉莉和厄丁都在某种程度上内化了消费文化的逻

---

① Kevin Trumpeter, "The Language of the Stones: The Agency of the Inanimate in Literary Naturalism and the New Materialism," in *American Literature*, Vol. 87, No. 2 (2015), p.226.

② Jane Bennet, *Vibrant Matter*, *A Political Ecology of Things*, Durham and London: Duke University Press, 2010, p.viii.

辑,用时尚、美貌标志自我。如果说莉莉因为其美(貌)成为炫耀性消费品,并因为消费价值的消失而沦为废物,那么厄丁就经历了从时尚的跟风者到时尚之物的拥有者再到操纵者的改变。美国女性深陷沦为消费时尚之物同时被时尚消费的困境,但与此同时,时尚又赋予了女性一种自我定义的可能,让美国民主更加多元化。与之相对,《嘉莉妹妹》中的物质世界塑造、定义着嘉莉的性格和自我。在消费文化的迷宫中,欲望的主体迷失、屈服于对物的虚幻向往之中。

其次,物的属性和使用反映并塑造着购买或使用它们的个人的审美观点和艺术品位,揭示了19世纪末20世纪初的美国社会的意义模式。正是因为"最好的绘画、诗歌和音乐引出了人类的精华……沉浸在艺术中,人们在种族的持久宏伟中失去了对个人局限性的关注。崇尚艺术,就是崇尚人类的精神",[1]对艺术的物的探究让我们能够更好地理解其重要性和潜在颠覆性。关于"博因顿珍藏品"的争夺部分源于莫娜和弗雷达所代表的关于室内装饰的品位分歧,蕴含着詹姆斯对"工艺和美术运动"与"唯美主义运动"中庸俗化的"家居艺术"的担忧。在"美国史料"和"劳埃德夫人"背后则是华顿对纽约上层社会的艺术鉴赏力、艺术的生活模式,以及审美和道德的思考。

再次,物蕴含着感情、欲望和渴望,提供人类表达感情和记录记忆的途径。《嘉莉妹妹》中体现享乐主义精神的摇椅为嘉莉提供了观察外部世界的途径,构筑了渴望和欲望的循环空间。镜子和平板玻璃揭示并探索主体性,延伸了嘉莉的欲望。而在《阿斯

---

[1] James Turner, *With God, Without Creed: The Origins of Disbelief in America*, Baltimore: John Hopkins University Press, 1985, p.252.

彭文稿》中,詹姆斯试图通过作为物的"阿斯彭文稿"传达对过去的记忆,召回被遗忘的事物和情感。作为已故美国诗人阿斯彭和年迈的朱莉安娜之间感情的信物,信件具有不可估量的情感价值。而阿斯彭的画像则保证了叙述者所代表的后世读者对阿斯彭的持久回忆。物承载着这一代作家对19世纪末20世纪初急剧变化的美国社会的个人回应。这些作家作为隐性社会主义者(诺里斯和德莱塞)、文化精英(詹姆斯和华顿),以及新女性(肖邦和凯瑟)独特而多重的社会地位,对他们对物的文学想象产生了深远影响。

当然,物也是意义(特别是非经济意义)的汇聚和表达。本书尤其重视运动中的不同类别的物,包括藏品、礼物、恋物和遗物。正如安德里亚·佩勒格拉姆(Andrea Pellegram)所说,"大多数研究物质文化的作家都把注意力集中在物体在有目的的表达中的使用。然而,在活跃的社会中,我们忽视了物体潜在和偶然的信息,这是很危险的,因为没有公开意图的东西也可能是揭示性的"。[1] 作为被遗忘或压抑的历史知识的无声提示,藏品、礼物、恋物和遗物帮助我们恢复隐藏在虚构物体中的复杂历史和政治叙事。第五章聚焦"博因顿珍藏品"之争的缘起、衍变和终结,探究藏品的三次转移背后的纠葛。藏品的第一次转移针对的是"谁拥有藏品"的所有权问题,对应于维多利亚后期的《已婚妇女财产法》论争。藏品的第二次转移指向有关"如何对待藏品"的审美问题。藏品的神秘毁灭(也就是第三次转移)则代表着作者对"藏品对人的意义"的思考。"博因顿珍藏品"中暗含的历史感和文明意

---

[1] Andrea Pellegram, "The Message in Paper," in *Material Cultures: Why Some Things Matter*, ed. Daniel Miller, London: UCL Press, 1998, p.103.

终 章

识体现着阿诺德式的文化理想,小说结局体现了詹姆斯对物的自治的体察。与之相似,《欢乐之家》中作为藏品的美国史料脱离了艺术品的范畴,其审美价值让位于炫耀式展示财富的需要。

礼物的流动经历描述不同群体或个人为物赋予的文化或社会意义。《一支埃及香烟》在第一阶段埃及僧人的馈赠中跨越礼物和商品的界限,揭露了19纪下半叶埃及香烟制造业对欧美的香烟品位的影响。最后,作为友谊见证的香烟代表了叙述者"我"的朋友对新女性打破性别壁垒、表达女性独立意识诉求的认可。同时,现实中的"我"暗示了香烟所带来的艺术灵感和创造力。而"我"的梦境中的香烟则对应着19、20世纪之交香烟逐渐主导美国烟草市场,影射了香烟的舶来身份和香烟广告中东方的商业化,并通过香烟创造的梦境对其所隐喻的两性关系做出了示警。

对恋物的研究证明,物"不仅是我们想象生活的物理决定因素,而且是一种文化事实和幻想的凝结,披露了工业社会的逻辑或不合逻辑的表象"。[1]作为自然主义文学的代表作,《麦克提格》中充斥着金子,以及与金子有关的物:金牙、金盘子、金币、镀金笼子里的金丝雀。作为跨越族裔、阶级和性别的一种手段,金子的流动在小说想象世界的人物关系中起着中介作用。而作为恋物,金子催动了小说中的悲剧。玛丽亚、特里娜和马库斯的商品拜物教导致人的价值的物质化、客体化,证明金子是人类无法控制的全能力量的组成部分。而特里娜和泽尔科将情感和欲望投射在人工制品上,任由对金币病态的迷恋扭曲了自己的人格。麦克提格的物神崇拜是恋物的原始主义的体现,展示着个人与物质世界

---

[1] Bill Brown, *A Sense of Things: The Object Matter of American Literature*, Chicago: University of Chicago Press, 2007, p. 3.

强烈的不稳定关系。通过不同人物恋物的悲剧故事,诺里斯揭示了物的潜在颠覆性,人类越来越依赖物来定义自我,物质世界的非个人力量是真正塑造我们的行为和命运的东西。

最后,作为已逝之人的遗物,肖邦的白鹰、阿斯彭的信件和肖像画是物的"社会生活"的最后一环。作为情感的纪念、朝圣的目标、历史的遗迹,这些遗物脱离了原初的功能,将个人与社会、过去与现在联系起来,不仅带有其拥有者的痕迹,更构成了当下的文化用途。正如克里斯·戈斯登所说:"人工制品形成了一个有其自身逻辑的世界,在某种程度上独立于人类的意图,这证明可能在许多情况下,物暗示着抽象思维和心理表征的形式,而不仅仅表现出预先存在的思维形式。"[1]在19世纪、20世纪之交的美国小说中,物不仅带有人类使用的痕迹,还成为人类主体的一部分。在收藏家、时尚追逐者、恋物癖者、骑自行车的新女性、客体化的美貌、商品拜物教这些命名中,人和物之间不可思议又高度复杂的关系一次又一次地浮现于我们眼前。

---

[1] Chris Gosden, "What Do Objects Want?," in *Journal of Archaeological Method and Theory*, Vol. 12, No. 3(2005), p.196.

后　记

　　我们生活在一个眼花缭乱的数字世界里。我们的学习、娱乐、交友、日常生活越来越多地发生在网络,以致虚拟和现实的分界渐渐模糊。我们为"元宇宙"的设想欢呼,期待摆脱肉身的束缚,拥有虚拟的身份和无限可能的生命。然而,正是在同一个世界中,气候变化、饥荒、疫情、恐怖主义和战争正以前所未有的强度威胁着人类的现实生存。身处2022年的上海,我们同时经历了历时最长的疫情封控和最炎热的夏天。

　　该如何面对主体和客体、精神和身体、文化和自然的矛盾?曾几何时,这个问题的答案可能是,"万物皆备于我",我们身处宇宙的中心,是衡量世间万物的尺度。纵观自文艺复兴以来的西方文学,人文主义的精神光彩夺目。在19、20世纪的美国文学中,从《红字》到《哈克贝利·费恩历险记》再到《喧哗与骚动》,主人公孜孜以求的即人的尊严和认同,他们对自由的渴望、对平等的追求感动了许多读者。然后,在21世纪开始之后,环境污染等许多紧迫的问题颠覆了我们长期以来对主观世界和客观世界的认识。科学家警告,我们正面临大自然的"第六次大灭绝"。我们意识到,人类的傲慢,我们对征服、消费地球的破坏性幻想开始反噬。

"人类世"一词正是在人类面临危机之后才被创造出来的。或许，正如拉图尔所说，"我们从未现代过"。当二元本体论成为僵化排他性的牢笼，人类需要重新想象人与物之间的纠葛。现在，新物质主义思想家们提倡思考物在人类世界的存在：物如何调节人类社会关系？物如何影响人类情感、记忆和欲望？而人又如何成为世界物质和流动的一部分？

在从以人为本转向物的后人类框架中，对19、20世纪之交的美国小说的思考似乎更有意义。文学，作为想象世界的一种方式，其目的就是构造主体与物的相遇。对于文学研究者来说，"物之想象"不是人类声音沉默的接收器，而是物质内在生命力的发声。我希望透过物的表征和轨迹勾勒的文学世界类似于蒂莫西·莫顿（Timothy Morton）所说的"网状"（Mesh），在那里，所有的生命形式都是独特的，但同时又和其他形式密切相连。在一个无限偶然的世界，我们遇到的其他人是"陌生的陌生人"，没有固定的身份，有其独特的轨迹。站在后现代的边缘，我相信，联结，以及对生命体的信仰将帮助我们这个充满不确定的焦虑时代找到出路。

能记录自己的所思所得是一件幸福的事。在本书即将付梓之际，我对所有在本书写作过程中提供帮助的人心怀感激——感谢国家社科基金、国家留基委和富布莱特基金会的慷慨资助，让我得以心无旁骛地投入课题研究。希望本书能为中国研究者提供一些关于美国文学和文化的新见解。同时，书中描绘了生产和交换圈之外的物质世界，也希望对身处当代消费社会的普通读者有所启发。感谢《外国文学评论》《外国文学研究》《外语研究》刊发本人论文。这些论文经过修订、重编、扩充，和一些原创章节共同组成了本书。编辑部老师和匿名评审专家为本书的写作提供

后　记

了非常宝贵的建议。感谢耶鲁大学英文系和露丝·叶泽尔教授。他们的邀请让我得以于 2019—2020 学年在耶鲁访学、写作。贝内克珍稀书籍和手稿图书馆提供了极其丰富的第一手研究资料，为本书的完成奠定了坚实的基础。感谢上海外国语大学英语学院的领导、老师和同学。学院浓厚的学术氛围、同事之间频繁的学术交流、"19 世纪美国小说"课的课堂让我对学术研究始终充满热爱。谢谢我的博士生刘亦彤通读、校对全文。最后，感谢我的家人。你们的爱和陪伴一直温暖着我。

程　心

参考文献

Abelson, Elaine. *When Ladies Go A-Thieving: Middle Class Shoplifters in the Victorian Department Store*. Oxford: Oxford University Press, 1989.

Abbott, Reginald. "A Moment's Ornament: Wharton's Lily Bart and Art Nouveau." *Mosaic: An Interdisciplinary Critical Journal*, Vol. 24, No. 2, 1991, pp.73 - 91.

Adams, Jane. *Democracy and Social Ethics*. London: Macmillan, 1907.

Agdari-Moghadam, Nassim. *Hoarding Disorder: A Practical Guide to an Interdisciplinary Treatment*. Cham: Springer Nature, 2021.

Ames, Kenneth. *Death in the Dining Room and Other Tales of Victorian Culture*. Philadelphia: Temple University Press, 1992.

Ammons, Elizabeth. *Edith Wharton's Argument with American*. Athens, GA: University of Georgia Press, 1980.

Appadurai, Arjun, ed. *The Social Life of Things Commodities in Cultural Perspective*. Cambridge: Cambridge University Press, 1988.

Apter, Emily. *Feminizing the Fetish: Psychoanalysis and Narrative Obsession in Turn-of-the Century France*. Cornell: Cornell University Press, 1991.

Armstrong, Isobel. *Victorian Glassworlds: Glass Culture and the Imagination 1830 - 1880*. Oxford: Oxford University Press, 2008.

Arnold, Matthew. "Heinrich Heine." *The Works of Matthew Arnold*, Vol. 3.

London: Macmillan, 1903, pp.178–180.

——. "Introduction to *On the Study of Celtic Literature*." *Lectures and Essays in Criticism*. Edited by R. H. Super. Ann Habor: The University of Michigan Press, 1990.

Assmann, Aleida. "Canon and Archive." *Cultural Memory Studies: An International and Interdisciplinary Handbook*, Edited by Astrid Erll and Ansgar Nünning. Berlin: Walter de Gruyter, pp.97–108.

Bachelard, Gaston. *Air and Dreams: An Essay on the Imagination of Movement*. Translated by E. R. Farrell and C. F. Farrell. Dallas: Dallas Institute for Humanities and Culture, 1988.

Backer, Leslie. "Lily Bart as Artist in Wharton's *The House of Mirth*." *The Explicator*, Vol. 68, No. 1, 2010, pp.33–35.

Barad, Karen. "Posthumanist Performativity: Toward an Understanding of How Matter Comes to Matter." *Signs: Journal of Women in Culture and Society*, Vol. 28, No. 3, 2003, pp.801–831.

Barnett, Ryan and Serena Trowbridge. "Remembering and Mourning the Victorian Archive." *Acts of Memory: The Victorians and Beyond*. Edited by Ryan Barnett and Serena Trowbridge. Newcastle upon Tyne: Cambridge Scholars Publishing, pp.1–16.

Barnett, Teresa. *Sacred Relics: Pieces of the Past in Nineteenth-Century America*. Chicago: University of Chicago Press, 2013.

Barthel, Diane. *Putting on Appearances: Gender and Advertising*. Philadelphia: Temple University Press, 1988.

Bateman, John. *The Great Landowners of Great Britain and Ireland*. London: Harrison, 1883.

Baguley, David. *Naturalist Fiction: The Entropic Vision*. Cambridge: Cambridge University Press, 1990.

Baudrillard, Jean. "The System of Collecting." *Cultures of Collecting*. Edited by John Elsner and Roger Cardinal. London: Reaktion Books, 1994.

Baudrillard, Jean. *The System of Objects*. Translated by James Benedict. New York: Verso, 1996.

Baym, Nina. "Fleda Vetch and the plot of *The Spoils of Poynton*." *PMLA*, Vol. 84, No. 1, 1969, pp.102–111.

Belk, Russell W. *Collecting in a Consumer Society*. New York: Routledge, 1995.

Bell, Barbara Currier. "Beyond Irony in Henry James: *The Aspern Papers*." *Studies in the Novel*, Vol. 13, No. 3, 1981, pp.282–293.

Bell, Millicent. *Meaning in Henry James*. Cambridge, MA: Harvard University Press, 1991.

Bender, Bert. "The Teeth of Desire: *The Awakening* and The Descent of Man." *American Literature*, Vol. 63, No. 3, 1991, pp.459–473.

Benjamin, Walter. *Illuminations*. Edited by Hannah Arendt. Translated by Harry Zohn. New York: Harcourt, Brace & World, 1968.

——. *The Arcades Project*. Edited by Howard Eiland and Kevin McLaughlin. Cambridge: Harvard University Press, 1999.

——. *Selected Writings*, Vol. 4 (1938–1940). Translated by Edmund Jephcott et. al. Cambridge, MA. : Harvard University Press, 2003.

Bennett, Andrew. *Romantic Poets and the Culture of Posterity*. Cambridge: Cambridge University Press, 2004.

Bennet, Jane. *Vibrant Matter: A Political Ecology of Things*. London: Durham, 2010.

——. *The Enchantment of Modern Life: Attachments, Crossings, and Ethics*. Princeton: Princeton University Press, 2016.

Bennett, Tony and Patrick Joyce, eds. *Material Powers: Cultural Studies, History and the Material Turn*. London: Routledge, 2010.

Benstock, Shari. "Edith Wharton's House of Fictions." *Rivista diStudi Vittoriani*, Vol. 9, No. 5, 2000, pp.55–73.

Bernice, Steinbaum. *The Rocker: An American Design Tradition*. New York:

Rizzoli, 1992.

Bernstein, Susan David and Elsie B. Michie, eds. *Victorian Vulgarity: Taste in Verbal and Visual Culture*. Burlington: Ashgate Publishing, 2009.

Betjemann, Peter. "Henry James' Shop Talk: *The Spoils of Poynton* and the Language of Artisanship." *American Literary Realism*, Vol. 40, No. 3, 2008, pp.204 - 225.

Betts, Lillian W. "The New Woman." *The American New Woman Revisited: A Reader 1894 - 1930*. Edited by Martha H. Patterson. New Brunswick: Rutgers University Press, 2008, pp.135 - 136.

Bishop, Joseph. "Social and Economic Influence of the Bicycle." *Forum 21*, August 1896, pp.680 - 89.

Bisland, Mary L. "Woman's Cycle." *Godey's Magazine*, April 1896, pp.385 - 388.

Blackstone, William. *Commentaries on the Laws of England: in Four Books*, Vol. 1, 2nd ed. Chicago: Gallaghan and Company, 1872.

Blackwell, Mark, ed. *The Secret Life of Things: Animals, Objects, and It-Narratives in Eighteenth Century England*. Lewisburg: Bucknell University Press, 2007.

Blanchard, Mary W. "The Manly New Woman." *Off the Pedestal: New Women in the Art of Homer, Chase, and Sargent*. Edited by Holly Pyne Connor. Newark,: Newark Museum, 2006.

Bly, Nelly. "Champion of Her Sex: Interview with Susan B. Anthony." *New York World*, February 2, 1896, pp.9 - 10.

Bodichon, Barbara. "A Brief Summary, in Plain Language of the Most Important Laws of England Concerning Women, Together with a Few Observations Thereon." *The Disempowered: Women and the Law*. Edited by M. Mulvey-Roberts and T. Mizuta. London: Routledge, 1993.

Böhme, Hartmut. *Fetishism and Culture: A Different Theory of Modernity*. Translated by Anna Galt. Berlin and Boston: Walter de Gruyter, 2014.

"Books and Authors," *Outlook*, Feb. 27, 1897, 55, p.610.

Boris, Eileen. *Art and Labor: Ruskin, Morris, and the Craftsman Ideal in America*. Philadelphia: Temple University Press, 1986.

Bornstein, George. *Material Modernism: The Politics of the Page*. Cambridge: Cambridge University Press, 2001.

Boulter, Jonathan. *Melancholy and the Archive: Trauma, History, and Memory in the Contemporary Novel*. New York: Bloomsbury Publishing, 2011.

Bourdieu, Pierre. *Outline of A Theory of Practice*. Translated by Richard Nice. Cambridge: Cambridge University Press, 1977.

——. *Distinction: A Social Critique of the Judgment of Taste*. Translated by Richard Nice. Cambridge, MA: Harvard University Press, 1984.

——. *The Logic of Practice*. Translated by Richard Nice. Stanford: Stanford University Press, 1990.

Briggs, Asa. *Victorian Things*. Chicago: University of Chicago Press, 1989.

Brown, Bill. "How to Do Things with Things (A Toy Story)." *Critical Inquiry*, Vol. 24, No. 4, 1998, pp.935–964.

——. "Thing Theory." *Critical Inquiry*, Vol. 28, No. 1, 2001, pp.1–22.

——. *A Sense of Things: The Object Matter of American Literature*. Chicago: University of Chicago Press, 2003.

——. "The Matter of Dreiser's Modernity." *The Cambridge Companion to Theodore Dreiser*, Edited by Leonard Cassuto and Clare Virginia Eby. Cambridge: Cambridge University Press, 2004.

——. "Materiality." *Critical Terms for Media Studies*. Edited by W. J. T. Mitchell and Mark B. N. Hansen. Chicago: University of Chicago Press, 2010.

——. *Other Things*. Chicago: University of Chicago Press, 2016.

Buelens, Gert. "Recent Criticism (since 1985)." *Henry James in Context*. Edited by David McWhirter. Cambridge: Cambridge University Press, 2010, pp.440 - 441.

Buonomo, Leonardo. "Echoes of the Heart: Henry James's Evocation of Edgar Allan Poe in *The Aspern Papers*." *Humanities*, Vol. 10, No. 1, 2021, p.55.

Burke, Doreen Bolger, et al. *In Pursuit of Beauty: Americans and the Aesthetic Movement*. New York: Metropolitan Museum of Art, 1986.

Burke, Peter. "*Res et Verba*: Conspicuous Consumption in the Early Modern World." *Consumption and the World of Goods*. Edited by John Brewer and Roy Porter. London: Rutledge, 1993, pp.148 - 161.

Burlinson, Christopher. *Allegory, Space and the Material World in the Writings of Edmund Spenser*. Cambridge: Brewer, 2006.

Bush, Nicole Garrod. "Kaleidoscopism: The Circulation of a Mid-Century Metaphor and Motif." *Journal of Victorian Culture*, Vol. 20, No. 5, 2015, pp.509 - 530.

Butler, Judith. *Bodies That Matter: On the Discursive Limits of Sex*. New York: Routledge, 1993.

Campbell, Colin. *The Romantic Ethic and the Spirit of Modern Consumerism*. Cham: Springer, 2018.

Campbell, Donna M. "Frank Norris' 'Drama of a Broken Teacup': The Old Grannis-Miss Baker Plot in *McTeague*." *American Literary Realism*, Vol. 26, No. 1, 1993, pp.40 - 49.

Candlin, Fiona and Raiford Guins, eds. *The Object Reader*. London and New York: Routledge, 2009.

Cather, Willa. "Tommy, the Unsentimental." *Collected Short Fiction, 1892 - 1912*. Edited by Virginia Faulkner. Lincoln: University of Nebraska Press, 1970, pp.473 - 480.

——. "Frank Norris." *Willa Cather: Stories, Poems, & Other Writings*. Edited by Sharon O'Brien. New York: Library of America, 1992, pp.920 - 931.

Cavalier, Philip Acree. "Mining and Rape in Frank Norris's *McTeague*." ATQ, Vol. 14, No. 2, 2000, pp.127 – 141.

Chapman, Mary. "'Living Pictures': Women and Tableaux Vivants in Nineteenth-Century American Fiction and Culture." *Wide Angle*, Vol. 18, No. 3, 1996, pp.22 – 52.

Chopin, Kate. "The Unexpected." *Vogue*, Vol. 6, Iss. 12, Sep. 19, 1895, pp.180 – 181.

——. "The White Eagle." *Vogue*, July 12, 1900, pp.20 – 22.

——. "An Egyptian Cigarette." *A Vocation and a Voice: Stories*. Edited by Emily Toth, New York: Penguin, 1991.

——. "My Writing Method." *Great Writers on the Art of Fiction: From Mark Twain to Joyce Carol Oates*. Edited by James Daley. Mineola, New York: Dover Publications, 2007, pp.43 – 44.

Church, Joseph. "Writing and the Dispossession of Woman in *The Aspern Papers*." *American Imago*, Vol. 47, No. 1, 1990, pp.23 – 42.

Cohen, Deborah. *Household Gods: The British and their Possessions*. New Haven: Yale University Press, 2009.

Connor, Steven. *Beckett, Modernism, and the Material Imagination*. Cambridge: Cambridge University Press, 2014.

Cook, Terry and Joan M. Schwartz. "Archives, Records, and Power: From (Postmodern) Theory to (Archival) Performance." *Archival Science*, Vol. 2, 2002, pp.171 – 185.

Coole, Diana and Samantha Frost, eds. *New Materialisms: Ontology, Agency, and Politics*. Durham, NC: Duke University Press, 2010.

Cooper, Lisa H. and Andrea Denny-Brown, eds. *Lydgate Matters: Poetry and Material Culture in the Fifteenth Century*. New York and Basingstoke: Palgrave Macmillan, 2008.

Cordell, Sigrid Anderson. *Fictions of Dissent: Reclaiming Authority in Transatlantic Women's Writing of the Late Nineteenth Century*. London, Pickering & Chatto, 2010.

Corkin, Stanley. *Realism and the Birth of the Modern United States: Cinema, Literature, and Culture*. Athens, GA: University of Georgia Press, 1996.

Crane, Stephen. "New York's Bicycle Speedway." *Maggie: A Girl of the Streets and Other Writings About New York*. New York: Barnes & Noble Classics, 2005, pp.505 – 512.

Danius, Sara. *The Prose of the World: Flaubert and the Art of Making Things Visible*. Uppsala: Acta Universitatis Upsaliensis, 2006.

Davidson, Arnold E. "Transformations of Text in Henry James's *The Aspern Paper*." *ESC: English Studies in Canada*, Vol. 14, No. 1, March 1988, pp.39 – 48.

Dawson, Carl, ed. *Matthew Arnold: The Critical Heritage*. London: Routeldge, 2005.

Dawson, Hugh J. "McTeague as Ethnic Stereotype." *American Literary Realism*, Vol. 20, No. 1, 1987, pp.34 – 44.

Decker, William Merrill. *Epistolary Practices: Letter Writing in America before Telecommunications*. Chapel Hill: University of North Carolina Press, 1998.

Derrida, Jacques. *Archive Fever: A Freudian Impression*. Translated by Eric Prenowitz. Chicago: University of Chicago Press, 1996.

——. "The Rhetoric of Drugs." Translated by Michael Israel Alexander. *High Culture: Reflections on Addiction and Modernity*. Edited by Anna Alexander and Mark S. Roberts. Albany: State University of New York Press, 2003.

Denier, Tony. *Parlor Tableaux; or Animated Pictures*. New York: Samuel French, 1869.

Dickens, Charles. "Married Women's Property." *All the Year Round: a Weekly Journal*, Vol. IV, 1870, p.89.

Dickerson, Vanessa D. "Female Acquisition in *The Spoils of Poynton*." *Keep-*

       ing the Victorian House: A Collection of Essays. Edited by Vanessa D. Dickerson. London and New York: Rutledge, 2016.

Dimock, Wai-Chee. "Debasing Exchange: Edith Wharton's *The House of Mirth*." *PMLA*, Vol. 100, No. 5, 1985, pp.783–792.

Dolphijn, Rick and Iris van der Tuin. *New Materialism: Interviews & Cartographies*. Ann Arbor: Open Humanities Press, 2012.

Dreiser, Theodore. *Sister Carrie: An Authoritative Text, Backgrounds and Sources Criticism*. Edited by Donald Pizer. New York: W. W. Norton & Company, 1970.

——. *Color of a Great City*. Syracuse: Syracuse University Press, 1996.

——. *Jennie Gerhardt*. Edited by James L. W. West III, Philadelphia: University of Pennsylvania Press, 1992.

Duttlinger, Carolin. "Imaginary Encounters: Walter Benjamin and the Aura of Photography." *Poetics Today*, Vol. 29, No. 1, 2008, pp.79–101.

Duvall, J. Michael. "One Man's Junk: Material and Social Waste in Frank Norris's *McTeague*." *Studies in American Naturalism*, Vol. 4, No. 2, 2009, p.132–151.

Eagleton, Terry. *Criticism and Ideology: A Study in Marxist Literary Theory*. London: Verso, 1976.

——. *Materialism*. New Haven: Yale University Press, 2016.

Eby, Clare Virginia. *Dreiser and Veblen, Saboteurs of the Status Quo*. Columbia: University of Missouri Press, 1998.

Edel, Leon. "*The Aspern Papers*: Great-Aunt Wyckoff and Juliana Bordereau." *Modern Language Notes*, Vol. 67, No. 6, 1952, pp.392–395.

Ellen, Roy. "Fetishism." *Man*, Vol. 23, No. 2, 1988, pp.213–235.

Emerson, Ralph Waldo. *Nature and Other Essays*. New York: Dover Publications, 2009.

English, Bonnie. *A Cultural History of Fashion in the 20th and 21st Centuries: From Catwalk to Sidewalk*. London: Bloomsbury Publishing, 2013.

参考文献

Enstad, Nan. *The Cigarettes, Inc.: An Intimate History of Corporate Imperialism*. Chicago: University of Chicago Press, 2018.

Fetterley, Judith. "The Temptation to be a Beautiful Object: Double Standard and Double Bind in *The House of Mirth*." *Studies in American Fiction*, Vol. 5, No. 2, 1977, p.199–211.

Finel-Honigman, Irene. *A Cultural History of Finance*. New York: Routledge, 2010.

Finkelstein, Joanne. *After a Fashion*. Carlton South, Vic. : Melbourne University Press, 1996.

Fisher, Philip. *Hard Facts: Setting and Form in the American Novel*. New York : Oxford University Press, 1987.

Foote, Stephanie. "Henry James and the Parvenus: Reading Taste in *The Spoils of Poynton*," *The Henry James Review*, Vol. 27, No. 1, 2006, pp.42–60.

Foster, Travis. "Ascendant Obtuseness and Aesthetic Perception in *The House of Mirth*." *Edith Wharton Review*, Vol. 23, No. 1, 2007, pp.1–8.

Francescato, Simone. *Collecting and Appreciating: Henry James and the Transformation of Aesthetics in the Age of Consumption*. Oxford: Peter Lang, 2010.

Frederick, Christine. *Selling Mrs. Consumer*. New York: Business Bourse, 1929.

Freedgood, Elaine. *The Ideas in Things: Fugitive Meaning in the Victorian Novel*. Chicago: University of Chicago Press, 2006.

Freedman, Jonathan. *Professions of Taste: Henry James, British Aestheticism, and Commodity Culture*. Stanford: Stanford University Press, 1990.

Freeman, Kimberly A. *Love American Style: Divorce and the American Novel, 1881–1976*. New York: Routledge, 2003.

Freud, Sigmund. "Fetishism." *The Complete Psychological Works of*

Sigmund Freud, Vol. XXI. Translated by J. Strachey. London: Hogarth and the Institute of Psychoanalysis, 1966, pp.147 - 157.

Fryer, Judith. *Felicitous Space: the Imaginative Structures of Edith Wharton and Willa Cather*. Chapel Hill: University of North Carolina Press, 1986.

Garner, Bryan A. *Black's Law Dictionary*. Minnesota: West Group, 1999.

Garrigues, Henry. "Woman and the Bicycle." *The Forum*, Jan. 1986, pp.578 - 587.

Garvey, Ellen Gruber. *The Adman in the Parlor: Magazines and the Gendering of Consumer Culture, 1880s - 1910s*. New York: Oxford University Press, 1996.

Gelfant, Blanche H. "What More Can Carrie Want? Naturalistic Ways of Consuming Women." *The Cambridge Companion to American Realism and Naturalism: Howells to London*. Edited by Donald Pizer. Cambridge: Cambridge University Press, 1995, pp.178 - 210.

Gell, Alfred. *Art and Agency: An Anthropological Theory*. Oxford: Clarendon, 1998.

Geyh, Paula E. "From Cities of Things to Cities of Signs: Urban Spaces and Urban Subjects in 'Sister Carrie' and 'Manhattan Transfer.'" *Twentieth Century Literature*, Vol. 52, No. 4, 2006, pp.413 - 442.

Giesen, Bernhard and Kay Junge. "Historical Memory." *Handbook of Historical Sociology*, Edited by Gerard Delanty and Engin F. Isin. London: Sage Publications, 2003, pp.326 - 336.

Gilbert, Sandra M. and Susan Gubar. *No Man's Land: The Place of the Woman Writer in the Twentieth Century*, Vol. 2. New Haven: Yale University Press, 1988.

Gilman, Charlotte Perkins. *Women and Economics: A Study of the Economic Relation Between Men and Women as a Factor in Social Evolution*. Mineola: Dover, 1998.

Goldsmith, Arnold. "The Maltese Cross As Sign in *The Spoils of Poynton*." *Renascence*, Vol. 16, No. 2, 1964, pp.73 - 77.

Goodman, Jordan. *Tobacco in History: The Cultures of Dependence*. London: Routledge, 1993.

Gosden, Chris. "What Do Objects Want?" *Journal of Archaeological Method and Theory*, Vol. 12, No. 3, 2005, pp.193 – 211.

Grand, Sarah. "Women of Note in the Cycling World: A Chat with Mdme Sarah Grand." *The Hub: An Illustrated Weekly for Wheelmen and Wheelwomen*, 17 October 1896, pp.419 – 420.

Greaves, Lorraine. "Smoke Screen: The Cultural Meaning of Women's Smoking." *High Culture: Reflections on Addiction and Modernity*. Edited by Anna Alexander and Mark S. Roberts. Albany: State University of New York Press, 2003.

Gregory, C. A. *Gifts and Commodities: Exchange and Western Capitalism Since 1700*. London: Academic Press, 1982.

Greig, Hannah, et al. eds. *Gender and Material Culture in Britain Since 1600*. London: Palgrave.

Gruesz, Kirsten Silva. "Past Americana." *ELH*, Vol. 86, No. 2, 2019, pp.387 – 411.

Grusin, Richard, ed. *The Nonhuman Turn*. Minneapolis: University of Minnesota Press, 2015.

Guest, David. "Frank Norris's McTeague: Darwin and Police Power." *Sentenced to Death: The American Novel and Capital Punishment*. Edited by David Guest. Jackson: University Press of Mississippi, 1997, pp.21 – 44.

Guroff, Margaret. *The Mechanical Horse: How the Bicycle Reshaped American Life*. Austin: University of Texas Press, 2016.

Habegger, Alfred. *Henry James and the "Woman Business."* Cambridge: Cambridge University Press, 1989.

Hall, Lee. *Common Threads: A Parade of American Clothing*. Boston: Bulfinch Press, 1992.

Hallenbeck, Sarah. *Claiming the Bicycle: Women, Rhetoric, and Technology in Nineteenth-Century*. Carbondale: Southern Illinois University Press, 2016.

Haller, John S. and Robin M. Haller. *The Physician and Sexuality in Victorian America*. Urbana: University of Illinois Press, 1974.

Hammons, Pamela S. *Gender, Sexuality, and Material Objects in English Renaissance Verse*. Burlington: Ashgate Publishing, 2010.

Harmond, Richard. "Progress and Flight: An Interpretation of the American Cycle Craze of the 1890's." *Journal of Social History*, Vol. 5, No. 2, 1971, pp.235 – 257.

Harris, Jonathan Gil. *Untimely Matter in the Time of Shakespeare*. Philadelphia: University of Pennsylvania Press, 2009.

Harrison, Frederic. *Order and Progress*, London: Longmans, 1875.

Harrison, Molly. *People and Furniture: A Social Background to the English Home*. London: Ernest Benn, 1971.

Hatton, Nikolina. *Agency of Objects in English Prose, 1789 – 1832: Conspicuous Things*. London: Palgrave Macmillan, 2020.

Haviland, Beverly. "Taking Liberties with the Past: Monuments, Memorials, and Memory." *The Henry James Review*, Vol. 38, No. 3, 2017, pp.267 – 279.

Head, James H. *Home Pastimes, Or Tableaux Vivants*. Boston: J. E. Tilton, 1859.

Heath, Stephen. "Chopin's Parrot." *Textual Practice*, Vol. 8, No. 1, 1994, pp.11 – 32.

Heidegger, Martin. "The Thing." *Poetry, Language, Thought*. Translated by Albert Hofstader. New York: Perennial Library, 1971.

Hepburn, Allan. *Enchanted Objects: Visual Art in Contemporary Fiction*. Toronto: University of Toronto Press, 2010.

Herlihy, David V. *Bicycle: The History*. New Haven: Yale University

Press, 2004.

Hewish, Andrew. "Cryptic Relations in Henry James's *The Aspern Papers*." *The Henry James Review*, Vol. 37, No. 3, 2016, pp.254-260.

Hilton, Matthew. *Smoking in British Popular Culture 1800-2000*. Manchester: Manchester University Press, 2000.

Hoeller, Hildegard. *From Gift to Commodity: Capitalism and Sacrifice in Nineteenth-Century American Fiction*. Durham, NH: University of New Hampshire Press, 2012.

Hoeveler, Diane. "Romancing Venice: The Courtship of Percy Shelley in James's *The Aspern Papers*." *Tracing Henry James*. Edited by Melanie H. Ross and Greg W. Zacharias. Newcastle: Cambridge Scholars Publishing, 2008, p.124-136.

Holcombe, Lee. "Victorian Wives and Property: Reform of the Married Women's Property Law, 1857-1882." *A Widening Sphere: Changing Roles of Victorian Women*. Edited by Martha Vicinus. Bloomington and London: Indiana University Press, 1977.

Holzer, Kellie. "Lady Montagu's Smokers' Pastils and The Graphic: Advertising the Harem in the Home." *The Objects and Textures of Everyday Life in Imperial Britain*. Edited by Janet C. Myers and Deirdre H. McMahon. Aldershot: Ashgate Publishing, 2016, pp.207-232.

Horne, Philip. *Henry James and Revision: The New York Edition*. Oxford: Oxford University Press, 1990.

Horowitz, Daniel. *The Morality of Spending: Attitude Towards the Consumer Society 1875-1940*. Baltimore: Johns Hopkins University Press, 1985.

Hovet, Grace Ann and Theodore A. Hovet, Sr. *Tableaux Vivants: Female Identity Development Through Everyday Performance*. Bloomington: Xlibris Corporation, 2009.

Howe, Irving. *Decline of the New*. New York: Harcourt, 1970.

Hubert, Philip G. "The Wheel of Today." *Scribner's Magazine*, June 1895, pp.

692 - 702.

Hussman Jr. , Lawrence E. *Dreiser and His Fiction: A Twentieth-century Quest*. Philadelphia: University of Pennsylvania Press, 1983.

Hutton, H. J. "The Place of Material Culture in the Study of Anthropology." *The Journal of the Royal Anthropological Institute of Great Britain and Ireland*, Vol. 74, No. 1/2, 1944, pp.1 - 6.

Jackson, Holbrook. *William Morris*. London: Jonathan Cape, 1926.

James, Henry. *The American Scene*. London: Chapman and Hall, 1907.

——. "An American Art-Scholar, Charles Eliot Norton." *Notes on Novelists: With Some Other Notes*. New York: Charles Scribner's Sons, 1914.

——. *The Portrait of a Lady*. Edited by William Allan Neilson. New York: P. F. Collier & Son, 1917.

——. *The Letters of Henry James*, Vol. 1. Edited by Percy Lubbock. New York: Scribner, 1920.

——. *The Notebooks of Henry James*. Edited by Francis Otto Matthiessen and Kenneth Ballard Murdock. New York: Oxford University Press, 1961.

——. *The Notebooks of Henry James*. Edited by. F. O. Matthiessen and Kenneth B. Murdock. Chicago: University of Chicago Press, 1981.

——. *Henry James Letters*, Vol. 4. Edited by Leon Edel. Cambridge, MA: Harvard University Press, 1984.

——. "The Art of Fiction." *The Art of Criticism*, *Henry James on the Theory and the Practice of Fiction*. Edited by William Veeder and Susan M. Griffin. Chicago: University of Chicago Press, 1986.

——. *The Spoils of Poynton*. London: Penguin Group, 1987.

——. *The Complete Notebooks of Henry James*. Edited by Leon Edel and Lyall H. Powers. New York: Oxford University Press, 1987.

——. *Collected Travel Writings: Great Britain and America*, *English Hours*, *The American Scene*, *Other Travels*. New York: Library of America, 1993.

——. *Traveling in Italy With Henry James: Essays*, edited by Fred Kaplan. New York: William Morrow, 1994.

——. *The Aspern Papers and Other Stories*. Oxford: Oxford University Press, 2009.

James, William. *The Principles of Psychology*, Vol. 1. New York: Cosimo, 2007.

Jaffe, Aaron. *The Way Things Go: An Essay on the Matter of Second Modernism*. Minneapolis: University of Minnesota Press, 2014.

Jefferson, Ann. *Genius in France: An Idea and Its Uses*. Princeton: Princeton University Press, 2015.

Johnson, Meghan Taylor. *Poor Things: Objects, Ownership, and the Underclasses in American Literature, 1868 - 1935*. Diss. University of North Texas, May 2019.

Jones, Suzanne W. "Edith Wharton's 'Secret Sensitiveness,' 'The Decoration of Houses,' and Her Fiction." *Journal of Modern Literature*, Vol. 21, No. 2, 1997 - 1998, pp.177 - 200.

Joslin, Katherine. *Edith Wharton and the Making of Fashion*. Durham, NH: University of New Hampshire Press, 2011.

Kaplan, Amy. *The Social Construction of American Realism*. Chicago: University of Chicago Press, 1988.

Kassanoff, Jennie A. "Extinction, Taxidermy, Tableaux Vivants: Staging Race and Class in *The House of Mirth*." *PMLA*, Vol. 115, No. 1, 2000, pp.60 - 74.

Kellogg, John Harvey. *Tobaccoism, or How Tobacco Kills*. Battle Creek: The Modern Publishing Co., 1922.

Kharpertian, Kiara. "Naturalism's Handiwork: Labor, Class, and Space in *McTeague: A Story of San Francisco*." *Studies in American Naturalism*, Vol. 9, No. 2, 2014, pp.147 - 172.

Kirkham, Pat, ed. *The Gendered Object*. Pat Kirkham and New York: Manchester University Press, 1996.

Killoran, Helen. *Edith Wharton: Art and Allusion*. Tuscaloosa: University of Alabama Press, 1996.

——. *The Critical Reception of Edith Wharton*. Rochester: Camden House, 2001.

Kluger, Richard. *Ashes to Ashes: America's Hundred-Year Cigarette War, the Public Health, and the Unabashed Triumph of Philip Morris*. New York: Knopf, 1996.

Kopytoff, Igor. "The Cultural Biography of Things: Commoditization as Process." *The Social Life of Things: Commodities in Cultural Perspective*. Edited by Arjun Appadurai. Cambridge: Cambridge University Press, 1988, pp.73 – 75.

Korg, Jacob. "What Aspern Papers? A Hypothesis." *College English*, Vol. 23, No. 5, 1962, pp.378 – 381.

Kowaleski-Wallace, Beth. "The Reader as Misogynist in *The Custom of the Country*." *Modern Language Studies*, Vol. 21, No. 1, 1991, pp.45 – 53.

Kreisel, Deanna K. "Frank Norris's *McTeague*." *American Writers: Classics, Volume II*. Edited by Jay Parini. New York: Scribner, pp.181 – 198.

Kroeber, A. L. and Clyde Kluckhohn. "Culture: A Critical Review of Concepts and Definitions." *Papers of the Peabody Museum of American Archaeology and Ethnology*, Vol. 47, No. 1, Cambridge: Peabody Museum, 1952.

Kuhn, Cynthia G. *Self-Fashioning in Margaret Atwood's Fiction: Dress, Culture, and Identity*. New York: Peter Lang, 2005.

Lamb, Jonathan. *The Things Things Say*. Princeton: Princeton University Press, 2011.

Larsen, Erik. "Entropy in the Circuits: *McTeague*'s Apocalyptic Posthumanism." *Nineteenth-Century Literature*, Vol. 69, No. 4, 2015, pp.509 – 538.

Latour, Bruno. *We Have Never Been Modern*. Translated by Catherine Porter. New York: Harvester Wheatsheaf, 1993.

——. *Reassembling the Social: An Introduction to Actor-Network Theory*. Oxford: Oxford University Press, 2005.

Leach, William. *Land of Desire: Merchants, Power, and the Rise of a New American Culture*. New York: Pantheon Books, 1993.

Lears, Jackson. "Dreiser and the History of American Longing." *The Cambridge Companion to Theodore Dreiser*. Edited by Leonard Cassuto and Clare Virginia Eby. Cambridge: Cambridge University Press, 2004.

Lee, Hermione. *Edith Wharton*. London: Chatto & Windus, 2007.

Lee, Venon. "Art and Life." *The Eclectic Magazine of Foreign Literature, Science, and Art*, Vol. 64. Leavitt, Trow, & Company, 1896.

Lemaster, Tracy. "Feminist Thing Theory in Sister Carrie." *Studies in American Naturalism*, Vol. 4, No. 1, 2009, pp.41-55.

Lewis, R. W. B. *Edith Wharton: A Biography*. New York: Harper & Row, 1975.

Logan, Peter Melville. *Victorian Fetishism: Intellectuals and Primitives*. Albany: State University of New York Press, 2009.

Lukacs, Georg. *History and Class Consciousness: Studies in Marxist Dialectics*. Translated by Rodney Livingstone. Cambridge, MA: MIT Press, 1971.

Lutz, Deborah. "The Death Still Among Us: Victorian Secular Relics, Hair Jewelry, and Death Culture." *Victorian Literature and Culture*, Vol. 39, No. 1, 2011, pp.127-142.

——. *Relics of Death in Victorian Literature and Culture*. Cambridge: Cambridge University Press, 2015.

Lyons, Richard S. "The Social Vision of *The Spoils of Poynton*." *American Literature*, Vol. 61, No. 1, 1989, pp.65-68.

Marks, Patricia. *Bicycles, Bangs, and Bloomers: The New Woman in the*

Popular Press. Lexington: University Press of Kentucky, 1990.

Marijuana Decriminalization: Hearing Before the Subcommittee to Investigate Juvenile Delinquency of the Committee on the Judiciary, Vol. 2, U. S. Senate, Washington, DC: GPO, 1977.

Marx, Karl. *Capital*, *Volume I: A Critique of Political Economy*. New York: Vintage Books, 1977.

Matthews, Samantha. *Poetical Remains: Poets' Graves, Bodies, and Books in the Nineteenth Century*. Oxford: Oxford University Press, 2004.

Mauss, Marcel. "Gift, Gift." Translated by Koen Decoster. *Logic of the Gift: Toward an Ethic of Generosity*. Edited by Alan D. Schrift. New York and London: Routledge, 1997, pp.28–32.

Mbembe, Achille. "The Power of the Archive and Its Limits." *Refiguring the Archive*. Edited by Carolyn Hamilton, et al. Dordrecht: Kluwer Academic Publishers, 2002, pp.19–28.

McDowell, Margaret. *Edith Wharton*. Boston: Twayne Publishers, 1990.

McGee, W. J. "Fifty Years of American Science." *Atlantic Monthly*, 82 (September 1898), pp.311–312.

McGlynn, David. "*McTeague*'s Gilded Prison." *Rocky Mountain Review*, Vol. 62, No. 1, 2008, pp.25–44.

McKendrick, Neil. "The Commercialization of Fashion." *The Birth of a Consumer Society: The Commercialization of Eighteenth-Century England*. Edited by Neil McKendrick, et al. Bloomington: Indiana University Press, 1982.

Melchior-Bonnet, Sabine. *The Mirror: A History*. Translated by Katharine H. Jewett. New York: Routledge, 2001.

Mendelssohn, Michèle. *Henry James, Oscar Wilde and Aesthetic Culture*. Edinburgh: Edinburgh University Press, 2007.

Merish, Lori. *Sentimental Materialism: Gender, Commodity Culture, and Nineteenth-Century American Literature*. Durham, NC: Duke University

Press, 2000.

Michaels, Walter Benn. "Sister Carries Popular Economy." *Critical Inquiry*, Vol. 7, No. 2, 1980, pp.373 – 390.

———. "The Gold Standard and the Logic of Naturalism." *Representations*, No. 9, 1985, pp.105 – 132.

Miller, Andrew H. *Novels Behind Glass: Commodity, Culture and Victorian Narrative*. Cambridge: Cambridge University Press, 1995.

Miller, Daniel. "Materiality: An Introduction." *Materiality*. Edited by Daniel Miller. London: Duke University Press, 2005.

Mill, J. S. *The Subjection of Women*. New York: Prometheus Books, 1986.

Mitchell, Dolores. "Images of Exotic Women in Turn-of-the-Century Tobacco Art." *Feminist Studies*, Vol. 18, No. 2, 1992, pp.331 – 332.

Montgomery, Maureen E. *Displaying Women: Spectacles of Leisure in Edith Wharton's New York*. New York: Routledge, 1998.

———. *"Gilded Prostitution": Status, Money and Transatlantic Marriages, 1870 – 1914*. New York: Routledge, 2013.

Nevius, Blake. *Edith Wharton: A Study of Her Fiction*. Berkeley: University of California Press, 1953.

Newton, Lucy A., et al. "Women and Wealth: the Nineteenth Century in Great Britain." *Women and Their Money, 1700 – 1950: Essays on Women and Finance*. Edited by Anne Laurence, et al. London: Routledge.

Nisetich, Rebecca. *The Nature of the Beast: Scientific Theories of Race and Sexuality in "McTeague."* Studies in American Naturalism, Vol. 4, No. 1, 2009, pp.1 – 21.

Noble, Mark. *American Poetic Materialism From Whitman to Stevens*. New York: Cambridge University Press, 2014.

Norris, Frank. *McTeague: A Story of San Francisco*. New York: New American Library, 2011.

Nunokawa, Jeff. *The Afterlife of Property*. Princeton: Princeton University

Press, 1994.

Ohler, Paul J. *Edith Wharton's Evolutionary Conception: Darwinian Allegory in the Major Novels*. New York: Routledge, 2006.

Orlando, Emily J. *Edith Wharton and the Visual Arts*. Tuscaloosa: University of Alabama Press, 2007.

O'Toole, Sean. "Queer Properties: Passion and Possession in *The Spoils of Poynton*." *Henry James Review*, Vol. 33, No. 1, 2012, pp.30 – 52.

Otten, Thomas J. *A Superficial Reading of Henry James: Preoccupations with the Material World*. Columbus: Ohio State University Press, 2006.

Ouida. *Under Two Flags: A Story of the Household and the Desert*, Vol. 2. London: Chapman and Hall, 1867.

Papke, Mary E. "Kate Chopin's Social Fiction." *Kate Chopin*. Edited by Harold Bloom. New York: Infobase Publishing, 2007.

Park, Jihang. "Sport, Dress Reform, and the Emancipation of Women in Victorian England: A Reappraisal." *International Journal of the History of Sport*, Vol. 6, No. 1, 1989, pp.10 – 30.

Parliamentary Debates, 3rd series, 1868 – 1869. London: Cornelius Buck, 1869.

Patten, Simon N. *The New Basis of Civilization*. New York and London: Macmillan, 1907.

Patterson, Martha H., ed. *The American New Woman Revisited: A Reader, 1894 – 1930*. New Brunswick: Rutgers University Press, 2008.

Paz, James. *Nonhuman Voices in Anglo-Saxon Literature and Material Culture*. Manchester: Manchester University Press, 2017.

Peer, Larry H. *Romanticism and the Object*. Houndmills: Palgrave, 2009.

Pellegram, Andrea. "The Message in Paper." *Material Cultures: Why Some Things Matter*. Edited by Daniel Miller. London: UCL Press, 1998, pp. 103 – 120.

Piepmeier, Alison. *Out in Public: Configurations of Women's Bodies in Nine-*

teenth-century America. Chapel Hill: University of North Carolina Press, 2004.

Pietz, William. "The Problem of the Fetish II: The Origin of the Fetish." *RES: Anthropology and Aesthetics*, No. 13, 1987, pp.23 – 45.

Pizer, Donald. *The Novels of Frank Norris*. Bloomington: Indiana University Press, 1966.

——. *The Novels of Theodore Dreiser: A Critical Study*. Minneapolis: University of Minnesota Press, 1976.

——. *Twentieth-Century American Literary Naturalism: An Interpretation*. Carbondale: Southern Illinois University Press, 1982.

——. *The Theory and Practice of American Literary Naturalism*. Carbondale: Southern Illinois University Press, 1993.

——. "The Biological Determinism of *McTeague* in Our Time." *American Literary Realism, 1870 – 1910*, Vol. 29, No. 2, 1997, pp.27 – 32.

——. "Frank Norris's *McTeague*: Naturalism as Popular Myth." *ANQ: A Quarterly Journal of Short Articles, Notes and Reviews*, Vol. 13, No. 4, 2000, pp.21 – 26.

Pomian, Krzysztof. "The Collection: Between the Visible and the Invisible." *Interpreting Objects and Collections*. Edited by Susan Pearce. London: Routledge, 2005.

Pratt, Charles. *The American Bicycler: A Manual for the Observer, the Learner, and the Expert*. Boston: Houghton, Osgood and Company, 1879.

Price, Leah. *How to Do Things with Books in Victorian Britain*, Princeton: Princeton University Press, 2012.

Pykett, Lyn. "The Material Turn in Victorian Studies." *Literature Compass* 1.1, 2003, pp.1 – 3.

Quay, Sara E. "American Imperialism and the Excess of Objects in *McTeague*." *American Literary Realism*, Vol. 33, No. 3, 2001, pp.209 – 234.

Radway, Janice A. *Reading the Romance: Women, Patriarchy, and Popular*

Literature. Chapel Hill: University of North Carolina, 1991.

Raleigh, John Henry. *Matthew Arnold and American Culture*. Berkeley: University of California Press, 1957.

Reesman, Jeanne Campbell. "Race and Naturalism in the Short Fiction of Norris, Crane, and London." *The Oxford Handbook of American Literary Naturalism*. Edited by Keith Newlin. New York: Oxford University Press, 2011, pp.274 – 290.

Rich, Charlotte. "Kate Chopin." *A Companion to the American Short Story*. Edited by Alfred Bendixen and James Nagel. Malden: Wiley-Blackwell, 2010, pp.152 – 170.

Riggio, Thomas P. "Carrie's Blues." *New Essays on Sister Carrie*. Edited by Donald Pizer. Cambridge: Cambridge Uuiversity Press, 1991, pp.23 – 42.

Roberts, Mary Louise. "Gender, Consumption, and Commodity Culture." *American Historical Review*. Vol. 103, No. 3, 1998, pp.817 – 844.

Roosevelt, J. West. "A Doctor's View of Bicycling." *Scribner's Magazine*, June 1895, pp.708 – 713.

Rosenberg, Joseph E. "Tangible Objects: Grasping *The Aspern Papers*." *Henry James Review*, Vol. 27, No. 3, 2006, pp.256 – 263.

Rossetti, Gina M. "Out of the Gene Pool: Primitivism and Ethnicity in Frank Norris McTeague." *CLA Journal*, Vol. 48, No. 1, 2004, pp.51 – 70.

Rudy, Jarrett. *The Freedom to Smoke: Tobacco Consumption and Identity*. Montreal & Kingston: McGill Queen's University Press, 2005.

Ruskin, John. *Modern Painters*. London: J. Wiley & Sons, 1878, p.27.

——. *Complete Works: Laws of Fesole, A Joy Forever, Our Fathers Have Told Us, Inaugural Address*. New York: Bryan, Taylor, 1894.

——. *The Works of John Ruskin*, Vol. 4. Edited by E. T. Cook and Alexander Wedderburn. New York: Longmans, Green, and Co., 1903.

——. *Selections and Essays*. Edited by Frederick William Roe. Mineola: Dover PUblications, Inc, 2013.

参考文献

Said, Edward W. *Orientalism: Western Conceptions of the Orient*. London: Penguin, 2003.

Salmon, Richard. *Henry James and the Culture of Publicity*. Cambridge: Cambridge University Press, 1997.

Sarris, Fotios. "Fetishism in *The Spoils of Poynton*." *Nineteenth-Century Literature*, Vol. 51, No. 1, 1996, pp.53–83.

Sattaur, Jennifer. "Thinking objectively: An overview of 'thing theory' in Victorian studies." *Victorian Literature and Culture*, Vol. 40, No. 1, 2012, pp.347–357.

Savoy, Eric. "The Jamesian Thing." *The Henry James Review*, Vol. 22, No. 3, 2001, pp.268–277.

——. "Aspern's Archive." *The Henry James Review*, Vol. 31, No. 1, 2010, pp.61–67.

Scottish Law Review and Sheriff Court Reports, Vol. VI. Glasgow: William Hodge & Co. ,1890.

Scharnhorst, Gary. "James, *The Aspern Papers*, and the Ethics of Literary Biography." *Modern Fiction Studies*, Vol. 36, No. 2, 1990, pp.211–217.

Scholl, Diane G. "Secret Paternity in James's *The Aspern Papers*: Whose Letters?" *Modern Philology*, Vol. 111, No. 1, 2013, pp.72–87.

Schwenger, Peter. *The Tears of Things: Melancholy and Physical Objects*. Minneapolis: University of Minnesota Press, 2006.

Seltzer, Mark. *Bodies and Machines*. New York: Routledge, 1992.

——. "The Postal Unconscious." *The Henry James Review*, Vol. 21, 2000, pp.197–206.

Segrave, Kerry. *Women and Smoking in America, 1880–1950*. Jefferson: McFarland and Company, 2005.

Sennett, Richard. "Plate Glass." *Raritan: A Quarterly Review*, Vol. 6, No. 4, 1987, pp.1–15.

Seyersted, Per. *Kate Chopin: A Critical Biography*. Baton Rouge: Louisiana

State University Press, 1969.

Seyersted, Per and Emily Toth, eds. *A Kate Chopin Miscellany*. Natchitoches: Northwestern State University Press, 1979.

Shanley, Mary Lyndon. *Feminism, Marriage, and the Law in Victorian England*. Princeton: Princeton University Press, 1989.

Shechter, Relli. "Selling Luxury: The Rise of the Egyptian Cigarette and the Transformation of the Egyptian Tobacco Market, 1850 – 1914." *International Journal of Middle East Studies*, Vol. 35, No. 1, 2003, pp.51 – 75.

——. *Smoking, Culture and Economy in the Middle East: The Egyptian Tobacco Market 1850 – 2000*. London: I. B. Tauris, 2006.

Showalter, Elaine, ed. *Daughters of Decadence: Women Writers of the Fin-de-Siècle*. New Brunswick: Rutgers University Press, 1993.

——. "Spragg: The Art of the Deal." *The Cambridge Companion to Edith Wharton*. Edited by Millicent Bell. Cambridge: Cambridge University Press, 1995.

Shrum, Rebecca K. *In the Looking Glass: Mirrors and Identity in Early America*. Baltimore: Johns Hopkins University Press, 2017.

Simmel, Georg. *On Individuality and Social Forms: Selected Writings*. Edited by Donald N. Levine. Chicago: University of Chicago Press, 1971.

——. "The Philosophy of Fashion." *Simmel on Culture: Selected Writings*. Edited by David Frisby and Mike Featherstone. London: Sage Publications, 1997.

——. *The Philosophy of Money*. London: Taylor & Francis, 2011.

Singer, Kate, et al. eds. *Material Transgressions: Beyond Romantic Bodies, Genders, Things*. Oxford: Oxford University Press, 2020.

Singley, Carol J. *Edith Wharton: Matters of Mind and Spirit*. Cambridge: Cambridge University Press, 1995.

——, ed. *Edith Wharton's The House of Mirth: A Casebook*. Oxford: Oxford University Press, 2003.

参考文献

Sombart, Werner. *Economic Life in the Modern Age*. Edited by Nico Stehr and Reiner Grundmann. New Brunswick: Transaction, 2001.

Sontag, Susan. *Illness as Metaphor*. London: Allen Lane, 1979.

Sørensen, S. "Gender, Things, and Material culture." *Handbook of Gender in Archaeology*. Edited by Sarah Milledge Nelson. Lanham: AltaMira, 2006.

Stein, Allen F. *Women and Autonomy in Kate Chopin's Short Fiction*. New York: Peter Lang, 2005.

Stewart, Susan. *On Longing: Narratives of the Miniature, the Gigantic, the Souvenir, the Collection*. Durham, NC: Duke University Press Books, 1992.

Strasser, Susan. *Waste and Want: A Social History of Trash*. New York: Metropolitan, 1999.

Stutfield, Hugh. "Tommyrotics." *Blackwood's Magazine*, 157, 1895, pp.833–845.

Svendsen, Lars. *Fashion: A Philosophy*. Translated by John Irons. London: Reaktion Books, 2006.

Tate, Cassandra. *Cigarette Wars: The Triumph of "the Little White Slaver."* New York: Oxford University Press, 1998.

Tambling, Jeremy. "Henry James's American Byron." *The Henry James Review*, Vol. 20, No. 1, 1999, pp.43–50.

Tempel, Benno. "Symbol and Image: Smoking in Art since the Seventeenth Century." *Smoke: A Global History of Smoking*. Edited by Sander L. Gilman, et al. London: Reaktion, 2004, pp.206–217.

Tischleder, Babette Bärbel. *The Literary Life of Things: Case Studies in American Fiction*. Frankfurt: Campus Verlag, 2014.

"The World Awheel." *Munsey's Magazine*, May 1896, pp.131–159.

Throesch, Elizabeth L. *Before Einstein: The Fourth Dimension in Fin-de-Siecle Literature and Culture*. London: Anthem Press, 2017.

Tinkler, Penny. "Sapphic Smokers and English Modernities." *Sapphic Moder-*

nities: Sexuality, Women and National Culture. Edited by Laura Doan and Jane Garrity. London: Palgrave Macmillan, 2006.

Tobin, Gary Allan. "The Bicycle Boom of the 1890s: The Development of Private Transportation and the Birth of the Modern Tourist." *Journal of Popular Culture*, Vol. 7, No. 4, 1974, pp.838-849.

Tocqueville, Alexis de. *Democracy in America*. Translated by Henry Reeve. Vol. 2. New York: A. A. Knopf, 1840.

Toth, Emily. *Unveiling Kate Chopin*. Jackson: University Press of Mississippi, 1999.

Totten, Gary, ed. *Memorial Boxes and Guarded Interiors: Edith Wharton and Material Culture*. Tuscaloosa: University of Alabama Press, 2007.

Town, Caren J. "The House of Mirrors: Carrie, Lily and the Reflected Self." *Modern Language Studies*, Vol. 24, No. 3, 1994, pp.44-54.

Trachtenberg, Alan. *The Incorporation of America: Culture and Society in the Gilded Age*. New York: Hill & Wang, 1982.

Trumpeter, Kevin. "The Language of the Stones: The Agency of the Inanimate in Literary Naturalism and the New Materialism." *American Literature*, Vol. 87, No. 2, 2015, pp.225-252.

Tsimpouki, Theodora. "Henry James's *The Aspern Papers*: Between the Narrative of an Archive and the Archive of Narrative." *The Henry James Review*, Vol. 39, No. 2, 2018, pp.167-177.

Turner, James. *With God, Without Creed: The Origins of Disbelief in America*. Baltimore: John Hopkins University Press, 1985.

Twain, Mark. *Mark Twain, What Is Man? And Other Essays*. New York: Harper and Brothers, 1917.

Tylor, Edward Burnett. *Primitive Culture: Researches Into the Development of Mythology, Philosophy, Religion, Art, and Custom*, Vol. 1. London: J. Murray, 1871.

Tyson, Lois. "Beyond Morality: Lily Bart, Lawrence Selden and the Aesthetic

Commodity in *The House of Mirth*." *Edith Wharton Review*, Vol. 9, No. 2, 1992, pp.3 - 10.

Veblen, Thorstein. "The Economic Theory of Women's Dress." *Popular Science Monthly*, Vol. 55, 1894, pp. 198 - 205.

——. *The Theory of the Leisure Class*. New York: Penguin, 1994.

Veeder, William R. "The Aspern Portrait." *The Henry James Review*, Vol. 20, No. 1, 1999, pp.22 - 42.

Ward, Maria E. *The Common Sense of Bicycling: Bicycling for Ladies*. New York: Brentano's, 1896.

——. *Bicycling for Ladies: The Common Sense of Bicycling*. New York: Brentano's, 1896.

Wilde, Oscar. *The Picture of Dorian Gray and Three Stories*. New York: Signet Classics, 2007.

Wharton, Edith. *The Custom of the Country*. New York: Charles Scribner's Sons, 1914.

——. *A Backward Glance*. New York: D. Appleton-Century, 1934.

——. *The House of Mirth*. New York: Penguin, 1985.

——. *Uncollected Critical Writings of Edith Wharton*. Princeton: Princeton University Press, 1996.

——. *The Unpublished Writings of Edith Wharton*. Edited by Laura Rattray, London: Pickering & Chatto, 2009.

—— and Ogden Codman. *The Decoration of Houses*. Mineola: Dover Publications, 2015.

Williams, Raymond. *Politics and Letters: Interviews with "New Left Review."* Norfolk: Owe and Brydon, 1979.

Willard, Frances. E. *Wheel Within a Wheel: How I Learned to Ride the Bicycle, with Some Reflection by the Way*. New York: Fleming H. Revell Company, 1895.

Wolff, Cynthia Griffin. *A Feast of Words: The Triumph of Edith Wharton*.

New York: Addison-Wesley, 1995.

Woodward, Ian. *Understanding Material Culture*. Los Angeles: Sage Publications, 2007.

Woolf, Virginia. *A Room of One's Own: And , Three Guineas*. Edited by Morag Shiach. Oxford: Oxford University Press, 1998.

Wosk, Julie. *Women and the Machine: Representations from the Spinning Wheel to the Electronic Age*. Baltimore: Johns Hopkins University Press, 2001.

Wynne, Deborah. *Women and Personal Property in the Victorian Novel*. Aldershot and Burlington: Ashgate Publishing, 2010.

Yeazell, Ruth Bernard. *Fictions of Modesty: Women and Courtship in the English Novel*. Chicago: University of Chicago Press, 1991.

——. "The Conspicuous Wasting of Lily Bart." *New Essays on The House of Mirth*. Edited by Deborah Esch and Emory Elliot. Cambridge: Cambridge University Press, 2001.

——. "Henry James's Portrait-Envy." *New Literary History*, Vol. 48, No. 2, 2017, pp.309 – 335.

布希亚.物体系[M]. 林志明,译. 上海:上海人民出版社,2001.

韩启群.布朗新物质主义批评话语研究[J]. 外国文学,2019(6).

理查德·克莱恩.香烟:一个人类痼疾的文化研究[M]. 乐晓飞,译.北京:中国社会科学出版社,1993.

马修·阿诺德.文化与无政府状态[M]. 韩敏中,译. 北京:生活·读书·新知三联书店,2002.

孟悦,罗钢.物质文化读本[M]. 北京:北京大学出版社,2008.

宁一中.比尔·布朗之"物论"及对叙事研究的启迪[J].当代外国文学,2020(3).

唐伟胜.爱伦·坡的"物"叙事:重读《厄舍府的倒塌》[J]. 外国语文, 2017(3).

唐伟胜.为物所惑:济慈颂歌中的复魅叙事[J]. 外国文学研究, 2021(2).

瓦尔特·本雅明.巴黎,19世纪的首都[M]. 刘北成,译. 上海:上海人民出版社,2006.

肖炜静.Fetishism:幻象的替代性占有与无止境追寻 ——"拜物教""恋物癖"学理关系考[J].湖北大学学报(哲学社会科学版),2008(6).

徐蕾.人与物的交缠—拜厄特小说《玫瑰色茶杯》之物语[J].外国文学评论,2015(3).

张进.论物质性诗学[J].文艺理论研究,2013(4).

张进.活态文化与物性的诗学[M].北京:人民出版社,2014.

张进,李日容.物性存在论:海德格尔与拉图尔[J].世界哲学,2018(4).

图书在版编目(CIP)数据

物之想象：19、20世纪之交的美国小说研究 / 程心著. —南京：南京大学出版社，2023.10
ISBN 978-7-305-26200-5

Ⅰ.①物… Ⅱ.①程… Ⅲ.①小说研究－美国－1880-1920 Ⅳ.①I712.074

中国版本图书馆CIP数据核字(2022)第183789号

出版发行	南京大学出版社		
社　　址	南京市汉口路22号	邮　编	210093
出 版 人	王文军		

WU ZHI XIANGXIANG：19、20 SHIJI ZHI JIAO DE MEIGUO XIAOSHUO YANJIU
书　　名　物之想象：19、20世纪之交的美国小说研究
著　　者　程　心
责任编辑　付　裕
照　　排　南京紫藤制版印务中心
印　　刷　江苏凤凰通达印刷有限公司
开　　本　880 mm×1230 mm　1/32　印张9.25　字数208千
版　　次　2023年10月第1版　2023年10月第1次印刷
ISBN　978-7-305-26200-5
定　　价　58.00元

网　　址　http://www.njupco.com
官方微博　http://weibo.com/njupco
官方微信　njupress
销售咨询　025-83594756

＊版权所有，侵权必究
＊凡购买南大版图书，如有印装质量问题，请与所购
　图书销售部门联系调换